# 八閩文庫

八閩文庫

要籍選刊

64

# 閩詩錄

上

[清]鄭杰 原輯

陳衍 補訂

陳叔侗 點校

海峽出版發行集團
THE STRAITS PUBLISHING & DISTRIBUTING GROUP
福建人民出版社

## 二〇一九年八閩文庫出版工程領導小組

組　長
梁建勇

副組長
楊賢金

成　員
施宇輝　馮潮華　賴碧濤　陳熙滿
王建南　黄　誌　卓兆水　葉飛文
陳　强　林守欽　王秀麗　蔣達德

## 二〇二〇年八閩文庫出版工程領導小組

組　長
邢善萍

副組長
郭寧寧

成　員
施宇輝　馮潮華　賴碧濤　陳熙滿
肖貴新　王建南　黄　誌　卓兆水
葉飛文　陳　强　林守欽　王秀麗
林義良

## 二〇二一年八閩文庫出版工程領導小組

組　長
張　彦

副組長
鄭建閩

成　員
林端宇　鄭家紅　顔志煌　黄國劍
許守堯　肖貴新　林　生　黄　誌
卓兆水　吴宏武　陳　强　張立峰
鄭東育　林義良　林　彬

# 八閩文庫編纂委員會

**顧　問**　袁行霈　樓宇烈　安平秋　陳祖武
楊國楨　周振鶴

**主　任**　葛兆光　張　帆

**委　員**（以姓氏筆畫排序）
丁荷生（Kenneth Dean）　方寶川
杜澤遜　李　岩　吴　格　汪征魯
宋怡明（Michael Szonyi）　林　彬
林繼中　馬泰來　陳支平　陳紅彦
陳慶元　張志清　張善文　傅　剛
鄭振滿　鄭智明　漆永祥　稻畑耕一郎
劉　石　劉躍進　盧美松　顧　青

# 八閩文庫編輯中心

**主　任**　林　彬

**成　員**　鄧詩霞　劉亞忠　孫漢生　茅林立
江中柱　盧　和　宋一明　史霄鴻
林　頂　王金團　連天雄　江叔維
楊思敏　盧爲峰　張華金

# 八閩文庫編輯部

宋一明　連天雄　劉挺立　趙遠方
莫清洋　張輝蘭

# 八閩文庫總序

葛兆光　張　帆

## 一

在傳統中國的文化史上，福建算是後來居上的區域。經歷了東晉、中唐、南宋幾次大移民潮，浙、閩之間的仙霞嶺，早已不是分隔内外的屏障，而成了溝通南北的通道。歷史使得福建越來越融入華夏文明之中，唐宋兩代，特别是在「背海立國」的宋代，東南的經濟發達，海洋的地位凸顯，福建逐漸從被文明中心影響的邊緣地帶，成爲反向影響全國文明的重要區域。在七世紀的初唐，詩人駱賓王曾説「龍章徒表越，閩俗本殊華」（駱臨海集箋注卷二晚憩田家，陳熙晉箋注，上海古籍出版社一九八五年，第三六頁），前一句説的是華夏的衣冠對斷髮文身的越人没有用，後一句説的是閩地的風俗本來就與華夏不同，意思都是瞧不起東南。但是，到了十五世紀的明代中期，黄仲昭在弘治八閩通志序裏卻説，八閩雖爲東南僻壤，但自唐以來文化漸盛，「至宋，大儒君子接踵而出」，實際上它的文明程度，已經「可以不愧於鄒魯」（四庫全書存目叢書史部一七七册，齊魯書社一九九六年，第三六四頁）。

的確，自從福建在唐代出了第一個進士薛令之，而且晉江有歐陽詹，福清有王棨，莆田有徐寅、黄滔這些傑出人物之後，到了更加倚重南方的宋代，福建出現了蔡襄（一〇一二—一〇六七）、陳襄（一〇一七—一〇八〇）、游酢（一〇五三—一一二三）、楊時（一〇五三—一一三五）、鄭樵（一一〇四—一一六二）、林光朝（一一一四—一一七八）、朱熹（一一三〇—一二〇〇）、蔡元定（一一三五—一一九八）、陳淳（一一五九—一二二三）、真德秀（一一七八—一二三五）等一大批著名文人士大夫。這些出身福建或流寓福建的士人學者，大大繁榮和提升了這裏的文化，甚至使得整個中國的文化重心逐漸南移，也許，就像程頤説的那樣「吾道南矣」（宋史卷四二八道學楊時傳，中華書局一九七七年，第一二七三八頁）。也就是説宋代之後，原本偏在東南的福建，逐漸成了中國重要的文化區域。

不過，習慣於中原中心的學者，當時也許還有偏見。以來自中心的偏見視東南一隅的福建，那時福建似乎還是「邊緣」。雖然人們早已承認福建「歷宋逮今，風氣日開」

（黄虞稷閩小紀序，撰於康熙五年，續修四庫全書史部七三四册，上海古籍出版社二〇〇二年，第一二七頁），但有的中原士人還覺得福建「僻在邊地」。像北宋樂史的太平寰宇記，一面承認「此州（福州）之才子登科者甚衆」，一面仍沿襲秦漢舊説，稱閩地之人「皆蛇種」，並引十道志説福建「嗜欲、衣服，别是一方」（樂史太平寰宇記卷一〇〇江南東道一二，中華書局二〇〇七年，第一九九一頁）。所以，歷史上某些關於福建歷史、文化和風俗的著作，似乎還在以中原或者江南的眼光，特别留心福建地區與核心區域不同的特異之處，筆下一面凸顯異域風情，一面鄙夷南蠻鴃舌。但是從大的方面説，我們看到宋代以降，實際上福建與中原的精英文化越來越趨向同一，正如宋人祝穆方輿勝覽所説，「海濱幾及洙泗，百里三狀元」，前一句裏所謂「洙泗」即孔子故鄉，這是説福建沿海文風鼎盛，幾乎趕得上孔子故里；後一句裏「三狀元」是指南宋乾道年間福建登第的三個狀元，即乾道二年（一一六六）的蕭國梁、乾道五年的鄭僑和乾道八年的黄定，他們都是福建永福（今永泰）這個地方的人（祝穆新編方輿勝覽卷一〇，施和金點校，中華書局二〇〇三年，第一六三頁）。

文化漸漸發達，書籍或者文獻也就越來越多，福建文獻的撰寫者中不僅有本地人，也有流寓或任職於閩中的外地人。日積月累，這些文獻記録了這個多山臨海區域千年的文化變遷史，而八閩文庫的編纂，正是把這些文獻精選並彙集起來，爲現代人留下唐宋以來有關福建的歷史記憶。

## 二

福建鄉邦文獻數量龐大，用一個常見的成語説，就是「汗牛充棟」。那麼多的文獻，任何歸類或叙述都不免挂一漏萬。不過，我們這裏試圖從區域文化史的角度，談一談福建文獻或書籍史的某些特徵。

毫無疑問，中國各個區域都有文獻與書籍，秦漢之後也都大體上呈現出華夏同一思想文化的底色，但各區域畢竟有其地方特色。如果我們回溯思想文化的歷史，那麽，唐宋之後福建似乎也有一些特點。恰恰因爲是後來居上的文化區域，所以福建積累的傳統包袱不重，常常會出現一些越出常軌的新思想、新精神和新知識。這使得不少代表新思想、新精神和新知識的人物與文獻，往往先誕生在福建。衆所周知的方面之一，就是宋代儒家思想的變遷。應當説，宋代的理學或者道學，最初乃是一種批判性的新思潮，一些儒家士大夫試圖以屬於文化的「道理」鉗制屬於政治的「權力」，所以，極力强調

「天理」的絶對崇高，人們往往稱之爲道學或理學，也根據學者的出身地叫作「濂洛關閩之學」。其中，「閩」雖然排在最後，卻應當説是宋代新儒學的高峰所在，以至於後人乾脆省去濂溪和關中，直接以「洛閩」稱之（如清代張夏雒閩源流録），以凸顯道學正宗，恰在洛陽的二程與福建的朱熹，而道學最終水到渠成，也正是在福建。因爲宋代道學集大成的代表人物朱熹，雖然祖籍婺源，卻出生在福建，而且相當長時間在福建生活。他的學術前輩或精神源頭，號稱「南劍三先生」的楊時、羅從彦（一〇七二—一一三五）、李侗（一〇九三—一一六三），也都是南劍州即今福建南平一帶人，他的提攜者之一陳俊卿（一一一三—一一八六），則是興化軍即今莆田人，而他的最重要的弟子黄榦（一一五二—一二二一）是閩縣（今福州）人、陳淳是龍溪（今龍海）人。

正是在這批大學者推動下，福建逐漸成爲圖書文獻之邦。慶元元年（一一九五），朱熹在福州州學經史閣記中曾經説，一個叫常濬孫的儒家學者，在福州地方軍政長官詹體仁、趙像之、許知新等資助下，修建了福州府學用來藏書的經史閣，即「開之以古人斆學之意，而後爲之儲書，以博其問辨之趣」（朱文公文集卷八〇，朱子全書第二四册，上海古籍出版社、安徽教育出版社二〇一〇年，第三八一四頁）。宋代之後，經由近千年的日積月累，我們看到福建歷史上出現了相當多的儒家論著，也陸續出現了有關儒家思想的普及讀物。大家可以從八閩文庫中看到，這裏收録的不僅有朱熹、真德秀、陳淳的著述，也有明清學者詮釋理學思想之作，像明人李廷機性理要選、清人雷鋐雷翠庭先生自恥録等等，應當説，這些論著構成了一個歷經宋元明清近千年的福建儒家文化史。

## 三

説到福建地區率先出現的新思想、新精神和新知識，當然不應僅限於儒家或理學一系。更應當記住的是，從宋代以來，中國政治、經濟和文化的重心，逐漸從西北轉向東南，一方面由於中原文化南下，被本地文化激蕩出此地異端的思想，另一方面海洋文明東來，同樣刺激出東南濱海的一些更新的知識。

我們注意到，在福建文獻或書籍史上，呈現了不少過去未曾有的新思想、新精神和新知識。比如唐宋之間，福建不僅出現過譚峭（生卒年不詳）化書這樣的道教著作，也出現過像百丈懷海（約七二〇—八一四）、潙山靈佑（七七一—八五三）、雪峰義存（八二二—九〇八）那樣充滿批判性的禪僧，還出現過禪宗史上撰於泉州的最重要禪史著作祖堂集。又如明代中後期，那個驚世駭俗而特立獨行的李贄（一五二七—一六〇二），有人說他的獨特思想，就是因爲他生在各種宗教交匯融合的泉州，傳説他曾受到伊斯蘭教之影響，當然更因爲有佛教與心學的刺激，使他成了晚明傳統思想世界的反叛者。而另一個莆田人林兆恩（一五一七—一五九八），則是乾脆開創了三一教，提倡「三教合一」，也同樣成爲正統的政治意識形態的挑戰者。再如明清時期，歐洲天主教傳教士「梯航九萬里」，也把天主教傳入福建，特别是明末著名傳教士艾儒略（一五八二—一六四九）應葉向高（一五五九—一六二七）之邀來閩傳教二十五年，從而福建才會有「三山論學」這樣的思想史事件，也産生了三山論學記這樣的文獻，無論是葉向高，還是謝肇淛，這些思想開明的福建士大夫，多多少少都受到外來思想的刺激。最後需要特别提及的是，由於宋元以來，福建成爲向東海與南海交通的起點，所以，各種有關海外的新知識，似乎都與福建相關，宋代趙汝适撰寫諸蕃志的機緣，是他在泉州市舶司任職；元代汪大淵撰寫島夷志略的原因，也是他從泉州兩度出海。由於此後福州成爲面向琉球的接待之地，泉州成爲南下西洋的航線起點，因而福建更出現了像張燮東西洋考、吴朴渡海方程、葉向高四夷考、王大海海島逸志等有關海外新知的文獻，這一有關海外新知的知識史，一直延續到著名的林則徐四洲志。老話説「草蛇灰線，伏脈千里」，歷史總有其連續處，由於近世福建成爲中國的海外貿易和海上交通的中心，所以，這裏會成爲有關海外新知識最重要的生産地，這才能讓我們深切理解，何以到了晚清，福建會率先出現沈葆楨開辦面向現代的船政學堂，出現嚴復通過翻譯引入的西方新思潮。

甚至還可以一提的是，近年來福建霞浦發現了轟動一時的摩尼教文書，這些深藏在道教科儀抄本中的摩尼教資料，説明唐宋元明清以來，福建思想、文化和宗教在構成與傳播方面的複雜性和多元性。所以，在八閩文庫中，不僅收録了譚峭化書，李贄焚書續焚書、藏書續藏書，林兆恩林子會編等富有挑戰性的文獻，也收録了張燮東西洋考、趙新續琉球國志略等關係海外知識的著作，讓我們看到唐宋以來，福建歷史上新思想、新精神和新知識的潮起潮落。

## 四

在八閩文庫收録的大量文獻中，除了福建的思想文化與宗教之外，也留存了有關福建政治、文學和藝術的歷史。如果我們看明人鄧原岳編閩中正聲、清人鄭杰編全閩詩録收録的福建歷代詩歌，看清人馮登府編閩中金石志、葉大莊編閩中石刻記、陳棨仁編閩中金石略中收録的福建各地石刻，看清人黄錫蕃編閩中書畫録中收録的唐宋以來福建書畫，那麼，我們完全可以同意歷史上福建的後來居上。這正如陳衍（一八五六—一九三七）在閩詩録的序文中所説「余維文教之開，吾閩最晚，至唐始有詩人，至唐末五代中土詩人時有流寓入閩者，詩教乃漸昌，至宋而日益盛」（續修四庫全書集部一六八七册，第四一一頁）。可見，宋史地理志五所説福建人「多向學，喜講誦，好爲文辭，登科第者尤多」，「今雖閭閻賤品處力役之際，吟詠不輟」（杜佑通典州郡十二），真是一點兒不假。

清代學者朱彝尊（一六二九—一七〇九）曾説「閩中多藏書家」（曝書亭集卷四四淳熙三山志跋，四部叢刊初編集部二七九册，上海書店一九八九年，第六〇一頁）。千年以來的人文日盛，使得現存的福建傳統鄉邦文獻，經史子集四部之書都很豐富，翻檢八閩文庫，就可以感覺到這一點，這裏不必一一叙説。需要特別指出的是，福建歷史上不僅有衆多的文獻留存，也是各種書籍刊刻與發售的中心之一。福建多山，林木蓊蘢，具備造紙與刻書的有利條件，從宋元時代起，福建就成爲中國書籍出版的中心之一。宋元時代福建的所謂「建本」或「麻沙本」曾經「幾遍天下」（葉夢得石林燕語卷八，侯忠義點校，中華書局一九八四年，第一一六頁），更有所謂「麻沙、崇安兩坊産書，號稱『圖書之府』」的説法（新編方輿勝覽卷一一，第一八一頁）。版本學家也許將它與蜀本、浙本對比，覺得它並不精緻，但是，從書籍流通與文化貿易的角度看，正是這些廉價圖書，使得很多文化知識迅速傳向中國四方，也深入了社會下層。淳熙六年（一一七九），朱熹在建寧府建陽縣學藏書記中曾説到，「建陽版本書籍行四方，無遠不至」，可當時嘉禾縣學居然藏書很少，「學於縣之學者，乃以無書可讀爲恨」，於是一個叫姚耆寅的知縣，就「鬻書於市，上自六經，下及訓傳、史記、子、集，凡若干卷以充入之」。當地刊刻的書籍，豐富了當地學者的知識，也增加了當地文獻的積累，甚至扭轉了當地僅僅重視「世儒所誦科舉之業」的風氣（朱文公文集卷七八，朱子全書第二四册，第三七四五頁），這就是一例。到了清代，汀州府成爲又一個書籍刊刻基地，近年特别受到中外學者注意的四堡，就是一個圖書出版和發行中心，文獻記載這裏「以書版爲產業，刷就發販，幾半天下」（咸豐長汀縣志卷三一物産）。所以，美國學者包筠雅（Cynthia J. Brokaw）文化貿易：清代至民國時期四堡的書籍交易（劉永華、饒佳榮等譯，北京大學出版社二〇一五年）就深入研究了這個位於汀州府長汀、清流、寧化、連城四縣交界地區的客家聚集區的書籍事業，繼承宋元時代建陽地區（如麻沙）刻書業，這裏再一次出現中國書籍出版史上佔據重要位置的福建書商群體。

可以順便提及的是，福建刻書業也傳至海外。福建莆田人俞良甫，元末到日本，由九州的博多上岸，寓居在京都附近的嵯峨，由他刻印的書籍被稱爲「博多版」。據説，俞氏一面協助京都五山之天龍寺雕印典籍，一面自己刻印各種圖書，由於所刊雕書籍在日本多爲精品，所以被日本學者稱爲「俞良甫版」。

從建陽到汀州，福建不僅刊刻了精英文化中的儒家九經三傳、諸子百家以及文選、文獻通考、賈誼新書、唐律疏議之類的典籍，也刊刻了很多大衆文化讀本，諸如西廂記、花鳥争奇和話本小説。特別在明清兩代書籍流行的趨勢和作爲商品的書籍市場的影響下，蒙學、文範、詩選等教育讀物，風水、星相、類書等實用讀物，小説、戲曲等文藝讀物，在福建大量刊刻。如果我們不是從版本學家的角度，而是從區域文化史的角度去看，這種「易成而速售」（石林燕語卷八，第一一六頁）的書籍生産方式，使得各種文獻從福建走向全國甚至海外，特別是這些既有精英的、經典的，也有普及的、實用的各種知識的傳播，是否正是使得華夏文明逐漸趨向各地同一，同時也日益滲透到上下日常生活世界的一個重要因素呢？

八閩文庫的編纂，當然是爲福建保存鄉邦文獻，前面我們説到，保存鄉邦文獻，就是爲了留住歷史記憶。

## 五

這次編纂的八閩文庫，擬分爲三個部分。第一部分是「文獻集成」，計劃選擇與收録唐宋以來直到晚清民初的閩人各種著述，以及有關福建的文獻，共一千餘種，這部分採取影印方式，以保存文獻原貌。這是八閩文庫的基礎部分，按傳統的經史子集四部分類，這是爲了便於呈現傳統時代福建書籍面貌，因而數量最多；第二部分是「要籍選刊」，精選一百三十餘種最具代表性的閩人著述及相關文獻，以深度整理的方式點校出版，不僅爲了呈現歷代福建文獻中的精華，也爲了便於一般讀者閱讀；第三部分則爲「專題彙編」，初步擬定若干類，除了文獻總目之外，還將包括書目提要、碑傳集、宗教碑銘、官員奏折、契約文書、科舉文獻、名人尺牘、古地圖等，我們認爲，這是以現代觀念重新彙集與整理歷史資料的一個新方式，它將無法納入傳統的四部分類，卻是對理解福建文化與歷史至關重要的文獻，進行整理彙集，必將爲研究與理解福建，提供更多更系統的資料。

經歷幾年討論與幾年籌備，八閩文庫即將從二〇二〇年起陸續出版，力爭用十年時間，經過一番努力，打下一個比較完備的福建文獻的基礎。

當然，不能説八閩文庫編纂過後，對於福建文獻的發掘與整理就已完成。八閩文庫僅僅是我們這一兩代人的工作，還有更多或更深入的工作，在等待著未來的幾代人去努力。無論從舊材料中發現新問題，還是以新眼光發現新材料，都是建立在前人的基礎上，而又對前人的工作不斷修正完善的過程。還是朱熹寫給陸九齡的那句廣爲流傳的老話：「舊學商量加邃密，新知培養轉深沉。」用舊的傳統融會新的觀念，整理這些縱貫千年的歷史文獻，也就無論「人間有古今」了。

# 八閩文庫要籍選刊出版説明

福建自唐代以降，名家輩出，著述繁興，流傳千載，聲光燦然。遺存之文獻，多可彰顯福建歷史發展脈絡，展示前賢思想學術及文學藝術成就，爲研究福建區域文化之基本典籍。八閩文庫「要籍選刊」擇取重要之閩人著作及相關福建文獻百數十種，予以點校。其中具備條件者，將採用編年、箋注、校證等方式整理。諸書略依經史子集分部編次，陸續出版。

二〇二一年八月

# 閩詩録整理前言

閩詩録是選録唐、五代、宋、金、元之閩詩的總集。按時代分爲甲、乙、丙、丁、戊五集，每集按名宦、宮闈、閨閣、道士、釋子、妓女、藩屬、仙神鬼怪、雜語歌謠等類别編次，計甲集六卷、乙集四卷、丙集二十三卷、丁集一卷、戊集七卷，凡四十一卷。

該書由清人鄭杰輯、近人陳衍補訂。鄭杰，生年不詳，一名人杰，字昌英，一字亦齋，侯官人。乾隆間諸生。父廷莅，字慕林，乾隆間布衣，嗜鉛槧，喜吟詩，積書三萬卷，著有書帶草堂詩鈔二卷。鄭杰少承家學，潛心稽古。好讀韓愈詩，顔其書室曰「注韓居」，自號注韓居士。又好鈔書、藏書、刻書，著述不倦，有注韓居詩鈔二卷、閩中録八卷、注韓居七種（含爾雅鄭注、孝經集注衍義、説文字原、隸書正訛、晉文春秋、唐石塔碑刻記、陳觀察墓誌）十四卷、紅雨樓題跋二卷等。

通过編纂詩歌總集達到「借詩以存史」的目的，是元好問編中州集開創的傳統。清代效法中州集旨趣與體例所編，除列朝詩集、宋詩鈔、元詩選等斷代總集外，以郡邑總集爲多，如甬上耆舊詩、山左詩鈔、淮海英靈集、沅湘耆舊集等，已蔚成風氣。鄭杰受此影響，立志編纂福建歷代詩歌總集。其注韓居詩鈔序云：「余自束髮受書，即以表揚先輩爲念，桑梓土風，豈必悉歸大雅，未嘗不廣搜博采，流連遺集，想見其人。」鄭杰還曾對好友齊弼説：「吾閩自有唐至今，代多風雅之士。吾恐其久而多所湮没也，因旁搜遠采，輯爲全閩詩録若干卷。每人必詳考其生平出處，兼折衷乎衆論，時或附以己意，旁注其後，俾覽者有所稽考，庶幾知人論世之一助乎。」編纂全閩詩録意在表彰先賢、保存鄉邦文獻，也有提倡風雅、示人矩矱之意。於是旁搜博攬，采摭群籍，上自有唐，下迄清朝乾隆年間，選録閩詩數千家，卷帙多達百册，頗具規模。考慮到全書卷帙浩繁而自己羸弱多病，遂於嘉慶五年（一八〇〇）先取清前期五百三十家詩付梓，釐分初、續二集，名曰國朝全閩詩録。當年五月，鄭杰病歿，全閩詩録未竟全功。

此後，國朝全閩詩録流傳於八閩士人間；而未能刊布的唐、宋、元、明稿本數十巨册，至道光末爲何則賢（道甫）所得。則賢屢謀刊刻而力有未逮，又舉以贈其從弟何道晉；道晉家道中落，謀刻無力，乃將書稿交與楊浚。楊浚藏之十餘年，於光緒十三年丁亥（一八八七）將鄭杰原稿六十三帙託付郭柏蒼。自丁亥至庚寅，郭柏蒼費時四年，爲之輯補亡失，删汰重複，考證出處，繫以詩傳，編刻其中明詩部分，即五十五卷之全閩明詩傳。

尚未刊刻的唐、宋、元部分稿本，後爲謝章鋌所得。謝氏去世後，藏書歸諸武昌柯逢時（巽庵）。光緒三十三年丁未（一九〇七）二月，柯逢時將書稿交與陳衍。陳衍應在京同鄉之請補訂之，名之曰閩詩錄。至此，鄭杰原輯的全閩詩錄才算全部完成，歷時百餘年。

陳衍（一八五六—一九三七），字叔伊，號石遺，侯官人。光緒壬午（一八八二）舉人，曾官學部主事。民國間，歷任北京大學、廈門大學等校教授。著有石遺室詩文集、石遺室詩話，輯有元詩紀事、近代詩鈔等，主纂民國福建通志。光緒三十三年（一九〇七）陳衍居北京，閩籍同鄉促其「任編訂之事」；宣統元年（一九〇九）正月，補訂工作正式開始。首先重訂體例，析出宮闈、閨閣、道士等，增以仙神、鬼怪、雜歌謠等類別。其次增補家數，由二百餘家增補至九百餘家。唐、五代補訂尚少，宋代由一百餘家增至五百餘家，元代由十餘家增至百餘家，可謂網羅殆盡，許多無專集流傳的詩人詩作賴以流傳。

宣統三年（一九一一），五集四十一卷之閩詩錄於武昌付梓。次年三月，陳衍遺人將書版及已印之二百部運回福州文儒坊陳宅。民國間亦曾零星刷售，書版後歸福州市古舊書店，一九八三年又據以刷印。該批書版現存於三明學院圖書館。

而閩詩錄所據鄭杰全閩詩錄原本之唐宋元部分，已知尚存清光緒間續墨緣書屋紅格鈔本七册，藏於福建博物院。

本次整理以宣統三年刻本爲底本，由陳叔侗先生點校。

八閩文庫編輯部

二〇二二年十一月

# 閩詩錄目錄



## 甲集

### 卷一

卷二



卷三　宫闈

卷四　釋子



卷五　流寓



卷六　讖記謡語

# 乙集

## 卷一



## 卷二　宫闈



## 卷三　釋子

## 卷四　流寓



# 丙　集

## 卷一

卷二

## 卷三

卷四

## 卷五

卷六

## 卷七

## 卷八

卷九

卷十

卷十一

卷十二

## 卷十三

卷十四

## 卷十五

卷十六

卷二十二　卟仙神鬼夢怪



卷二十三



丁　集

卷一



戊　集

卷一

卷二

# 補訂閩詩錄敘

同光以來，各省類有文徵、詩徵之刻，而吾閩獨未有。嘉慶間，侯官鄭昌英茂才緝有全閩詩錄，已刻者惟國朝詩錄，自順治至乾隆而止。其自唐迄明稿百餘册，輾轉流落於鄉先生之家。至郭蒹秋先生獨取明一代之稿刻之。先生熟閩中掌故，於原稿多所訂正，成柳湄詩傳，散附於各姓名爵里下。其書改名明詩傳，亦未著鄭氏之名，而於敘中略述原委。後全書原稿入謝枚如先生家。先生既逝，鬻於武昌柯巽菴撫部。余客鄂中久，撫部既與余稔，又與吾鄉林贊如、張鐵君、郭春榆三侍郎雅素，乃舉以還贈吾閩。丁未三月，余赴學部之調，遂挈以入都。人事卒卒，未暇理也。戊申冬月，鄉人官京師者醵貲謀付梓，而余任編訂之事。己酉正月，乃取而翻閱之，則殘闕重複舛誤失次者居多，蓋搜集未成之書也。余維文教之開，吾閩最晚，至唐始有詩人。至唐末五代，中土詩人時有流寓入閩者，詩教乃漸昌，至宋而日益盛。原稿於唐、五代家數遺漏尚少，稍補訂迻寫，已足成書。至於宋、元，則宋一代原稿僅百餘人，補緝至五百餘人；元一代原稿僅十餘人，補緝至百餘人；而後規模粗具，分集寫定，仍名閩詩錄云。宣統二年二月二十六日，侯官陳衍敘述。

# 補訂閩詩録凡例

一　是録一代分爲一集，唐爲甲集，五代爲乙集，宋爲丙集，金爲丁集，元爲戊集，明爲己集，國朝順治至乾隆原録所有者爲庚集，嘉慶以後擬續録爲辛集，自唐至國朝另編補遺一集爲壬集。其癸集則以俟來者。

一　原録於土著、流寓、名宦雜羼一處，而宫闈、閨閣、道士、釋子之類亦未分析。今不録名宦，流寓者另編於各集之末，而益以仙神、鬼怪、雜歌謡之類。

一　各卷首葉，先列原緝者姓名，次列補訂者姓名。其全卷補緝者，則於首葉載某某補緝。其補登家數則於姓名下注一「補」字，補録之詩則於詩題下注一「補」字，其一題數詩而補録一二首至數首者，則於各詩下注一「補」字，補録詩話、軼事則於書名上加一「案」字。

# 閩詩録　甲集卷一

侯官　鄭　杰原輯

陳　衍補訂

## 薛令之

令之，字珍君，長溪人。神龍二年舉進士。肅宗爲太子時，令之以右補闕兼侍讀，積歲不遷，乃棄官徒步歸鄉里。及肅宗卽位，以舊恩召，而令之已卒，勅其鄉曰廉村，水曰廉溪。有明月先生集。

### 自悼一作「題壁」。

朝日一作「朝旭」，一作「明月」。上團團，照見先生盤。盤中何所有，苜蓿長闌干。飯澁匙難綰，羹稀筯易寬。只可一作「無以」。謀朝夕，何由保歲寒。

唐詩紀事云：開元中，令之爲右庶子。時東宮官僚清淡，令之題詩自悼。明皇幸東宮，覽之，索筆題其旁曰：「啄木觜距長，鳳皇毛羽短。若嫌松桂淡，任逐桑榆暖。」遂謝病歸去。

堅瓠集云：苜蓿，一名光風，生罽賓國。爾雅翼：「似灰翟，今謂之鶴頂。貳師伐宛，將種歸中國。」

西京雜記：樂遊苑中自生玫瑰樹，樹下多苜蓿，一名懷風，時或謂之光風。茂陵人謂之連枝草。長安中有苜蓿園，北人極重此味。既老，則以飼馬。唐廣文嘆有「盤中何所有，苜蓿長闌干」。闌干，橫斜貌。言既老而食之不已，爲可嘆也。漢貴武，則以飼馬；唐賤文，則以養士。一物足以觀世矣。

## 太姥山

揚靈窮海島，選勝訪神山。鬼斧巧開鑿，仙踪常往還。東甌冥漠外，南越渺茫間。爲問容成子，刀圭乞駐顔。

閩書云：太姥山距州東百里而遥，高十餘里，周遭四十里。力牧錄云：黄帝時，容成先生嘗栖之。王烈蟠桃記：堯時有老母家路旁，藍練爲業，性喜給施。有道士就母求漿，母飲以醪。道士奇之，授以九轉丹砂之法。服之，七月七日乘九色龍馬仙去。因相傳呼爲太母山。漢武帝命東方朔勑天下名山文，乃改「母」爲「姥」。唐邑人薛令之詩云云。

## 靈巖寺

草堂棲在靈山谷，勤苦詩書向燈燭。柴門半掩寂無人，惟有白雲相伴宿。

## 林　披補

披，字茂則，號師道，莆田人。天寶十一年以明經擢第，歷官檢校太子詹事，至睦州刺史。蘭陔詩話：公子九人：葦、藻、著、薦、曄、蘊、蒙、邁、蔇，皆官刺史、司馬，號「九牧林家」。

### 秋氣尚高涼

秋氣尚高涼，寒笛吹萬木。故人入我庭，相照不出屋。山川雖遠觀，高懷不能掬。莆風清籟集。

## 鄭　露

露，字恩一作「思」。叟，莆田人。官太府卿，偕弟中郎將莊、别駕淑倡學莆中，稱爲「南湖三先生」。謝山子云：先生詩氣渾質奥，此陳、隋入唐風調，後人託手不得。

### 徹雲洞

延綿不可窮，寒光徹雲際。落石早雷鳴，濺空春雨細。

## 林　藴

藴，字夢復，莆田人。貞元四年明經及第，官邵州刺史。蘭陔詩話云：公當劉闢之變，抽刀磨頸，神色不變，可稱志士仁人。其上武元衡、李吉甫書，切中時弊，惜不能用也。

### 過秦松嶺

散髮長林下，松風入太清。空山容暮色，落葉起秋聲。世險江天窄，雲深草木平。從茲歸故土，勿作失群鳴。

## 林　藻

藻，字緯乾，莆田人。父披，太子詹事，生九子，皆爲刺史、司馬，世號「九牧」。貞元七年登進士第，官嶺南節度副使。登科記云：德宗貞元七年，是歲辛未，刑部侍郎杜黄裳知貢舉，所取二十人，尹樞爲首，林藻第十人。是榜其後爲宰相者四人：令狐楚、竇楚、皇甫鎛、蕭俛。賦題珠還合浦，詩題青雲干呂。閩南唐雅云：藻最善詞賦，貞元七年省試合浦還珠，草稿定而假寐。有語之曰：「何不叙珠去來？」藻寤，遂足之曰：「珠之去也，山無色兮，氛霧濛濛；海無光兮，空水浩浩。珠之來也，山有媚兮，祥風習習；地有潤兮，生物振振。」杜黃裳讀之曰：「叙珠去來，豈有神助耶？」

## 青雲干呂一作「吳泌」，非。

應節偏干呂，亭亭在紫氛。綴霄初布影，捧日已成文。結蓋祥光迥，爲樓翠色分。還同起封上，更似出橫汾。作瑞來藩國，呈形表聖君。徘徊如有託，誰道比閒雲。

## 梨嶺

曾向嶺頭題姓字，不穿楊葉不言歸。弟兄各折一枝桂，還向嶺頭聯影飛。

閩書云：泗洲嶺，舊名折桂。唐林藻與弟蘊登第，過此題詩云云。後有僧自泗上入關度嶺，見水車碓磨，嘆息機巧。人擬泗洲和尚，遂易是名。

# 歐陽詹

詹，字行周，晉江人。先是閩人不肯北宦，及常衮觀察閩部，始聚秀民教之。詹舉貞元八年進士，與韓愈、李觀、李絳、崔群、王涯、馮宿、庾承宣聯第，時稱「龍虎榜」。後爲國子四門助教。年四十卒。愈爲哀詞，李翺爲傳。有四門集。

陳氏振孫云：詹與韓愈同年進士，考其集中各有明水賦。詹亦早死，愈爲作哀詞，尤拳拳焉。李翺作傳，而李集不載。其序，福唐廉使李貽孫所爲也。詹之爲人，有哀詞可信已。黄璞何人，斯乃有「太原函髻」之謗。好事者喜傳之。不信愈而信璞，異哉。

## 自懷州一作「淮中」。卻赴洛途中作

惆悵策疲馬，孤蓬被風吹。昨東今又西，冉冉長路歧。歲晚樹無葉，夜寒霜滿枝。依人恒辛苦，冥漠天不知。

## 初發太原途中寄太原所思

驅馬覺漸遠，迴頭長路塵。高城已不見，况復城中人。去意自未甘，居情諒猶辛。五原東北晉，千里西南秦。一屨不出門，一車無停輪。流萍與繫匏，早晚期相親。

晁氏公武云：退之作哀詞，稱詹甚美。大意謂覓舉京師，將以爲父母榮也。又云其德行，信于朋友。而唐小説載詹惑太原一妓，爲賦「高城已不見，况復城中人」之詩，卒爲之死。詹有德行，豈乃爾耶？

## 奉敕祭南嶽

皇家禮赤帝，謬獲司風域。致齋紫蓋下，宿設祝融側。鳴澗警宵寐，清猿遞時刻。澡潔事咸興，簪佩思盡飾。危壇象岳趾，秘殿翹暈翼。登拜不遑顧，酌獻皆累息。贊道儀匪繁，祝史詞甚直。忽覺心魂悸，如有精靈迫。漠漠雲氣生，森森杉柏黑。風吹虛籟韻，露洗寒玉色。寂寞有至公，馨香在明德。禮成謝邑吏，駕言歸郡職。憩桑訪蠶事，遵疇課農力。所願風雨□，迴首瞻南極。

## 汝州一作「川」。行

汝濆春女蠶忙月，朝起採桑日西没。輕綃裙露紅羅襪，半踏金梯倚枝歇。垂空玉腕若無骨，一作「力不勝」。映葉朱唇似花發。相歡誰是冶遊一作「游冶」。郎，蠶休不得歧路旁。

## 早秋登慈恩寺塔

寶塔過千仞，登臨盡四維。毫端分馬頰，墨點辨蛾眉。地迥風彌緊，天長日久遲。因高欲有賦，遠意復誰知。一作「慘生悲」。

**荆南夏夜水樓懷昭邱直上人雲夢李莘**

無機成旅逸，中夜上江樓。雲静月如練，水凉風似秋。鼍聲聞夢澤，黛色上昭邱。不遠人情在，良宵恨獨遊。

**送文暢上人東遊**

隨緣聊振錫，高步出東城。水止無根地，雲行不計程。到時爲彼岸，過處卽前生。今日臨期别，吾徒自有情。

**和嚴長官秋日登太原龍興寺閣野望**

百丈化城樓，君登最上頭。九霄迴棧路，八到視并州。煙火遺堯庶，山河啓聖猷。短垣齊介嶺，片白指汾流。清鐸中天籟，哀鴻下界秋。境閒知道勝，心遠見名浮。豈念乘肥馬，方應駕大牛。自憐蓬逐吹，不得與良遊。

奉和太原鄭中丞登龍興寺閣

青窗朱户半天開，極目凝神望幾迴。晉國頹墉生草樹，皇家瑞氣在樓臺。千條水入黄河去，萬點山從紫塞來。獨恨侍遊違長者，不知高意是誰陪。

鞏路感懷

馬嘶白日暮，劍鳴秋氣來。我心浩無際，河上空徘徊。

衡州早春二首

碧水何逶迤，東風吹沙草。煙波千萬曲，不辨嵩陽道。

病肺不飲酒，傷心不看花。惟驚望鄉處，猶是隔長沙。

題梨嶺

南北風煙即異方，連峰危棧倚蒼蒼。哀猿咽水偏高處，誰不沾衣望故鄉。

閩書云：梨嶺路通衢之江山，厥土宜梨。宋楊億談苑云：天下水皆東，獨梨嶺水北流入廣信。

## 題延平劍潭

想像靈光一作「精靈」。欲見難，通津一去水漫漫。空餘昔日凌霜色，長與澄潭生晝寒。

## 看渾中丞山桃花，初有他客不通，晚方得入，因有戲贈

朝來駐馬香街裏，風度遥聞語笑聲。無事閉門教日晚，山桃落盡不勝情。

## 戲贈靈澈上人

僧家亦有芳春興，自是心源無滯境。君看池水湛然時，何曾不愛花枝影。

## 道州郡齋卧病寄東館諸賢

東池送客醉年華，聞道風流勝習家。獨卧郡齋寥落意，隔簾微雨濕梨花。

## 承安寺照上人房

草席蒲團不掃塵，松間石上似無人。群陰欲午鐘聲動，自煮溪蔬養幻身。

曉泊漳州營頭亭一作「宿營頭亭」。

迴峰叠嶂繞亭隅，數點煙霜一作「散點煙霞」。勝畫圖。日暮華軒卷長箔，太清雲上送一作「對」。蓬壺。

## 黄子野

子野，字仲□，侯官人。

稗史彙編云：子野父周，行賈于杭州。子野年十三，從于杭。其父偶適他郡，以子野守舍。適王伾微時覆舟于羅刹江，子野行見之，奮臂大呼曰：「能生得人者，予百金。」于是，漁者得伾。子野卽予舍中裝直百金。其父歸，大異之。子野曰：「身得其名，乃令父喪贏，非孝也。」遂去，爲人僕賃。主人微聞救伾事，義其爲人，陰倍其償。乃爲小賈。小賈之息所得常愈于父。久之既致蓄藏，以其半爲親甘毳費，以其半賑貧友昆弟。乃折節讀書，治左氏春秋。亡何，客有勸之仕者。子野不答，因自悔見知于人，遂變名姓，焚毫素，耕於方山。其後王伾爲散騎常侍，使人召之，則亡去。令福州觀察處置使以物色。訪之于陽岐江上，有男子扁舟披簑獨卧雪中，忽扣舷歌云云。使者疑其子野，遥呼之曰：「仲□，無恙乎？」子野曰：「唯唯」。於是遂達伾之命，隨子野至深山中。家徒壁立，几上獨周易一卷。子野佯喜悦，與之約曰：「旦日雪霽，會于傳舍。」及期不至，使者馳至其家，則書幣封識如故，子野已遁去矣。

### 扣舷歌二首

早潮初上海門開，漠漠彤雲雪作堆。一百六峰都掩盡，不知何處有僧來。
幾日江頭醉不醒，滿天風雪卧滄溟。定知酒伴無尋處，門外松濤坐獨聽。

## 陳通方

通方，閩縣人。貞元十年李程榜進士及第，官終南陵院官。

閩川名士傳云：時王播年五十始登第。通方與同年，年最少，因戲撫播背曰：「王老，王老，奉贈一第。」言日暮途窮，便同贈官也。王銜之。案：亦見唐詩紀事。

湧幢小品云：通方戲撫播，播喻其意，答曰：「陳少，陳少，切莫發惡。」誚其爲惡少也。

### 賦得春風扇微和

習習和風扇，悠悠淑氣微。陽升知候改，律應喜春歸。池柳晴初折，林鶯暖欲飛。川原浮彩翠，臺館動光輝。泛艷摇丹闕，揚芳入粉闈。發生當有分，枯朽幸因依。

## 金谷園懷古

緩步洛城下，軫懷金谷園。昔人隨水逝，舊樹逐春繁。冉冉搖風弱，菲菲裛露翻。歌臺豈易見，舞袖乍如存。戲蝶香中起，流鶯暗處喧。徒聞施錦帳，此地擁行軒。

## 句

應念路傍憔悴翼，昔年喬木幸同遷。

唐詩紀事云：通方因捫背一言，播恨之。後通方丁家艱，辛苦萬狀。播爲正郎，判鹽鐵。通方窮悴求之助，不甚給。時李虛中爲副使，通方以詩求爲汲引云云。播不得已，薦爲江西院官。

## 陳詡

案：全唐詩作「翊」，亦云「一作詡」，又云「字載物」。案禮記：「德發揚，詡萬物。」既字載物，當名詡。

詡，字孟載，閩縣人。貞元十三年鄭巨源榜進士，官終户部員外郎，知制誥。案：全唐詩作「大曆中登進士第，貞元中官户部郎中，知制誥」。

閩南唐雅云：唐書藝文志詡有詩集十卷。今軼弗傳。先是，上以涇源兵亂，車駕遷。興元初始還長安。至是，西掖有柳，春瘁而秋榮。詡乃獻瑞柳賦以寓其意。上覽之大悅。詡以此聲名籍甚。

寄邵校書楚萇

愛酒時稱僻，高情自不凡。向人方白眼，違俗有青巖。雲際開三徑，煙中掛一帆。相期同歲晚，閒興與松杉。

宴柏臺

華臺陳桂實，密榭宴清真。柏葉猶霜氣，桃花似漢津。青尊照深夕，綠綺映芳春。欲憶相逢後，無言嶺海人。

過馬侍中亭

草色照雙扉，軒車到客稀。苔衣香屐迹，花綬少塵飛。薄望憐花案：全唐詩作「池」。淨，開畦愛雨肥。相過忘日昃，坐待白雲歸。

登城樓作

井邑白雲間，巖城帶遠山。沙墟陰欲暮，郊色澹方閒。孤徑迴榕岸，層巒破枳關。寥寥分遠望，暫得一開顔。

## 送別蕭二

橘花香覆白蘋洲，江引輕帆入遠遊。千里雲天風雨夕，憶君不敢再登樓。

## 郊行示友人

水開長鏡引諸巒，春洞花深落翠寒。醉向絲蘿驚自醒，與君清耳聽松湍。

## 龍池春草 此首據全唐詩補。

青春光鳳苑，細草偏龍池。曲渚交蘋葉，迴塘惹柳枝。因風初苒苒，覆岸欲離離。色帶金堤靜，陰連玉樹移。日光浮靃靡，波影動參差。豈比生幽遠，芳馨衆不知。

## 邵楚萇

楚萇，字待綸，案全唐詩作「倫」。閩縣人。登貞元十五年進士第，官校書郎。

閩書云：楚萇生于肅宗寶應二年壬寅，德宗中試信及豚魚賦、行不山徑詩，登封孟紳榜，卒於武宗會昌六年丙寅，年七十有五。家居本邑開化里，子孫繁衍，因名其鄉曰邵崎。墓在本里瑞迹寺之□。生平著述甚富，俱失弗傳。惟于邵氏宗譜録得一首，亦片鱗隻羽云。又云：時馬侍中燧有木香亭侈麗，楚茛作馬侍中亭子歌述之，馬以爲愧，遂毁其亭。由是詩名益振。

## 題馬侍中燧木香亭

春日遲遲木香閣，窈窕佳人褰繡幕。淋漓玉露滴紫蕤，綿蠻黄鳥窺朱萼。横漢碧雲歌處斷，滿地花鈿舞時落。樹影參差斜入簷，風動玲瓏水晶箔。

## 許　稷

稷，字君苗，莆田人。貞元十八年擢進士第，歷南省員外郎，終衡州刺史。

閩南唐雅云：稷挾策入閩，閩，當作「關」。見黄璞閩川名士傳。遇舍人陳詡、四門助教歐陽詹、校書郎邵楚茛、侍御林藻。在京師閩川舉子醵酒食，會諸先達，以稷爲鄉人親故，特預之。藻酣，戲曰：「今日之會，子何人斯，輒冒其間？」稷投杯憤悱曰：「男子患不能立志霄漢，豈有扃鐍？王侯出處，豈必常耶？今叨此一飡，稷之過矣。」遂嚱酒而去，深入終南山隱，三年出，就府薦，遂擢第。

## 風動萬年枝

瓊樹春偏一作「偏春」。早，光飛處處宜。曉浮三殿日，暗度萬年枝。婀娜摇仙禁，繽翻映玉池。含芳煙乍合，拂砌影初移。爲近韶陽煦，皆先衆卉一作「草」。垂。成陰知可待，不與衆芳隨。

## 閏月定四時

玉律一作「曆」。窮三紀，推爲積閏期。月餘因妙算，歲遍自成時。乍覺年華改，翻憐物候遲。六旬知不惑，四氣本無欺。月桂虧還正，階蓂落復滋。從斯分曆象，共仰定毫釐。

## 九鯉湖

道是燒丹地，依然雲水居。山空人去後，夢醒客來初。溪雨飛沙霽，石門隱霧虛。高歌對明月，松影落扶疎。

# 林傑

傑，字智用，案：全唐詩作「周」。閩縣人。幼而秀異，援筆成文，唐扶見而賞之。六歲舉神童，年十七卒。

閩川名士傳云：傑業詞賦，頗振聲光，有仙客入壺中賦云：「仙客變化隨物，逍遥放情。處于外則一壺斯在，入其中則萬象皆呈。飛閣重樓，不是人間之狀；奇花異木，無非物外之名。」至九歲，謁大夫盧貞、常侍黎埴，無不嘉奬。尋就賓廡，日在燕筵。侍御李遠、支使趙格深所知愛，不捨須斯，和趙支使咏荔支詩尤佳。副使鄭立之作奇童傳，制使劉潼序以貽之。

古今詩話云：五歲與父同遊王仙君壇。父曰：「能詩乎？」傑口占云云。又同唐中丞作七夕詩，唐公曰：「真神童也。」年十歲，方秋初，忽有雙鶴盤空而下，忻然下階，抱得一隻。父恐非常，令放之，鶴升空而去。是夕得疾卒。鄭立之以詩哭之曰：「才高未及賈生年，何事孤魂泣逝川。螢聚帳中人已去，鶴離臺上月空圓。」

唐詩紀事云：傑六歲請舉神童。時父肅爲閩府大將，性樂善，尤好聚書，又妙于手談，當時名公多與之交。及有是子，益大其門。廉使崔侍郎乃亟與遷職，鄉人榮之。父携行至王仙君壇，口占一首。父初不謂眇歲之作遽臻于此，群親益驚異，遞相傳諷。自此日課所爲，未幾盈軸。明年，遂獻唐中丞。唐既申幅窺吟，聳爾駭異，命子弟延入學院。時會七夕，賦乞巧詩，援筆立就。唐嘆羨極。又精於琴、棋、草、隸，俱有天然，不煩師授。唐因與賓從棊，或全局輸者，令罩之勿觸，取童子來繼終其事。傑必指縱出奇，往往反勝，曲盡其妙。時謂神助。

### 王仙君壇一作「王仙壇」。

羽客已登雲路去，丹砂草木盡凋殘。不知千載歸何日，空使時人掃一作「禮」。舊壇。

### 七夕賦乞巧一作「乞巧」。

七夕今宵看碧霄，牽牛織女渡河橋。家家乞巧望秋月，穿盡紅絲幾萬條一作「百條」。

### 句詠荔支。案：見唐詩紀事。

金盤摘下排一作「桂」，非。珠顆，紅殼開時飲玉漿。

## 陳彥博

彥博，閩縣人。元和五年登進士第。

風雅叢談云：彥博與謝楚同爲廣文生，夢至一官司，几案有尺牘如金字者，謂明年進士榜。見其名在三十，二人皆李姓，而無楚名。明年果如所夢。二李，即顧行、仍叔也。又明年，楚于尹躬下擢第。先是，李師道請贖魏徵宅，學士白居易言：「事關激勸，合出朝廷。師道何人，敢掠斯美。」憲宗然之。其後有司以爲試題。

## 恩賜魏文貞公諸孫舊第以導直臣

阿衡隨水逝，池館主他人。天意能酬德，雲孫喜庇身。生前由直道，殁後振芳塵。雨露新一作「承」。恩日，芝蘭舊一作「故」。里春。勛庸流十代，一作「奕世」。光彩映諸隣。共喜昇平日，一作「代」。從兹得諫臣。

## 周匡物

匡物，字幾本，龍溪人。元和十二一作「十一」。年進士及第，仕至高州刺史。

閩川名士傳云：匡物以歌詩著名。初，周以家貧，徒步應舉，落魄風塵，懷刺不偶，路經錢塘江，乏僦船之資，久不得濟。乃于公館題詩云云。郡牧出見之，乃罪津吏。至今天下津渡尚傳此詩諷誦，舟子不敢取舉選人錢自此始。

閩書云：名第山，本名天城山，唐周匡物讀書此山，登第後勅賜名第，以漳人及第自匡物始也。又匡物及第，一時同擢者三十三人。有贈之詩云：「元和天下丙申年，三十三人同得仙。」今山有得仙亭，蓋取贈詩語。劉禹錫詩有「危亭誰結據山椒，名第山人不可招」之句。閩南唐雅云：匡物未第時，賦軒轅古鏡歌，馳譽一時。御試學殖賦、鶯出谷詩，爲時傳誦，號爲名第先生。

## 古鏡謠

軒轅鑄鏡誰將去，曾被良工瀉金取。明月中心桂不生，輕冰上面菱初吐。蛟龍久無雷雨聲，鸞鳳空踏莓苔舞。欲向高臺對曉開，不知誰是孤光主。

## 及第謠

水國寒消春日長，燕鶯催促花枝忙。風吹金榜落凡世，三十三人名字香。遥望龍墀新得意，九天勅下多狂醉。驊騮一百三十蹄，踏破蓬萊五雲地。物經千載出塵埃，從此便爲天下瑞。

## 及第後謝座主一作「進士謝恩」。

一從東越入西秦，十度聞鶯不見春。試向崑山投瓦礫，便容一作「于」。靈沼濯一作「洗」，一作「耀」。埃塵。悲歡暗負風雲力，感激潛生草木身。中夜自將形影語，古來吞炭是何人。

## 自題讀書堂

窗外捲簾侵碧落，檻前敲竹響青冥。黃昏不欲留人宿，雲起風生龍虎醒。

## 應舉題錢塘公館一作「題錢塘江亭」。

萬里茫茫天塹遙，秦皇底事不安橋。錢塘江口無錢過，又阻西陵兩信潮。

# 潘存實

存實，字鎮之，漳浦人。元和十三年進士第，官戶部侍郎，有艮山存藁。

閩書云：存實初應舉，以晨光麗仙掌賦及雙陸子賦得名。元和間，庾承宣侍郎下試禮耕情田賦及玉聲如樂詩，入格。初授東宮左庶子，累遷戶部侍郎。浦人登第自存實始。始存實有用世志，覽郭璞閩城記曰：「南臺沙合，公輔卽出。」自是凡遇自閩來者，輒問「臺江可揭衣否」，有孟嘗春申平原信陵四公子贊，載唐文粹。

閩南唐雅云：存實與周匡物相善，讀書天成山，又自修業於梁山，時稱周、潘二先生。

## 賦得玉聲如樂

素質自堅貞，因人一扣鳴。靜將金並響，妙與樂同聲。杳杳疑風送，泠泠似曲成。韻含湘瑟切，音帶舜絃清。不獨藏虹氣，猶能暢物情。后夔如爲聽，從此振琮琤。

# 陳去疾

去疾，字文醫，侯官人。元和十四年韋諶榜及第，歷官邕府副使。

閩南唐雅云：去疾得告還家，觀察使裴乂案：「乂」原作「義」。考三山志、八閩通志等職官表均作「裴乂」，故逕正之。特禮異之，改名其鄉曰桂枝。今福州南門桂枝坊，去疾舊居也。

竹窗雜錄云：去疾有王師如時雨賦，見文苑英華。唐賢如去疾輩亦不可多得，郡志只載其名，弗稱其文，何哉？

## 送林刺史簡言之漳州

江樹欲含曛，清歌一送君。征驂辭荔浦，別袂暗松雲。路狹橫柯度，山深墮葉聞。明朝宿何處，未忍醉中分。

## 賦得騏驥長鳴

騏驥忻知己，嘶鳴忽異常。積悲攄怨抑，一舉徹穹蒼。迹類三年鳥，心馳五達莊。何言從蹇蹟，今日逐騰驤。牛皂一作「阜」。休維縶，天衢恣陸梁。向非逢伯樂，誰足見其長。

## 憶山中

長吟重悒然，爲憶山中年。清瑟泛遙夜，亂花隨暮煙。珠林餘露氣，乳竇滴香泉。迹遠塵埃外，花開綺藻前。巖羅雲貌逸，竹抱水容妍。蕙磴飛英遶，萍潭片影懸。林藏諸曲勝，臺擅一峰偏。會可標真寄，焚香對石筵。

## 元夕京城和歐陽袞

蘭焰芳芬徹曉開，珠光新靄映人來。歌迎甲夜催銀管，影動繁星綴玉臺。別有朱門春澹蕩，不妨芝火翠崔嵬。此時月色同沾醉，何處游輪陌上迴。

## 送韓將軍之雁門

荒塞烽煙百道馳，雁門風色暗旌旗。破圍鐵騎長驅疾，飲血將軍轉戰危。畫角吹開邊月靜，縵纓不信虜塵窺。歸來長揖功成後，黄石當年故有期。

## 偶　題

魂夢天南垂，宿昔萬里道。池臺花氣深，到處生春草。

## 踏歌行一作「詞」。

鴛鴦樓下萬花新，翡翠宮前百戲陳。夭矯翔龍啣火樹，飛來瑞鳳散芳春。仙蹕初傳紫禁香，瑞雲開處夜花芳。繁弦促管昇平調，綺綴丹蓮借月光。

## 塞下曲

春至金河雪似花，蕭條玉塞但胡沙。曉來重上關河望，惟見驚塵不見家。

## 春宫曲

流鶯春曉唤櫻桃，花外傳呼殿影高。抱裹琵琶最承寵，君王勑賜玉檀槽。

## 送人謫幽州

臨路深懷放廢慙，夢中猶自憶江南。莫言塞北春風少，還勝炎荒入瘴嵐。

## 采蓮曲

粉光花色葉中開，荷氣衣香水上來。棹轉清潭見斜領，雙鴛何事亦相猜。

## 西上辭母墳 據全唐詩補。

高蓋山頭日影微，黄昏獨立宿禽稀。林間滴酒空垂淚，不見丁寧囑早歸。

## 歐陽衮

衮，字希周，一字希甫，閩縣人。寶曆元年柳璟榜進士，官侍御史。

閩南唐雅云：希周友于項斯，與斯齊名。子琳、玭，以詩賦世其家。

## 雨

細雨弄春陰，餘寒入晝深。山姿輕薄霧，煙色淡幽林。鹿踐莓苔滑，魚牽水荇沉。懷情方未已，清酒漫須斟。

## 田家

黯黯日將夕，牛羊村裏來。巖阿青氣發，籬落杏花開。草木應初感，倉庾亦已催。晚間春作好，行樂不須猜。

## 神光寺

香剎懸青磴，飛樓界碧空。石門栖怖鴿，慈塔繞歸鴻。有法將心鏡，無名屬性通。從來樂幽寂，尋覓未能窮。

### 和項斯遊頭陀寺上方

步入桃源裏，晴花更滿枝。峰迴山意曠，林杳竹光遲。遠寺尋龍藏，名香發雁池。間能將遠語，況及上陽時。

### 秦原道中

分險架長瀾，斜梁控夕巒。宿雲依嶺斷，初月入江寒。緇化秦裘敝，塵驚漢策殘。無言倦行旅，遙路屬時難。

### 月峰寺憶理公

共來江海上，清論一宵同。禪榻渾依舊，心期浩已空。驚春花落樹，聞梵澗搖風。二諦欣咨啓，還應夢寐通。

### 寄陳去疾進士

放迹疑辭垢，棲心亦道門。玄言蘿幌馥，詩思竹爐溫。解帶搖花落，彈琴散鳥喧。江山兹夕意，惟有素交存。

## 聽郢客歌陽春白雪

寂聽郢中人，高歌已絶倫。臨春飄白雪，向日奏陽春。調雅偏盈耳，聲長杳入神。連連貫珠並，裊裊遏雲頻。度曲知難和，凝情想任真。周郎如一作「知」。賞羡，莫使滯芳晨。

## 南澗寺

春寺無人亂鳥啼，藤蘿陰磴野僧迷。雲藏古壁遺龍象，草没香臺抱鹿麛。松籟泠泠疑梵唄，柳煙歷歷見招提。爲耽寂樂親禪侶，莫怪閑行費馬蹄。

# 林　滋

滋，字後象，閩縣人。會昌三年進士及第，官終金部郎中。

閩南唐雅云：滋與詹雄、鄭誠齊名。時稱雄詩、誠文、滋賦，爲閩中三絶。誠官刑部郎中，雄終布衣，詩皆不傳。

## 望九華山

茲山突出何怪奇，上有萬狀無凡姿。大者嶙峋若奔兕，小者巀嵬如嬰兒。玉柱金莖相柱枝，一作「杖」。干空踰碧勢參差。虚中始訝巨靈擘，陡一作「缺」。處乍驚愚叟移。蘿煙石月相蔽虧，天風裊裊猨咿咿。龍潭萬古噴飛溜，虎穴幾人能得窺。吁予比年愛靈境，到此始覺魂神馳。如何獨得百丈索，直上高峰抛俗羈。

## 春望

春海接一作「鏡」。長天，青郊麗上年。林光虚霽曉，山翠薄晴煙。氣暖禽聲變，風恬草色鮮。散襟披石一作「披襟拔石」。磴，韶景自深憐。

## 蠡澤旅懷

誰言行旅日，况復桃花時。水卽滄溟一作「浪」。遠，星從天漢垂。川光獨鳥暮，林色落英遲。豈是王程急，偏多遊子悲。

## 宴韋侍御新亭

煙磴披青靄，風筵藉紫苔。花香凌桂醑，竹影落藤杯。鳴籟將歌遠，飛枝拂舞開。未愁留興晚，明月度雲來。

## 人　日

春暉新入碧煙開，芳院初將穆景來。共向花前圖瑞勝，試看池上動輕苔。林香半落沾羅幌，蕙色微寒近酒杯。聞道宸遊方命賞，應隨恩賚喜昭迴。

## 和主司王起

龍門一變荷生成，況是三傳不朽名。美譽早聞喧北闕，頹波今見走東瀛。鴛行既接參差影，雞樹仍同次第榮。從此青衿與朱紫，升堂侍宴更何營。

## 陳　黯

黯，字希孺，泉州人。自會昌乙丑至咸通乙酉，凡八舉不第。著有綺藏集。

閩書云：虎山西北有嶺曰薛嶺。嶺南，唐陳黯居焉。嶺北，薛令之自福安徙家於此，時號「南陳北薛」。黯父贄，通經及第，娶妻黄甚賢，而生黯，獨身而已。十歲能詩，十三袖詩通謁清源牧。其首篇咏河陽花時，面豆新愈，牧戲之曰：「藻才花貌，胡不咏歌？」應聲曰「玳瑁應難比」云云。由是聲名大振于州里。十七作蘇武謁漢武帝陵廟賦，便爲作者推服。早孤，事母至孝，無意求仕。子蔚既冠，母勉之曰：「付蔚潘岳之筵，俟爾郗詵之桂。」方起鄉薦，求試貢闈，已過不惑之年矣。黯松姿柳態，山屹波注，語默有程，進退可法。其爲文詞，不尚詞而重切理，意不偶立而重師古。詩篇詞賦檄皆工。同郡王肱、蕭樞，同邑林顥，漳浦赫連韜，福州陳蒧、陳發、詹雄，皆一時秀出。黯名價相埒，而並不遇，世嘆其屈。

## 自咏豆花

玳瑁應難比，斑犀定不加。天嫌未端正，滿面與妝花。

## 歐陽澥

澥，四門博士詹之孫也，累舉不第。

雲溪友議云：澥娶婦經旬而辭赴舉，抗節不還。

唐摭言云：澥善詞賦，出入場中二十年，善和。韋中令在閣下，澥持行卷及門，凡十餘載，未嘗一面。韋公雖不言而意甚憐之。中和初，公隨駕至西川。命相時，澥寓居漢南，公訪知行止，以私書命襄帥劉巨容俾澥計偕。巨容得書大喜，待以厚禮，薦之，外資以千餘緡，復大宴於府幕。無何，心病而卒。巨容籍澥答書呈公，公覽之憮然，因曰：「十年不見，灼然不錯。」

## 咏燕上主司鄭愚

翩翩雙燕畫堂開，送古迎今幾萬迴。長向春秋社前後，爲誰歸去爲誰來。

## 句

黃菊離家十四一作「四十」。年。

離家已是夢松年。

落日望鄉處，何人知客情。

案：見唐詩紀事。蓋云自憐十八年之帝鄉，未遇知己也。

## 柳　逢

逢，莆田秀才。

雲溪友議云：莆田縣有染家，家富，因醉毆兄，至高標十木。既歸，鄉親爲會，有秀才柳逢旅遊綴席，主人不樂。柳生怒而題壁。染人遂與束帛贖其詩。

### 嘲染家

紫綠終朝染，因何不識非。莆田竹木貴，背負十柴歸。

## 歐陽玭

玭，袞之子。咸通十年歸仁紹榜擢進士第，官書記。

### 清曉捲簾

清曉意未愜，捲簾時一吟。檻虛花氣密，地暖竹聲深。秀色還朝暮，浮雲自古今。石泉驚已躍，會可洗幽心。

### 巴陵

孤城向夕原，春入景初暄。綠樹低官舍，青山在縣門。樓臺疑結蜃，枕席更聞猿。客路何曾定，棲遲欲斷魂。

## 榆溪道上

初日在斜溪，山雲片片低。鄉愁夢裏失，馬色望中迷。澗底凄泉氣，巖前遍綠荑。非關秦塞去，無事候晨雞。

## 新嶺臨眺寄連總進士

關勢遥臨海，峰巒半入雲。煙中獨鳥下，潭上雜花熏。寄遠悲春草，登臨憶使君。此時還極目，離思更紛紛。

## 幽軒

幽軒斜映山，空澗復潺潺。重叠巖巒趣，遥來窗户間。桃花飄岫一作「袖」。幌，燕子語松關。衣桁侵池翠，階痕露蘚斑。臨風清瑟奏，對客白雲閒。眷戀青春色，含毫俯碧灣。

# 王棨

棨，字輔之，福清人。咸通間進士，官至水部郎中。著有麟角集。

閩川名士傳云：王棨，福唐人也。咸通三年鄭侍郎讜下進士及第，試倒載干戈賦、天驥呈材詩。公詞賦清婉，託意奇巧，有江南春賦，末云：「今日併爲天下春，無江南兮江北。」又有詔遣軒轅先生歸舊山賦及馬惜錦障泥賦，尤美。公風姿雅茂，舉措端詳，時賢仰風，盛稱人瑞。成名歸，廉使杜公宣猷請署團練巡官，景慕意深，將有瑤席之選。公辭以舊與同年陳郎中睪有要約，就陳氏婚好。時益以誠信奇之。初就府薦，馮涯爲試官，三箭定天山賦當意，爲涯所知，欲顯滯遺，明設科第，以宋言爲解頭，公爲第二。時毅夫中丞尹京兆，怒涯不取旨撝，命收榜。等第雖破，公道益彰。凡曾受品題，數年之間，及第殆盡。公又首捷玉不去身賦、春水綠波詩、古公去邠論。李公騭時擅重名，自内翰林出爲江西觀察使，辟爲團練判官，復平判入等，授大理司直。未幾除太常博士，入省爲水部郎中。公初上第，鄉人李顔累舉進士，鬱有聲芳，贈公歌詩云云。時謂顔狀得其美，若有前知。公十九年内三捷，蓋七閩未之有也。不幸黄巢竊據京闕，朝士或俘或戮者不可勝計。公既歸，離亂不知所之。或云終于鄉里。

## 天驥呈材

馬因知聖出，才本自天生。駔駿何煩隱，權奇願盡呈。電從雙眼落，雲向四蹄輕。過去王良喜，嘶來伯樂驚。絶塵慚送步，曳練議能名。唯侍金鞭下，春風紫陌情。

## 農祥晨正

玉律方移候，農祥已向晨。昭迴當午地，皎潔向天津。北陸收殘凍，東皋見早春。影浮佳氣動，光射曙雲新。千畝功將起，三推禮欲申。若非齊七政，何以示農人。

## 元日端門肆赦

史官開聖曆，天子御層樓。壽域南山色，恩波東海流。遶欄生杞梓，當檻簇貔貅。日月祥光近，山河喜氣浮。兆人瞻鳳扆，萬里御皇猷。欲識春生處，雞竿最上頭。

注韓居詩話云：以上俱省試題詩。宋紹興乙卯，八代孫蘋任著作佐郎，于館閣校讎，見先郎中省題詩，錄成二十餘首，以附麟角集之後。今存三首。

## 李　顔補

顔，閩人。

## 贈王棨詳「王棨」下。

蓬瀛上客顔如玉，手探月窟如夜燭。笑顧姮娥玉兔言，謂折一枝情未足。

## 余鎬

鎬，字周京，莆田人。咸通十年進士及第，除校書郎。

蘭陔詩話云：周京與長樂林虔中同登第。乾符中群盗蜂起，百姓流殍，僖宗日與宦者嬉遊，二人累疏力諫，不納。後虔中与黄巢戰敗被執，死之。周京隱于莆之黄石。王審知屢辟不就，遺集散失。

### 哀林虔中

接翅十年同抗疏，投荒萬里獨登樓。常山忽爲孤城死，睢水空存百戰謀。函草漫從灰裏覓，嚶聲長向夢中求。欲知後死今何事，已在莆中買釣舟。

# 閩詩錄　甲集卷二

侯官　鄭　杰原輯
陳　衍補訂

## 黄　滔

滔，字文江，莆田人。乾寧二年擢進士第，光化中除國子四門博士，尋遷監察御史裏行，充威武軍節度推官。王審知據有全閩，而終其身爲節將者，滔規正有力焉。唐社既屋，遂不復仕。有泉山秀句集及文集行世。

閩書云：中州名士避地于閩者，若李洵、韓偓、王滌、崔道融、王標、夏侯淑、王極、楊承休、楊贊圖、王倜、歸傳懿輩，悉主於滔。

楊誠齋御史集序云：余在中都，于官書及士大夫家見唐人詩集，略及二百餘家，自謂不貧矣。逮歸畊南溪之上，永豐明府莆陽黄君沃，又遺余以其祖御史公文集，其詩尤奇，蓋余在中都時所未見也。御史公詩至唐而盛，至晚唐而工。蓋當時以此設科取士，士皆爭竭其心思而爲之，故其工後無及焉。御史公之詩與韓致光、吴融輩並游，未知其何人徐行後長者也。永豐君自言，此集久逸，其父考功公始得之，僅數卷而已。其後永豐君又得詩文五卷于吕夏卿之家，又得逸詩于翁承贊之家，又得銘碣於浮屠、老子之宫。當御史公之時，豈自知其詩文之傳不傳哉？而永豐君能力求其祖之詩文於二百年之前，其可尚也夫。

洪容齋序云：辭章關乎氣運，于唐尤驗云。唐興三百年，氣運升降其間，而詩文因之。自晉陽義舉，開館宫西，以延文學，竟用詞賦取士。士以操觚顯者，無慮數百家，大都始沿江左頹習，競于絺繪，躭披靡而乏氣骨。伯玉奮然洗刷，沈、宋、燕、許輩出振響，以至貞元、長慶，經術大明，修古彌衆。于時，墨儒詞匠所爲詩若文，咸矩矱自然，不以雕飾爲工，相與贊翊道真，賡颺鴻化，斯爲鏘鏘爾雅。故文盛於韓、柳，而其衰也，爲孫樵，爲劉蜕，爲沈、顔。詩盛於李、杜、劉、白，而其衰也，爲鄭谷，爲羅隱，爲杜荀鶴。御史生最晚，而獨不然。其文贍蔚有典則，策扶教化。其詩清淳豐潤，若與人對語，和氣郁郁，有貞元、長慶風概。祭陳、林先輩諸文，悲愴激越，交情之深，不以晝夜、死生、亂離、契闊爲間斷。馬嵬、館娃、景陽、水殿諸賦，雄新雋永，使人讀之廢卷太息。爲文若是，其亦可貴已。方登科時，適昭宗之季年，猶覆試殿廷，再中選，然後得官。未幾而朱梁移國，因歸閩不復西，故不克大章顯于世。夫詎知八九葉之後得賢耳孫，而平生作爲文章遂獲表見者。邵州將鋟版於郡齋，遣信徵序。御史之從兄曰校書君璞者，名見集中，有閩川名士傳及霧居子，予曩時嘗叙之矣，故不辭而書。邵州名沃。

## 寄題崔校書郊舍

一片寒塘水，尋常立鷺鷥。主人貧愛客，沽酒往吟詩。

## 送僧歸北巖寺

北巖泉石清，本自高僧住。新松五十年，藤蘿成古樹。題詩昔佳士，滔表丈、從叔有名於當時，兼四門薛博士，俱曾題詩。清風二林喻。上智失扣關，多被浮名誤。蓮扃壓月澗，空美金黃布。江翻島嶼沈，木落樓臺露。伊余東還際，每起煙霞慕。旋爲儉府招，未得窮野步。西軒白雲閣，師辭洞庭寓。越城今送歸，心到焚香處。

## 賈　客

大舟有深利，滄海無淺波。利深波也深，君意竟如何。鯨鯢齒上路，何如少經過。

## 寄友人

君愛桃李花，桃李花易飄。妾憐松柏色，松柏色難凋。當年識君初，指期非一朝。今辰見君意，日暮何蕭條。入門有勢利，孰能無囂囂。

落花

落花辭高樹，最是愁人處。一一旋成泥，日暮有風雨。不如沙上蓬，根斷隨長風。飄然與道俱，無情任西東。

秋夕貧居

聽歌桂席闌，下馬槐煙裏。豪門腐粱肉，窮巷思糠粃。孤燈照獨吟，半壁秋花死。遲明亦如晦，雞鳴徒爲爾。

寄鄭縣李侍御

古縣新煙火，東齋入客詩。靜長如假一作「如長暇」。日，貧更甚閑時。僧藉松蘿住，人將雨雪期。三年一官罷，嶽石看成碑。

## 秋辭江南

灞陵橋上路，難負一年期。積雨鴻來夜，重江客去時。勞生多故疾，漸老少新知。惆悵都堂内，無門雪滯遺。

## 貽李山人

野步愛江濱，江僧得見頻。新文無古集，往事有清塵。松竹寒時雨，池塘勝處春。定應雲雨内，陶謝是前身。

## 寄邊上從事

斜日下孤城，長吟出點兵。羽書和客卷，邊思雜詩情。朔雪遲鴻翼，西風嚴角聲。吟餘多獨坐，沙月對樓生。

## 退　居

老歸江上村，孤寂欲何言。世亂時人物，家貧後子孫。青山帶寒雨，古木夜啼猿。惆悵西川舉，戎裝度劍門。

## 遊東林寺

案：「寺寒」一聯及「青山寒帶雨，古木夜啼猿」十字，皆爲楊誠齋所標舉。

平生愛山水，下馬虎溪時。已到終嫌晚，重遊預作期。寺寒三伏雨，松偃數朝枝。翻譯如曾見，白蓮開舊池。

## 寄李校書遊簡寂觀

古觀雲溪上，孤懷永夜中。梧桐四更雨，山水一庭風。詩得如何句，仙遊最勝宫。卻愁逢羽客，相與入煙空。

## 寄友人山居

斷嶠滄江上，相思恨阻尋。高齋秋不掩，幾夜月當吟。落石有泉滴，盈庭無樹陰。茫茫名利内，何以拂塵襟。

## 上一作「寄」。刑部盧員外

誰識在官意，開門樹色間。尋幽頻宿寺，乞假擬歸山。半白侵吟鬢，微紅見藥顏。不知今夜月，一作「琴月夜」。幾客得同閑。

## 送友人遊邊

虜酒不能濃，縱傾愁亦重。關河初落日，霜雪下窮冬。野燒枯蓬旋，沙風匹馬衝。薊門休易過，千里斷人蹤。

## 和友人酬寄

新發煙霞咏，高人得以傳。吟銷松際雨，冷咽石間泉。大國兵戈日，故鄉饑饉年。相逢江海上，寧免一潸然。

## 下第

昨夜孤燈下，闌干泣數行。辭家從早歲，落第在初場。青草湖田改，單車客路忙。何人立功業，新命到封王。

## 旅　懷

蕭颯聞風葉，驚時不自堪。宦名中夜切，人事長年諳。古畫僧留與，新知客遇談。鄉心隨去雁，一一到江南。

## 冬暮山舍喜標上人見訪

寂寞三冬杪，深居業盡抛。逕松開雪後，砌竹忽僧敲。茗汲冰銷溜，鑪燒鵲去巢。共談慵癖意，微月下林梢。

## 題友人山居一作「齋」。

到君棲跡所，竹逕與衡門。亦在乾坤一作「人寰」。内，獨無塵俗喧。新泉浮石蘚，崩壁露松根。更説尋僧處，孤峰上嘯猿。

## 秋晚山居

爽氣遍搜空，難堪倚望中。孤煙愁落日，高木病西風。山寂樵聲出，露涼蟬思窮。此時塵外事，幽默幾人同。

## 逢友人

彼此若飄蓬，二年何所從。帝都秋未入，江館夜相逢。瘴嶺行衝夏，邊沙住隔冬。旅愁論未盡，古寺扣晨鐘。

## 寄湘中鄭明府

縣與白雲連，滄洲一作「州」。況縣前。嶽僧同夜坐，江月看秋圓。琴拂沙庭石，茶擔乳洞泉。莫耽雲水興，疲俗待君痊。

## 囊　山

山有重囊勢，門開兩徑斜。溪聲寒走澗，海色月流沙。菴外曾遊虎，堂中舊雨花。不知遺讖地，一一落誰家。

閩書云：囊山形如懸囊，僧涅槃隱其下，曰囊山院。廟階甚爲宏壯，外有放生地。黄滔詩云云。

**壺公山**古老相傳，古仙姓陳名壺公，于此山成道，因而名焉。

八面峰巒秀，孤高可偶然。數人遊頂上，滄海見東邊。不信無靈洞，相傳有古仙。橘如珠一作「朱」。夏在，池象月垂穿。山頭有池而圓，兼橘樹，珠實，夏在。髣髴嘗聞樂，岧嶢半插天。山寒徹三伏，松偃出千年。樵牧時迷所，倉箱歲叠川。嚴祠風雨管，怪木薜蘿纏。青草方中藥，蒼苔石裏錢。瓊津流乳竇，春色駐芝田。烏兔中時近，龍蛇蟄處膻。嘉名光列土，秀氣産群賢。瀑鎖瑤臺路，溪昇釣浦船。鰲頭擎恐没，地軸壓應旋。蠲疾寒甘露，藏珍起瑞煙。畫工飛夢寐，詩客寄林泉。掘地多雲母，緣霜欠木綿。井通鰌吐脈，僧隔虎棲禪。山間有井，通海盈縮之候。貞元中有僧號法通，咸通中有僧號宏播，於其絶頂獨禪，昏行至降虎。而法通曾下山遇兩虎争一牛，乃叱而隔之，分令各啖之。危磴千尋拔，奇花四季鮮。鶴歸玄圃少，鳳下碧梧偏。桃易炎涼熟，茶推醉醒煎。村家蒙棗栗，俗骨爽猿蟬。谷語昇喬鳥，陂開共蒂蓮。落楓丹葉舞，新蕨紫芽拳。翠竹雕羌笛，懸藤煮蜀牋。白雲長掩映，流水别潺湲。作賦前儒闕，冲虛南國先。省郎求牧看，野老葺齋眠。潘郎中存實詩云：「雙旌牧清源，吟看壺公翠。」

又歐陽秬先輩自剌史蘇公書求泉山之爲畫屏〔一〕云：「壺公之高，洛陽之深，夢魂所思。」寺歷興衰創，碑須一二鐫。清吟思卻隱，簪紱奈縈牽。

### 河南試秋夕聞新雁

案：「一聲」二句，爲楊誠齋所標舉。

湘南飛去日，薊北乍驚秋。叫出隴雲夜，聞爲客子愁。一聲初觸夢，半白已侵頭。旅館難欹枕，江城莫倚樓。餘燈依古壁，片月下滄洲。寂聽良宵徹，躊躇感歲流。

### 明月照高樓

月滿長空朗，樓侵碧落横。波文流藻井，桂魄拂雕楹。深鑒羅紈薄，寒搜户牖清。冰鋪梁燕噤，霜覆瓦松傾。卓午收全影，斜懸轉半明。佳人當此夕，多少别離情。

### 廣州試越臺懷古

南越千年事，興懷一旦來。歌鐘非舊侶，煙月有層臺。北望人何在，東流水不回。吹窗風雜瘴，沾檻雨經梅。壯氣曾難揖，一作「摧抑」。空名信可哀。不堪登覽處，花落與花開。

塞上

塞門關外日光微，角怨單于雁駐飛。衝水路從冰解斷，踰城人到月明歸。燕山臘雪銷金甲，秦苑秋風脆錦衣。欲弔昭君倍惆悵，漢家甥舅竟相違。

塞下

匹馬蕭蕭去不前，平蕪千里見窮邊。關山色死秋深日，鼓角聲沉霜重天。荒骨或銜殘鐵露，驚風時掠暮沙旋。隴頭冤氣無歸處，化作陰雲飛杳然。

送二友遊湘中

千里楚江新雨晴，同征肯恨迹如萍。孤舟泊處聯詩句，八月中旬宿洞庭。爲客早悲煙草綠，移家晚失嶽峰青。今來無計相從去，歸日汀洲乞畫屏。

新野道中

野堂如雪草如茵，光武城邊一水濱。越客歸遥春有雨，杜鵑啼苦夜無人。東堂歲去銜盃懶，南浦期來落淚頻。莫道還家不惆悵，蘇秦羈旅長卿貧。

### 寄羅郎中隱

休向中興雪至冤，錢塘江上看濤翻。三徵不起時賢議，九轉終成道者言。綠酒千盃腸已爛，新詩數首骨猶存。瑶蟾若使知人事，仙桂應遭蠹卻根。

閩書云：俗傳羅隱出語成讖，著有異跡。若羅裳山之畫馬石，深滬之石壁山書字，及建安書筒灘所載。予初尚未信其果此羅隱與否，及讀楊文敏書筒灘記，已稍信之。因閱黄滔贈隱詩，方知隱學道修真人也。

### 輦下偶題一作「寓題」。

對酒何曾醉，尋僧未覺閒。無人不惆悵，終日見南山。

### 秋　思

碧嶂猿啼急，新秋雨霽天。誰人愛明月，露坐洞庭船。

## 輦下書事

北闕新王業，東城入羽書。秋風滿林起，誰道有鱸魚。

## 題靈峰僧院

繫馬松間不忍歸，數巡香茗一枰棋。擬登絶頂留人宿，猶待滄溟月滿時。

## 夏州道中

隴雁南飛河水流，秦城千里忍回頭。我行自與求名背，九月中旬往夏州。

## 御試二首補

已表隋珠各自携，更從瓊殿立丹梯。九華燈作三條燭，萬乘君懸四首題。靈鳳敢期翻雪羽，洞簫應或諷金閨。明朝莫惜場場醉，青桂新香有紫泥。

六曹三省列簪裾，丹詔宣來試士初。不是玉皇疑羽客，要教金榜帶天書。詞臣假寐題黄絹，宮女敲銅奏子虚。御目四篇酬九百，敢從燈下略躊躇。

案全唐詩注云：昭宗乾寧二年，崔凝考定進士張貽憲等二十五人，復命所司覆試，内出四題，乃曲直不相入賦、良弓獻問賦、詢於芻蕘詩、品物咸熙詩。趙觀文、程晏、崔賞、崔仁寶等四人並盧瞻、韋説、封渭、韋希震、張蠙、黄滔、盧鼎、王貞白、沈崧、陳曉、李龜禎等十一人，並與及第。其張貽憲、孫溥、李光序、李樞、李途等五人且令落下，許後再舉。其崔礪、蘇楷、杜承昭、鄭稼等四人不令再舉。内一人盧賡，稱疾不至，宣令舁入。又云：華陰省親，其父渥進狀乞落下，故就試止二十四人也。

## 陳　乘 補

乘，仙遊人。乾寧初擢進士第，官秘書郎。

### 遊九鯉湖

汗漫乘春至，林巒霧雨生。洞莓黏屐重，巖雪濺衣輕。窟宅分三島，煙霞接五城。卻憐饒藥物，欲辨不知名。

## 黄　蟾

蟾，字月卿，一字玉清，莆田人。乾寧中官崇文館校書郎。滔之從弟。

蘭陔詩話云：月卿與兄霧居子璞齊名，並爲校書郎，人稱大小校書。璞嘗作閩川名士傳。黄巢尅建州日，軍中謡曰：「逢儒則辱，師必覆。」及過璞家，令曰：「此儒家也，滅炬弗焚。」惜其集不傳。

## 和從兄御史延福里居

天賜平安水北中，滿庭荆樹醉春風。縱教塵世三公貴，何似吾家一脈通。花底輕風香撲散，門前細柳路皆同。迴頭文館長安上，此際相思豈有窮。謂霧居兄也。

## 陳　嵩

嵩，永福人。去城六十里有澄潭山，嵩嘗居此。

## 辭父墓

高蓋山頭日影微，野風吹動紙錢飛。墳前滴酒空垂淚，不見丁寧道早歸。

閩書云：萬首唐人絶句又作陳去疾詩。案：明一統志載此詩于南安縣高蓋山下，以爲歐陽詹所作。閱歐陽集無載，乃知纂修當有考也。

## 鄭準

準，字不欺，莆田人，露曾孫。乾寧四年進士及第，官司門郎。

### 代寄邊人

君去不來久，悠悠昏又明。寸心因卜解，殘夢過橋驚。聖澤如垂餌，沙場會息兵。凉風當爲我，一一送砧聲。

### 題宛陵北樓

雨來風靜緑蕪鮮，凭著朱欄思浩然。人語獨畊燒後嶺，鳥飛斜没望中煙。松梢半露藏雲寺，灘勢横流出浦船。若遣謝宣城不死，必應吟盡夕陽川。

### 雲

片片飛來靜又閒，樓頭江上復山前。飄零盡日不歸去，貼破清光萬里天。

### 清明日江南

吳山楚驛四年中，一見清明一改容。旅思共風連夜起，韶光隨酒著人濃。延興門外攀花別，采石江頭帶雨逢。無數歸心何日是，路遥戈甲正重重。

### 寄進士崔魯範

洛陽才子舊交知，別後干戈積詠思。百戰市朝千里夢，三年風月幾篇詩。山高雁斷音書絕，谷背鶯寒變化遲。會待路寧歸去得，酒樓魚浦重相期。

蘭陔詩話云：爲荆南節度使成汭從事，自負雄筆，欲比陳琳、阮瑀。宋王銍四六話云：公代成汭乞歸姓表云：「名非霸越，浮舟難效于陶朱；志在投秦，出境遂稱於張祿。」辭甚工切。有渚宫集三十卷。後因諫汭，爲汭所害。案南湖家譜：太原卿露，生觀察使珙、吏部侍郎瑜，瑜生屯衛將軍戩、太子中允敖，敖生吏部尚書鞏、大理評事臯、兵曹郎阜、司門郎準、壽州刺史肇，號五垂簪。準乾寧四年登狀元楊贊圖榜下及第。家譜載公清明江南一詩，而興化府選舉志失載。家司馬山齋公撰莆陽文獻，亦不錄公詩。豈尚未考及，抑因唐孫光憲北夢瑣言稱「滎陽鄭準」？滎陽蓋指族望而言，非謂家在滎陽。

# 柯　崇 補

崇，閩人。天復元年登進士第，授太子校書。

## 宮怨二首

塵滿金爐不炷香，黃昏獨自立重廊。笙歌何處承恩寵，一一隨風入上陽。

長門槐柳半蕭疎，玉輦沉思恨有餘。紅淚漸消傾國態，黃金誰爲達相如。

# 陳　陶

陶，字嵩伯，劍浦人。一云嶺南人，一云鄱陽人。大中時遊學長安，善天文曆數。南唐昇元中隱洪州西山，種柑橙以給妻子。自號三教布衣，以修鍊爲事，後不知所終。著有詩集行世。

北夢瑣言云：處士陳陶者，有逸才。歌詩中似負神仙之術，或露王霸之說。雖文章之士，亦未足憑，而以詩見志。有癖書十卷。聞其名而未嘗見之。

南唐書陳陶傳云：陶所遯西山，先産藥物數十種，陶採而餌之。開寶中，嘗見一叟角髮被褐，與一老媪貨藥于市，獲錢則市鮓對飲，旁若無人。既醉，行舞而歌。或疑爲陶夫婦云。

閩南唐雅云：保大末，有星孛於參芒東南。陶語人曰：「國其幾亡乎？」未幾果失。淮南李景南遷豫章，至落星灣，將訪以天象。恐陶不盡言，以其嗜鮓，乃使人僞往賣鮓。至門，陶果出，啗鮓喜甚。賣鮓者曰：「官舟至落星矣，處士知之乎？」陶笑曰：「星落不還。」景聞之，遂不復問。是歲果卒。

貫休書陳陶處士隱居云：有叟傲堯日，髮白肌膚紅。妻子亦讀書，種蘭清溪東。白雲有奇色，紫桂含天風。卽應迎鶴書，肯羡于洞洪。又云：高步前山前，高歌北山北。數載賣柑橙，山資近又足。

## 遊子吟

栖烏喜林曙，驚蓬傷歲闌。關河三尺雪，何處是天山。朔風無重衣，僕馬飢且寒。慘慽別妻子，遲迴出門難。男兒值休明，豈一作「且」。是長泥蟠。何者爲木偶，何人侍金鑾。鬱鬱守貧賤，悠悠亦無端。進不圖功名，退不處巖巒。窮通在何日，光景如跳丸。富貴苦不早，令人摧心肝。誓期春之陽，一振摩霄翰。

## 避世翁

海上一簑笠，終年垂釣絲。滄洲有深意，冠蓋何由知。直鈎不營魚，蝸室無妻兒。渴飲寒泉水，飢餐紫朮一作「靈」。芝。鶴髮披兩肩，高懷如澄陂。嘗聞仙老言，云是古鴟夷。

石竇閟一作「閉」。雷雨，金潭養蛟螭。乘槎上玉津，騎鹿游峨嵋。以人爲語默，與世爲雄雌。兹焉乃磻溪，豹變應需時。自古隱淪客，無非王者師。

## 旅次銅山途中先寄溫州韓使君

亂山滄海曲，中有橫陽道。束馬過銅梁，苕華坐堪老。鳩鳴高厓裂，熊鬬深林倒。絶壑無坤維，重林失蒼昊。躋攀寡儔侶，扶接念輿皁。俛俯慄嵌空，無因掇靈草。梯一作「睇」。窮聞戍鼓，魂續賴邱禱。敞豁天地歸，縈紆村落好。悠悠思蔣徑，擾擾愧商皓。馳想永嘉侯，應傷此懷抱。

## 步虛引一作「仙人詞」。

小隱山人十洲客，莓苔爲衣雙耳白。青編爲我忽降書，暮雨虹蜺一千尺。赤城門閉六丁直，曉日已燒一作「紅」。東海色。朝天半夜聞玉雞，星斗離離礙龍翼。一本後四句另作一首。

稗史類編云：扶桑山有玉雞，鳴則金雞鳴，而後石雞鳴，天下雞皆鳴，所謂天雞也。李詩「半壁見海日，空中聞天雞」，溫庭筠詩「漏轉霞高滄海低，玻瓈枕上聞天雞」，俱用「天雞」耳。陳陶詩蓋用「玉雞」矣。詩人獨無用「石雞」者，毋乃貴玉賤石歟？

徐氏筆精云：陳陶隱西山。步虛引奇峭不減李長吉。

## 空城雀

古城濛濛花覆水，昔日住人今住鬼。野雀荒臺遺子孫，千一作「十」。年飲啄孤桑根。不隨海燕柏梁去，應無玉環銜報恩。近村紅栗一作「粟」。香壓枝，嗷嗷黃口訴朝飢。生來未見鳳皇語，欲飛常怕蜘蛛絲。斷腸四隅天四絶，清泉綠蒿無恐疑。

## 關山月

昔年嫖姚護羌月，今照嫖姚雙鬢雪。青塚曾無尺寸歸，錦書一作「囊」。多一作「曾」。寄窮荒骨。百戰金瘡體沙磧，鄉心一片懸秋碧。漢城一作「帝」。應期一作「啼」。破鏡時，胡塵萬里嬋娟隔。度磧衝雲朔風起，邊笳欲晚生青珥。隴上横吹霜色刀，一作「色如刀」。何年斷得匈奴臂。

## 巫山高

玉峰青雲一作「翠疊」。十二枝，金母和雲賜瑤姬。花宮磊砢楚宮外，一作「列」。列仙一作

「仙客」。八面星斗垂。秀色無雙怨三峽，春風幾夢襄王獵。青鸞不在懶吹簫，班竹題詩寄江妾。飄飄絲散巴子天，苔裳玉轡紅霞蟠。一作「鮮」。歸時白帝掩青瑣，瓊枝草草迷一作「遺」。湘煙。

## 獨搖手

漢宮新燕矜蛾眉，春臺豔妝蓮一枝。迎春侍宴瑤華池，游龍七盤嬌欲飛。冶袖鶯鸞拂朝曦，摩煙裹雪金碧遺。愁鴻連翾蠶曳絲，颯沓明珠掌中移。仙人龍鳳雲雨吹，朝哀暮愁引啞一作「喔」。咿。鴛鴦翡翠承宴私，南山一笑君無辭。仙娥泣月清露垂，六宮燒燭愁風欷。

## 自歸山

海嶽南歸遠，天門北望深。暫爲青瑣客，難換一作「不替」。白雲心。富貴老閒事，猨猱思舊林。清平無樂志，一作「道」。尊酒有一作「自」。瑤琴。

## 送秦鍊師

紫府靜沉沉，松軒思别吟。一作「到琴」。水流寧有意，雲泛本無心。錦洞桃花遠，青山竹葉深。不因時賣藥，何路更相尋。

## 湓城贈别

楚岸青楓樹，長隨送遠心。九江春水闊，三峽暮雲深。氣調桓伊笛，才華蔡琰琴。迢迢嫁湘漢，誰不重黄金。

## 閒居寄太學盧景博士

無路青溟奪錦袍，恥隨黄雀住蓬蒿。碧雲夢後山風起，珠樹詩成海月高。久滯鼎書求羽翼，未忘龍闕致波濤。閑來長得留侯癖，羅列樝梨校六韜。一作「磻溪老叟無人用，閑列查梨校六韜」。又「閑」作「悶」，「校」作「教」。

十國春秋云：西山産靈藥，陶與妻日斸而餌之。而二子小字樝、梨。或問其優劣，答曰：「味雖不同，皆可於口。」詩用樝、梨二字，蓋指二子也。

## 題豫章西山香城寺

大一作「十」。地嚴宮禮竺皇，旃檀樓閣半天香。祇園樹老梵聲小，雪嶺花開燈影長。霄漢落泉供月界，蓬壺靈鳥侍雲房。何年七七空一作「金」。人降，金錫珠壇滿上方。

## 有所思一作「長相思」。

欲唱玄雲曲，知音誰復是。採掇情未來，臨池畫春水。

## 永嘉贈別

芳草溫陽客，歸心浙水西。臨風青桂檝，幾日白蘋溪。

## 水調詞

水閣蓮開燕引雛，朝朝攀折望金吾。聞道磧西春不到，花時還憶故園無。

## 朝元引

帝燭熒煌下九天，蓬萊宫曉玉爐煙。無央一作「窮」。鸞鳳隨金母，來賀熏風一萬年。玉一作「正」。殿雲開露冕旒，下方珠翠壓鰲頭。天雞唱罷南山曉，一作「曙」。春色光輝一作「先歸」。十二樓。

## 臨風歎

芙蓉樓下飲君酒，驪駒結言春楊柳。豫章花落不見歸，一望東風堪白首。

## 竹

青嵐箒亞思君祖，緑潤偏多憶蔡邕。長聽南園風雨夜，恐生鱗甲盡爲龍。

丹鉛總録云：陳張君祖竹賦「青嵐運帚，碧空掃煙」，蔡邕竹贊「緑潤碧鮮，紺文紫錢」，陶詩用此。

## 閒居雜興

一顧成周力有餘，白雲閒釣五溪魚。中原莫道無麟鳳，自是皇家結網疎。越里娃童錦作襦，豔歌聲壓郢中姝。無人說向張京兆，一曲江南十斛珠。

## 答蓮花妓

近來詩思清於水，一作「月」。老去一作「大」。風一作「心」。情薄似雲。已向昇天得門户，錦衾深愧卓文君。

麗情集云：「嚴尚書宇鎮豫章，遣小妓蓮花者往西山侍陶。陶殊不顧。妓爲詩曰：「蓮花爲號玉爲腮，珍重尚書遣妾來。處士不生巫峽夢，虚勞神女下陽臺」。陶答之云云。後人移其事爲陳圖南，非也。

## 隴西行

誓掃匈奴不顧身，五千貂錦喪胡塵。可憐無定河邊骨，猶是青閨夢里人。

丹鉛錄云：漢賈捐之議罷珠崖疏云：「父戰死于前，子鬬于後。女子乘亭障，孤兒號于道。老母寡婦飲泣巷哭，遥設虚祭，想魂乎萬里之外。」後漢南匈奴傳、唐李華弔古戰場文全用其語意，總不若此詩一變而妙。真奪胎换骨矣。

又云：按無定河在今青澗縣東六十里，南入黄河，一名奢延水，又名銀水。輿地記：唐立銀州，東北有無定河，卽圁水也。後人因潰沙急流，深淺無定，故更今名。

## 句

蟬聲將月短，草色與秋長。

比屋歌黄竹，何人撼白榆。以上見張爲主客圖。

好看如鏡夜，莫笑似弓時。新月。見吟窗雜錄。

乾坤見了文章懶，龍虎成來印綬疎。

近來世上無徐庶，誰向桑麻識卧龍。以上見釣磯立談。

北夢瑣言云：陳陶詩句云「江湖水深淺，不足掉鯨尾」。又云「飲冰狼子瘦，思日鷓鴣寒」。又云「一鼎雌雄金液火，十年寒暑鹿麑裘」。又云「寄語東流任斑鬢，向隅終守鐵梭飛」。如此例不可殫記。

## 林寬

寬，侯官人。未詳何年進士。閩南唐雅云：八閩通志皆逸其名。考其詩陪鄭諴省中寓直、寄省中知己、獻同年孔郎中，則寬寔舉進士爲諫官也。黄滔詩中有寄林寬諸作。則寬寔唐末人也。或以爲莆田人。

### 送李員外頻之建州

勾踐江頭月，客星臺畔松。爲郎久不見，出守暫相逢。鳥泊牽灘索，花空押號鐘。遠人思化切，休上武夷峰。

### 送許棠先輩歸宣州

髮枯窮律韻，字字合塤箎。日月所到處，姓名無不知。鶯啼謝守壘，苔老謫仙碑。詩道喪來久，東歸爲弔之。

### 陪鄭諴郎中假日省中寓直

憲廳名最重，假日喜從容。牀滿諸司印，庭高五粒松。井尋芸吏汲，茶拆岳僧封。鳥度簾旌暮，猶吟隔苑鐘。

## 寄省中知己

門掩清曹晚，靜將烏府鄰。花開封印早，雪下典衣頻。怪木風吹閣，廢巢時落薪。每憐吾道苦，長説向同人。

## 朱坡

朱坡坡上望，不似在秦京。漸覺溪山秀，更高魚鳥情。夜吟禪子室，曉爨獵人鐺。恃此偷佳賞，九衢蜩未鳴。

## 少年行

柳煙侵御道，門映夾城開。白日莫閒一作「空」。過，青春不再來。報讎銜雪去，乘醉臂鷹迴。取看歌鐘地，殘陽滿壞臺。

## 塞上還答友人

無端遊絶塞，歸鬢已蒼然。戎羯圍中過，風沙馬上眠。草衰頻過曉，耳冷不聞蟬。從此甘貧坐，休言更到邊。

## 哭棲白供奉

侍輦才難得，三朝有上人。琢詩方到骨，至死不離貧。風帳孤螢入，霜階積葉頻。夕陽門半掩，過此亦無因。

## 關下早行

軋軋催危轍，聽雞獨早行。風吹宿靄散，月照華山明。白首東西客，黄河晝夜清。相逢皆有事，惟我是閒情。

## 送惠補闕

詔下搜巖野，高人入舊一作「竹」。林。長因抗疏日，便作去官心。清俸供僧盡，滄洲寄迹深。東門有歸路，徒自棄華簪。

李郁

郁，泉州人。

句

身死爲修劉稹表，名高因讓陸洿書。弔歐陽秬。

稗史彙編云：秬，詹從子，開成中擢第。司勳郎中陸洿棄官隱吳中，後赴召復出。秬移書讓之，因不出。秬名益聞。竟赴澤潞劉稹幕辟。稹表指斥時政，朝廷疑秬所草，流崖州，賜死。

詹雄

雄，字伯鎮，福州人。不第終。

句

塵飛遺恨盡，花落古宮平。洛陽古城。

紅粉笙歌人代遠，月明陵樹水東流。銅雀臺。

## 庸仁傑

仁傑，泉州人。初爲僧，陳德誠勸之反初服，官終汾陽令。

### 句

紅旆渡江霞蘸水，青蛇出匣雪侵衣。贈池陽守陳德誠。
雲散便凝千里望，日斜長占半城陰。昇元閣。
只住此山寧有意，向來求佛本無心。贈嘉禾峰僧。

## 陳德誠

德誠，建州人，百勝軍節度使。

### 句

建水舊傳劉夜坐，螺川新有夏江城。

全唐詩注云：劉洞有夜坐詩，夏寶松有宿江城詩，皆見稱一時，號劉夜坐、夏江城云。

## 林無隱

無隱，閩人。

吴越備史云：林鼎，字焕文，父無隱。鼎生于明州大隱村。初，刺史黄晟頗好禮士，無隱依之，有詩名。嘗有「雪消」二句詩，知言者以無隱必生貴子。鼎仕吴越，果至丞相。

### 句

雪消一作「浦」。二月江湖闊，花發千山道路香。

## 楊鼑

鼑，字鳥之，閩人。

### 句

背日流泉生凍早，逆風歸鳥入巢遲。山中即事。見雅言系述。

## 陳嶠

嶠，字景山，閩人。暮年登第，還鄉不仕。

### 句

小橋風月年年事，爭奈潘郎去後何。見南部新書。

## 陳貺

貺，閩南人。隱居不仕，有詩名。江南野史載：「貺有詩數百首，骨格强梗，出於常態。」榕海詩話云：貺性淡漠，孤貧力學，積書數千卷，隱廬山幾四十年，衣食之[二]絶，不以動心。有季父爲沙門，時時賴其資給。苦思于詩，得句未成章已播遠近，學者多師事焉。元宗以幣致之。布裘鹿鞹，進止閒肆。因獻景陽宮懷古詩，元宗稱善，欲授以官，固辭不受。賜粟帛遣還舊隱，卒年七十。注韓居詩話云：貺能詩。一時若劉洞、江爲輩俱出其門。惜乎今所傳者只景陽臺懷古一首。

### 景陽臺懷古

景陽六朝地，運極自依依。一會皆同是，到頭誰論非。酒濃沈遠慮，花好失前機。見此尤宜戒，正當家國肥。

## 句

年年聞爾者，未有不傷情。蟬。

出得風塵者，合知歧路人。

拂榻燈未來，開門月先入。

忽生雲是匣，高以月爲臺。

入夜雖無傷物意，向明還有動人心。畫虎。俱見吟窗雜録。

## 胡令能

令能，莆田隱者。少爲負局鎪釘之業，夢人剖其腹，以一卷書内之，遂能吟咏。遠近號爲胡釘鉸。

### 喜韓少府見訪

忽聞梅福來相訪，笑著荷衣出草堂。兒童不慣見車馬，走入蘆花深處藏。

## 觀鄭州崔郎中諸妓繡樣一本作詠繡障。

日暮堂前花蕊嬌，爭拈小筆上床描。繡成安向春園裏，引得黃鶯下柳條。

## 小兒垂釣

蓬頭穉子學垂綸，側坐莓苔草映身。路人借問遥招手，怕得魚驚不應人。

## 王昭君

胡風似劍鎪人骨，漢月如鈎釣胃腸。魂夢不知身在路，夜來猶自到昭陽。

案：南部新書云：胡生者，釘鉸爲業，居近白蘋洲。旁有古墳，每茶飲必奠酹之。忽夢一人謂：「吾姓柳，平生善爲詩而嗜茶，感子苦茶之惠，欲教子以詩。」生後遂工詩。人謂之胡釘鉸詩。

## 繆神童

神童，福寧人。

閩書云：福安繆家峬山，唐時有繆氏子，七歲能文。開元間，以神童召試，賦新月稱旨。有竊掘其山者，流出淡血。其人遂不顯。

咏新月

初一作「新」。月如弓未上弦，分明掛在碧雲一作「霄」。邊。時人莫道蛾眉小，十五團圓照滿天。

【校勘記】

〔一〕「自」，唐黄御史文集同，鄭方坤全閩詩話引作「與」。

〔二〕「之」，疑當作「乏」。

# 閩詩錄　甲集卷三　宮闈

侯官　鄭　杰原輯
陳　衍補訂

## 江　妃

妃名采〔一〕蘋，莆田人。玄宗宮人，號梅妃。

梅妃傳云：姓江氏，莆田人。父仲遜，世爲醫。妃年九歲能誦二南，語父曰：「我雖女子，期以此爲志。」父奇之，名曰采蘋。開元中，高力士使閩粵，妃笄矣，見其少麗，選歸侍明皇，大見寵幸。妃善屬文，自比謝女。淡粧雅服而姿態明秀，筆不可描畫。性喜梅，所居闌檻悉植數株，上榜曰「梅亭」。梅開，賦賞至夜分，尚顧戀花下不能去。上以其所好，戲名曰梅妃。妃有簫蘭、梨園、梅花、鳳笛、玻杯、翦刀、綺窗八賦。上於兄弟間極友愛，日從燕閒，必妃侍側。後上與妃鬭茶，顧諸王戲曰：「此梅精也。賜白玉笛，作驚鴻舞，一座光輝。鬭茶今又勝我矣。」妃應聲曰：「草木之戲，誤勝陛下。設使調和四海，烹飪鼎鼐，萬乘自有心法，賤妾何能較勝負也。」上大悅。會太真楊氏入侍，寵愛日奪。上無疎意，而二人相疾，避路而行。上嘗方之英、皇，議者謂廣狹不類，竊笑之。太真忌而智，妃性柔緩，無以勝，竟爲楊氏遷於上陽東宮。後上憶妃，夜遣小黄門滅燭，密以戲馬召妃至翠華西閣，叙舊愛悲不自勝。繼而上失寤。侍御驚報曰：「妃子已届閣前，當奈何？」上披衣抱妃藏夾幕間。太真既至，問梅精安在。上曰：「在東宮。」太真曰：「乞宣至，今日同浴溫泉。」上曰：「此女已放屏無並往也。」太真語益堅。上顧左右不答。太真大怒曰：「肴核狼籍，御榻下有婦人遺舄，夜來何人侍陛下寢，歡醉至於日出不視朝。陛下可出見群臣，妾止此閣以俟駕迴。」上愧甚，拽衾向屏復寢，曰：「今日有疾，不可臨朝。」太真怒甚，逕歸私第。上頃覓妃所在，已爲小黄門送令步歸東宮。上怒斬之。遺舄並翠鈿命封賜妃。妃謂使者曰：「上棄我之深乎？」使者曰：「上非棄妃，誠恐太真無情耳。」妃笑曰：「恐憐我則動肥婢情，豈非棄耶？」妃以千金壽高力士，求詞人擬司馬相如爲長門賦，欲邀上意。力士方奉太真，且畏其勢，報曰：「無人解賦。」妃乃自作樓東賦。略曰「玉鑑塵生，鳳奩香殄。懶蟬鬢之巧梳，問縷衣之輕練。苦寂寞于蕙宮，但凝思乎蘭殿。信摽落之梅花，隔長門而不見」云云。太真聞之，訴明皇曰：「江妃庸賤，以廋詞宣言怨望，願賜死。」上默然。會嶺表使歸，妃問左右：「何處驛使來？非梅使耶？」對曰：「庶邦貢楊妃果實使來。」妃悲咽泣下。

## 謝賜珍珠

桂一作「柳」。葉雙眉久不描，殘粧和淚污紅綃。長門盡日一作「自是」。無梳洗，何必珍珠慰一作「與」。寂寥。

案梅妃傳云：上在花萼樓，會夷使至，命封珍珠一斛密賜妃。妃不受，以詩付使者曰「爲我進御前也」云云。上覽詩，悵然不樂。令樂府以新聲度之，號一斛珠，曲名始此也。後禄山犯闕，上西幸，太真死。及東歸，尋妃所在，不可得。宦者進其畫真。上言：「甚似，但不活耳。」詩題於上曰：「憶昔嬌妃在紫宸，鉛華不御得天真。霜綃雖似當時態，爭奈嬌波不顧人。」讀之泣下，命模像刊石。後上暑月晝寢，髣髴見妃隔竹間泣，含涕障袂，如花朦霧露狀。妃曰：「昔陛下蒙塵，妾死亂兵之手。哀妾者埋骨池東梅株傍。」上駭然流汗而寤。登時令往太液池發視，不獲，上益不樂。忽寤溫泉湯池側有梅十餘株，豈在是乎？上自命駕，令發視，纔數株，得屍，裹以錦裀，盛以酒槽，附土三尺許。上大慟，左右莫能仰視。視其所傷，脇下有刀痕。上自製文誄之，以妃禮易葬焉。

【校勘記】

〔一〕「采」，原作「禾」，據下文引梅妃傳改。

# 閩詩録 甲集卷四 釋子

侯官 鄭 杰原輯
陳 衍補訂



## 智 亮補

智亮，大中中閩開元寺僧，嘗袒膊行乞，號袒膊和尚。

### 戴雲山吟

人閒謾説上天梯，上萬千迴總是迷。曾似老人巖上坐，清風明月與心齊。

### 又

戴雲山頂白雲齊，登頂方知世界低。異草奇花人不識，一池分作九條溪。

## 隱峰

隱峰，俗姓鄧，邵武人。

### 遺頌

獨弦琴子爲君彈，松柏長青不怯寒。金礦相和性自別，任君試取向前看。

神僧傳云：隱峰元和中游五臺山，路出淮西。屬吴元濟兵阻，乃擲錫空中，飛身冉冉隨去，忽于金剛窟前倒立而死。亭亭然其直如植，屹定如山，併力不動。遠近瞻睹驚嘆。峰有妹爲尼，嗔目咄之曰：「老兄昔不循法，死且惑人，請從恒度。」以手輕攘，僨然而倒。遺一頌云云。

## 希運

希運，福州人，號黄蘗禪師。與唐宣宗同觀瀑布聯句，見詩話。

### 觀瀑布

穿巖越壑不辭勞，遠看方知出處高。希運。溪澗豈能留得住，終歸大海作波濤。宣宗。

## 義存

義存，住侯官雪峰寺，賜謚真覺大師。見傳燈録。

### 雪峰示偈

光陰倏忽暫須臾，浮世何能得久居。出嶺年登三十二，入閩早是四旬餘。他非不用頻頻檢，己過還須旋旋除。爲報滿朝朱紫道，閻王不怕佩金魚。

小草齋詩話云：唐懿宗咸通六年七月，雪峰祖師登象骨山曰：「真吾居也。」乃誅茅爲庵，學徒翕然。其山屬侯官縣，環控四邑，峭拔萬仞，先冬而雪，盛夏而寒，因以雪峰名焉。師住山後嘗作詩云云。

### 自述

思量未到雪峰時，愛把浮生取次疑。及至法門非法法，到頭無我亦無師。

### 句

庵前永日無狼子，磨下終年絶雀兒。

閩書云：雪峰難提塔，義存禪師所造，有自序，塔後黄滔爲作銘。旁蘸月池，有古杉，乃閩王審知與義存手植，皆數十圍。義存植者直而參天，閩王植者樛而逮地。水磨，磨下絶雀。因義存初有詩題，至今信然。

## 躭章

躭章，俗姓黄，莆田人。出家於福州靈石，嗣法洞宗。慕曹溪六祖，乃名其山曰曹。世以曹山稱之，後住仰山。

**辭南平鍾王召**案：五代史鍾傳傳累拜太保、中書令，封南平王，天祐三年卒。

摧殘枯木倚寒林，幾度逢春不變心。樵客見之猶不採，郢人何事苦搜尋。

## 志勤

志勤，長溪人。住福州靈雲寺。

**桃花**

三十年來尋劍客，幾迴葉落又抽枝。自從一見桃花後，直到于今更不疑。

指月録云：志勤初在溈山，因見桃花悟道，有偈云云。又見傳燈録。

## 懷濬

懷濬，閩人。乾寧初，知來識往，皆有神驗。

### 自咏二首

家在閩山西復西，其中歲歲有鶯啼。如今不在鶯啼處，鶯在舊時啼處啼。

家在閩山東復東，其中歲歲有花紅。而今不在花紅處，花在舊時紅處紅。

## 神禄

神禄，福州人。

### 示偈

蕭然獨處意沉吟，誰信無絃發妙音。終日法堂惟静坐，更無人問本來心。

閩書云：瑞峰院神禄禪師，久爲瑞巖侍者。後開山創院，學侶依附，有偈云云。

## 如體

如體，閩中人。

### 示頌

古曲發聲雄，今時韻亦同。若教第一指，祖佛盡迷踪。

閩書云：福州芙蓉山如體禪師，僧問如何是古人曲調，師示頌云云。

## 僧芝

芝，建州歸宗巖僧。見傳燈錄。

### 普請罷書

茶芽蔍蔌初離焙，笋角鋒芒又吐泥。山舍一春春事辦，得閒誰管板頭低。

### 庵絕頂作

千峰頂上一間屋，老僧半間雲半間。昨夜雲隨風雨去，到頭不似老僧閒。

## 神晏

神晏，福州鼓山寺僧。賜謚興聖國師。見傳燈録。

### 衆偈

直下猶難會，尋言轉更賒。若論與佛祖，特地滿天涯。

## 自珍

自珍，鼓山寺僧。見傳燈録。

### 上堂

尋牛須訪迹，學道貴無心。迹在牛還在，無心道易尋。

## 道恒

道恒，福州百丈山僧。見傳燈録。

## 示偈

不要三乘要祖宗，三乘不要與君同。君今欲會通宗旨，後夜猿啼在亂峰。

## 安文

安文，福州侯官南澗寺頭陀。見三山志。

### 普眼庵

客至不點茶，相看淡如水。白雲深谷中，穩坐浮生裏。

## 李頭陀

頭陀，長樂人。從百丈住洪州。

### 沙隄葬母

守墳三載念生緣，種樹爲陰出世恩。劃石寄言相囑付，一重孫付一重孫。

## 清豁

豁，福州保福寺僧。見傳燈録。

### 臨終遺偈

世人休説路行難，鳥道羊腸咫尺間。珍重苧溪溪畔水，汝歸滄海我歸山。

## 蜆子和尚

蜆子，京兆人。混俗閩川，冬夏一衲，逐日沿江岸採掇蝦蜆以充其腹，暮宿東山白馬廟。居民目爲蜆子和尚，後不知所終。

### 浮橋

横壓驚波防没溺，當初原剏是軍機。行人到此全無滯，一片江雲踏欲飛。

# 閩詩錄　甲集卷五　流寓

侯官　鄭　杰原輯
　　　陳　衍補注

## 秦　系

系，字公緒，會稽人。天寶末，避亂隱于南安九日山，自稱東海釣客。張建封知系不可招致，請就加校書郎。卒年八十餘。

權德輿云：系詩詞約旨深，乍近致遠。劉長卿自以爲五言長城，系用偏師攻之，雖老益壯。韋應物亦深推服之，有答秦十四校書詩云：「知掩山扉三十秋，魚鬚翠碧棄牀頭。莫道謝公方在郡，五言今日爲公休。」

新唐書隱逸傳云：系隱南安九日山，山有大松百餘章，俗傳東晉時所植。結廬其上，穴石爲研，注老子，彌年不出。刺史薛播數往見之，歲時致羊酒，而系未嘗至城門。姜公輔之謫，見系輒窮日不能去，築室與相近，忘流落之苦。公輔卒，妻子在遠，系爲葬山下。後南安人思系，爲立石于亭，號其山爲高士峰。

呂夏卿云：系在剡州作麗句亭。郡守改其居曰秦君里。大曆五年，北都留守薛兼訓奏爲右衛率府倉曹參軍。以疾辭，不就。建中初，隱于泉之南安。

徐獻忠云：秦隱君夙慕林邱，早懷曠度。但氣過其文，遂乏華秀，寥寥自得，亦可謂跨俗之致而已。

**晚秋朱拾遺放過訪山居**

不逐時人後，終年獨閉關。家中貧自樂，石上卧常閑。墜栗添新味，殘花帶老顔。侍臣當獻納，那得到空山。

**山中枉張宙員外書期訪衡門**

常恨相知晚，朝來枉數行。卧雲孳聖代，拂石候仙郎。時果連枝熟，春醪滿甕香。貧家仍有趣，山色共湖光。

**山中贈張正則評事**時授右衛佐，以疾不就。

終年常避喧，師事一作「自注」。五千言。流水閒過院，春風與閉門。山容一作「茶」。邀上客，桂實落前軒。莫强一作「何事」。教余起，微官一作「言」。不足論。

## 題石室山王寧所居罷官學道。

白雲知所好，柏葉幸加餐。石鏡妻將照，仙書我借看。鳥來翻藥椀，猿飲怕魚竿。借一作「試」。問巖一作「簷」。前樹，何枝曾挂冠。

## 春日閒居三首

一似桃源隱，將令過客迷。礙冠門柳長，驚夢院鶯呼。澆藥泉流細，圍棋日影低。舉家無外事，共愛草萋萋。

長謠朝復暝，幽獨幾人知。老鶴兼雛弄，叢篁帶月移。白雲將袖拂，青鏡出簾窺。邀取漁家叟，花間把酒巵。

寂寂池亭裏，軒窗間綠苔。遊魚牽荇没，戲鳥踏花摧。小徑僧尋去，高峰鹿下來。中年曾屢辟，多病復遲迴。

## 題章野人山居

帶郭茅亭詩興饒，迴看一曲倚危橋。門前山色能深淺，壁上湖光自動摇。閒花散落填書帙，戲鳥低飛礙柳條。向此隱來經幾輩，如今已是漢家朝。

## 耶溪書懷寄劉長卿員外時在睦州。

時人多笑樂幽栖，晚起閒行獨杖藜。雲色卷舒前後嶺，藥苗新舊兩三畦。偶逢野果將呼子，屢折荆釵亦爲妻。擬共釣竿長往復，嚴陵灘上勝耶溪。

## 鮑防員外見尋因書呈贈曾與系同舉場。

少小爲儒不自强，如今懶復見侯王。覽鏡已一作「自」。知身漸老，買山將作計偏長。荒涼鳥獸同三徑，撩亂琴書共一牀。猶有郎官來問疾，時人莫道我一作「託」。佯狂。

## 獻薛僕射

系家于剡山，向盈一紀。大曆五年，人或以其文聞于鄴留守薛公。無何，奏系右衛率府倉曹參軍。意所不欲，以疾辭免，輒獻斯詩。

由來那敢議輕肥，散髪行歌自採薇。逋客未能忘雅興，辟書翻遣脱荷衣。家中匹婦空相笑，池上群鷗盡欲飛。更乞大賢容小隱，益看愚谷有光輝。

### 張建封大夫奏系爲校書郎因寄此作

久是煙霞客，潭深釣得魚。不知芸閣上，遺校幾多書。

### 秋日送僧志歸山寺

禪室繩牀在翠微，松間荷笠一僧歸。磬聲寂歷宜秋夜，手冷燈前自衲衣。

### 宿雲門上方

禪室遥看峰頂頭，白雲東去水長流。松間倘許幽人住，不更將錢買沃州。

### 即事奉呈郎中韋使君時系試秘書省校書郎。

久卧雲間已息機，青袍忽著狎鷗飛。詩興到來無一事，郡中今有謝玄暉。

## 周朴

朴，字太朴，一字見素。其先吴興人，避地福州，寄食烏石山僧寺。黄巢寇閩，欲降之。朴不從，遂見害。案：唐詩品匯作「閩人」。

六一詩話云：唐之晚年詩人，無復李、杜豪放之格，然亦務以精意相高。如周朴者，構思尤艱，每有所得，必極其雕琢。故時人稱朴詩「月鍛季煉，未及成篇，已播人口」。其名重于當時如此。

太朴詩序云：夫詩章者，飾治之華袞，不朽之鼎彝。然必有氣節以根柢之，乃可傳也。微氣節，則亦空文而已。玉巵無當，曷足多尚乎？昔之言詩者，若蘇屬國之悲壯，陶彭澤之冲和，杜拾遺之雄偉，世類能道之。夷考其人，蘇則抗節虜廷，陶則恥事二姓，杜則忠不忘君，其大節凛然，故其詩名因斯益重。李唐末季，巢寇肆逆，遠邇縉紳咸蒙其禍。乃周朴獨以羈旅之士，厲志不屈，視死如歸，可不謂烈哉？友人徐興公，篤志好古，樂闡幽光，搜厥遺言，得如干首。予取而讀之，第見其意氣激昂，詞旨超詣，天趣渾然，無幾微垒俗之態。蓋惟其素養之貞而且純，故發爲藻翰，如清冰美玉，見諸氣節，如烈日秋霜。匪偶然也。若太朴者，詎第其詩足重已耶？太朴舊有祠在烏石之嶺，歲久湮廢。今將圖所以新之，故先剛其詩以貽同志。萬曆丁未夏日，閩中趙世顯仁甫撰。

### 贈大潙和尚

大潙清復深，萬象影沈沈。有客衣多毳，空門偈勝金。王侯皆作禮，陸子只來吟。我問師心處，師言無處心。

## 寄處士方干

桐廬江水閒，終日對柴關。因想別離處，不知多少山。釣舟春岸泊，庭樹曉一作「晚」。鶯還。莫便求栖隱，桂枝堪恨顔。

## 董嶺水

湖州安吉縣，門與白雲齊。禹力不到處，河聲流向西。去衙山色遠，近水月光低。中有高人在，沙中曳杖藜。

本傳云：朴，唐季避地安溪，今名周塘。後居福州烏石山，假丈室以居。不飲酒，不茹葷，塊然獨處。諸僧晨粥卯食，朴亦携巾盂廁于僧下，畢飦而退，率以爲常。郡中豪貴設供施僧錢，卽巡行拱手，各丐一錢。有以三數錢與者，止受其一耳。得千錢以備茶藥之費，將盡復然，僧徒亦未嘗厭也。喜吟詩，尤尚苦澀。每遇景物，搜奇抉思，日旰忘返。得一聯一句，則怡然自快。嘗野逢一負薪者，忽持之且厲聲曰：「我得之矣。」樵夫矍然驚駭，掣臂棄薪而走。遇遊徼卒，疑樵者爲偷兒，執而訊之。朴徐往告卒曰：「適得句耳。」卒乃釋之。蓋賦古墓詩，少落句，偶見樵者，遂足成云：「子孫何處閒爲客，松柏被人伐作薪。」朴嘗有「禹力不到處，河聲流向西」之句，恒自稱譽。有客知其自負，途遇朴，佯誦「向西」爲「東」，遂鞭馬令駛。而朴直追數十里，挽銜勒而告之曰：「此予詩也，向所誦向東，當是西字之誤耳。」其好奇如此。黄巢至閩，求得朴，曰：「能從我乎？」答曰：「我尚不仕天子，焉能從賊？」巢怒，殺之，湧起白膏尺餘。郡人于烏石山隣霄臺祠祀之。賜廟額曰剛顯。

## 贈雙峰和尚

岌岌雙髻山，瀑布瀉雲間。塵世自疑水，禪門長去關。茯神松不異，藏寶石俱閒。向此師清業，如何方可攀。

三山志云：剛顯廟在烏石山之巔，唐末周朴隱居于此，與僧靈觀、薛長官逢友善，雙峰寺法主大潙寺懶安，更爲禪悦之交。黄巢之亂，遂遇害。後人卽其山立三賢祠，祀朴與靈觀、薛逢。雙峰寺亦立三賢祠，祀朴與法主并李中丞瓚。紹興初，張丞相浚謫福州，將遊雙峰，夜夢一僧與一金紫人及白袍士來謁。翌旦登山堂，見三公容貌如夢中，異之。及爲帥，遊烏石至公祠。歎公死節三百年來，未有廟額，無以激勵當世，乃奏之，詔賜號「剛顯」。郡人鄭昂記而序之曰：「東漢之衰，陳蕃、李固、孔融之徒相與標榜，以節義名世。故雖以曹瞞之陰賊，終身睥睨漢室，不敢取。唐末名節掃地，君子在野，小人在位，朱溫以斗筲穿窬之才，談笑而攘神器。士大夫亦欣然與之，莫敢正議。使公得志，肯以國與人乎？乃爲詩以貽來者，俾歌以事公云。」

## 王霸壇

卽今西禪寺。山南鑿井，有白龜吐泉。霸因之煉藥點金，利濟貧民。服其餘藥于皂莢樹下，蟬脫而去。

王君上升處，信宿古居前。皂樹卽須朽，白龜應亦全。雲間猶一日，塵裏已千年。碧色壇如黛，時人誰可仙。

## 送梁道士

舊居桐柏觀，歸去愛安閑。倒樹造新屋，化人修古壇。晚花霜後落，山雨夜深寒。應有同溪客，相尋學煉丹。

## 哭陳庚

繫馬向山立，一杯聊奠君。野煙孤客路，寒草故人墳。琴韻歸流水，詩情寄白雲。日斜休哭後，一作「處」。松吹一作「韻」。不堪聞。

## 題赤城中巖寺見天台總志。一本無下三字。

浮世師休話，晉時燈照巖。禽飛穿靜户，藤結入高杉。存没詩千首，廢興經數函。誰知將俗耳，來此避囂讒。

## 遊玉泉寺見湖廣總志。一本無「遊」字。

寺還名玉泉，澄一作「洌」。水亦遭賢。物尚猶如此，人心一作「爭」。合偶然。溪流雲斷外，山峻鳥飛前。一作「還」。初日長廊下，高僧正坐禪。

## 登福州南澗寺

萬里重山遶福州，南横一道見溪流。天邊飛鳥東西没，塵裏行人早晚休。曉日春山當大海，連雲古塹對高樓。那堪望斷他鄉目，一作「外」，一作「客」。只此蕭條自白頭。

## 哭李端

三年翦拂感知音，哭向青山永夜心。竹在曉煙孤鳳去，劍荒秋水一龍沈。新墳日落松聲小，舊宅春殘草色深。不及此時親執紼，石門遥想淚沾襟。

## 桐柏觀見天台志。

東南一境清心目，有此千峰插翠微。人在下方衝月上，鶴從高處破煙飛。巖深水落寒侵骨，門静花開客照衣。欲識蓬萊今便是，更於何處學忘機。

## 塞上曲

一陣風來一陣沙，有人行處没人家。黄河九曲冰先合，紫塞三春不見花。

## 薛老峰

薛老峰頭三個字，須知此與石齊生。直教截斷蒼苔色，浮世人儕眼始明。

樵書初編云：閩縣薛老峰山頂，突起「向陽峰」三字。薛老，薛逢也，咸通中爲侯官令，與僧靈觀創庭其側。人書其峰曰「薛老」云。僞閩癸卯歲，一夕風雨，聞山上如數千人喧噪，旦則三字倒立。其年閩亡云。

## 弔李群玉

群玉詩名冠李唐，投詩換得校書郎。吟魂醉魄知何處，空有幽蘭隔岸香。

## 句

古陵寒雨集，高鳥夕陽明。

高情千里外，長嘯一聲初。以上見張爲主客圖。

月離山一丈，風吹花數苞。見吟窗雜録。

曉來山鳥鬧，雨過杏花稀。見優古堂、六一、全唐三詩話。

平潮晚影沈清底，遠岳危欄等翠尖。

曲渚迴灣鎖釣舟。以上見海録碎事。

白日纔離滄海底，清光先照户窗明。靈岩廣化寺。見閩志。

連雲天塹有山色，極目海門無雁行。見泉州志。

可憐黄雀啣將去，從此莊周夢不成。詠蝶。見閩大記。

禪是大溈詩是朴，大唐天子只三人。贈大溈。

## 黎　瓘

瓘，南海人，寓漳州。

閩書云：咸通間，崔衮刺漳州。有麻衣黎瓘者，南海狂士也，遊于漳，衮禮遇之。瓘頻于席上喧酗，爲押衙王剬所惡。鄉飲之日，諸賓悉赴客司，獨不召瓘。瓘作翻韻詩贈崔，坐中大笑。崔馳騎迎之。按：刺史崔衮，其押衙王剬，名俱見開元寺咸通塔中。

### 贈崔使君鄉飲翻韻詩

慣向溪邊折柳楊，因循行客到州漳。無端觸忤王衙押，不得今朝看飲鄉。

## 黄子稜

子稜，洛陽人，寓居建陽東觀山。唐末侍御史。

閩小紀云：世以考亭稱文公。予癸巳陪巡過建陽，宿麻沙，見晦翁後人所藏家譜，知考亭是黄氏之亭。後從徐存承得見黄詩。按五季亂，黄端公子稜隨父禮部尚書入閩，見建陽山水秀麗，遂家焉。父殁，葬于三桂里。子稜乃築亭于半山，以望其考，因名「望考」。文公居近其地，世因以考亭稱之。以地稱人可也，以他人之考稱文公，于理甚悖。然公在日，實無此稱。後人誤謬，急當改正。

## 入閩至建陽

青山木笏尚初官，未老金魚是等閒。世上幾多名將相，門前無此好溪山。市樓曉日紅高下，客艇春波綠往還。人過小橋頻指點，全家都在畫圖閒。

查初白蘇詩注云：唐黄子稜于建陽東觀山築亭以望其父之墓，曰望考亭，因以名里。朱文公之父韋齋先生愛建陽山水，未及卜居。公築考亭以承先志，正取黄侍御之意。後人專以考亭屬文公，侍御之名湮矣。

## 韓偓

偓，字致堯，一字致光，京兆萬年人。龍紀元年擢進士第，佐河中幕府，召拜左拾遺，累遷諫議大夫，歷翰林學士、中書舍人、兵部侍郎。昭宗時，朱全忠忌之，斥于上前，欲殺之。以鄭元規救解貶濮州司馬，再貶滎懿尉，徙鄧州司馬。天祐二年復召爲學士，不入。挈其族依王審知，家于三山，自號玉山樵人。所著有翰林集、香奩集。卒，葬於閩。

金鑾密記云：昭宗召偓入院，試文五篇，萬邦咸寧賦、禹拜昌言賦、武臣授東川節度制、答佛誓國進貢書、批三功臣讓圖形表。

石林葉氏云：唐史偓傳，貶濮州後卽不甚詳。吾家所得偓詩，皆以甲子歷歷自記，有天祐二年乙丑在袁州得人賀復除戎曹依舊承旨詩，又有丁卯年聞再除戎曹依前充職詩，蓋兩召皆辭不赴也。終身不食梁祿，大節與司空表聖略相等。惜乎唐史只書乙丑一召，不爲少發明之。

又云：世傳香奩集江南韓熙載所爲，誤。沈存中筆談又謂晉相和凝所爲，後貴，惡其側豔，嫁名于偓，亦非也。余家有唐吴融詩一集，其中有和韓致堯無題三首，與香奩集中無題韻正同。而偓序中亦俱載其事。又余曾在溫陵于偓裔孫駉處，見偓親書所作詩一卷。雖紙墨昏淡，而字畫宛然，其裊娜、多情、春盡等詩多在卷中，此可驗矣。偓富于才情，詞致婉麗，能道人意外事，固非凝所及。據北夢瑣言云：「凝少年好爲小詞令，布于汴、洛。洎作相，專令人收拾焚毁。契丹入寇，號爲曲子相公。」然則凝雖有集，乃浮豔小詞耳，安得便以今世所行香奩集爲凝作耶？

夢溪筆談云：偓詩極清麗，有手寫詩百餘篇在其四世孫奕處。偓天復中避地泉州之南安，遂家焉。慶曆中，余過南安，見奕出其手集，字極淳古可愛。後詣闕獻之，以其忠臣之裔，得司事參軍，終于殿中丞。

全唐詩録云：「偓十歲能詩，嘗即席爲詩送父友李商隱，一坐盡驚。初喜爲閨閣詩，後遭故遠遁，出語依于節義，得詩人之正焉。商隱集贈韓冬郎詩有「十歲能詩走馬成」及「雛鳳清于老鳳聲」之句。蓋冬郎，偓小字。父瞻，開成中商隱同年也。

香奩集自序云：余溺章句，信有年矣。誠知非丈夫所爲，不能忘情，天所賦也。自庚辰、辛巳之際，迄辛丑、庚子之間，所著歌詩不啻千首。其間以綺麗得意者亦數百篇。往往在士大夫之口，或樂工配入聲律，粉墻椒壁，斜行小字，竊咏者不可勝記云云。又「柳巷青樓，未嘗糠粃；璇閨繡户，始預風流」云云。

南唐近事云：偓捐館，有一篋緘鐍甚密，發觀之，惟燒殘龍鳳燭百餘條。蓋在翰院日，昭宗召對，深夜，宫妓秉燭以送，悉藏之，識不忘也。

## 草書屏風

何處一屏風，分明懷素踪。雖多塵色染，猶見墨痕濃。怪石奔秋澗，寒藤掛古松。若教臨水畔，字字恐成龍。

宣和書譜云：偓行書亦可喜，題懷素草書一詩，非潛心字學，作語不能逮此。

## 信筆

春風狂似虎，春浪白于鵝。柳密藏煙易，松長見日多。生涯采芝叟，鄉俗摘茶歌。道在無伊鬱，天將奈爾何。

## 幽窗

刺繡非無暇，幽窗自鼓歡。手香江橘嫩，齒軟越梅酸。密約臨行怯，私書欲報難。無憑諳鵲語，猶得暫心寬。

## 懶　起

百舌惱朝眠，春心動幾般。枕霞紅黯淡，淚粉玉闌珊。籠繡香煙歇，屏山燭燄殘。暖憐羅襪窄，瘦覺錦衣寬。昨夜三更雨，臨明一陣寒。海棠花在否，側卧卷簾看。

案：楊誠齋以末四句爲一首，其詩話云：五七字絶句最少，而最難工。雖作者，亦難得四句全好。晚唐惟韓偓「昨夜三更雨」四句皆好。

## 雨後月中玉堂閑坐一作「禁中作」。

銀臺直北金鑾外，暑雨初晴皓月中。唯坐松篁聽刻漏，更無塵土翳虚空。緑香熨齒冰盤果，清冷侵肌水殿風。夜久忽聞鈴索動，玉堂西畔響丁東。禁署嚴密，非本院人雖有公事不敢遽入。至于内夫人宣事，亦先引鈴。每有文書，即内臣立于門外。鈴聲動，本院小判官出受，受訖，授院使，院使授學士。

## 苑　中

上苑離宫處處迷，相風高與露盤齊。金階鑄出狻猊立，玉柱雕成狒狖一作「狖狒」，又作「翡翠」。啼。外使調鷹初得按，五方外按使以鷹隼初調習始能擒獲，謂之得按。中官過馬不教嘶。上每乘馬，閹官馭以進，謂之過馬；既乘之，而後蹀躞，而馬嘶鳴。笙歌錦繡雲霄裏，獨使詞臣醉似泥。

溫公詩話云：北都使宅，舊有過馬廳。蓋唐時方鎮亦傚之，因而名廳事也。

## 冬至夜作

天復二年壬戌，隨駕在鳳翔府。

中宵忽見動葭灰，料得南枝有早梅。四野便應枯草緑，九重先覺凍雲開。陰冰莫向河源塞，陽氣今從地底迴。不道慘舒無定分，卻憂蚊響又成雷。

瀛奎律髓云：是時朱全忠圍岐甚急，李茂貞有連和之意。偓之孤忠處此，殆知其必一反一覆，終無定在歟？結末大關時事，不但咏至節也。

## 秋郊閒望有感

楓葉微紅近有霜，碧雲秋色滿吴鄉。魚衝駭浪雪鱗健，鴉閃殘陽金背光。心爲感恩長慘慽，鬢緣經亂早蒼浪。可憐廣武山前語，楚漢寧教作戰場。

## 卜隱

屏迹還應減是非，卻憂藍玉又光輝。桑梢出舍蠶初老，柳絮蓋溪魚正肥。世亂豈容長愜意，景清還覺易忘機。世間華美無心問，藜藿充腸苧作衣。

詩話總龜云：梅聖俞河豚詩云「春岸飛楊花」，永叔謂河豚食楊花則肥。韓偓詩「柳絮覆溪魚正肥」，大抵魚食楊花則肥，不必河豚也。

## 安貧

手風慵展八行書，眼暗休尋九局圖。窗裏日光飛野馬，案頭筠管長蒲蘆。謀身拙爲安蛇足，報國危曾捋虎鬚。舉世可能無默識，未知誰擬試齊竽。

太平廣記云：昭宗嘗面許偓爲相。奏云：「陛下運契中興，當復用重德鎮風俗。臣座主右僕射趙崇，可充是選。乞迴臣之命授崇，天下幸甚。」上嘉歎。翌日制用崇暨兵部侍郎王贊爲相。全忠聞之，馳入請見，于上前具言二公長短。上曰：「趙崇是偓薦。」時偓在側，全忠叱之。偓奏曰：「臣不敢與大臣爭。」上曰：「韓偓出。」尋謫官。詩「謀身」云云，此也。

全唐詩錄云：按史稱「偓直内禁，屢參密謀，爲全忠所忌」。又侍宴時全忠臨陛宣事，衆皆去席，偓守禮不爲動，全忠以爲薄己。其云「危捋虎鬚」，非獨薦趙崇一事也，廣記似覺未盡。

潘子真詩話云：山谷嘗爲予言：杜子美雖流離顛沛，心未嘗不在朝，故句律精深超古作者，蓋忠義之氣奮發而然。韓偓貶逐後，集中所載手風一詩，其詞凄楚，不忘其君也。

後村詩話云：偓與吴融同時爲詞臣。偓忠唐，爲朱三面斥貶責不悔。如「捋虎鬚」之句，人未嘗誦，似爲香奩所掩。及朱三篡弑，偓羈旅于閩。時王氏割據，偓詩文只稱唐朝官職，與淵明稱晉甲子異世同符。予讀其集，壯其志，錄其警聯于篇。内三數篇自述其玉堂遭遇，唐季非復承平舊觀，而待詞臣之禮猶然，存之以備金鑾密記之闕。

西河詩話云：韓偓詩「窗裏日光飛野馬，案頭筠管長蒲盧」，上句謂窗隙日影中多見飛塵，人猶易解；至次句，則案頭竹管豈長蒲葦耶，便相顧錯愕。按中庸：「夫政也者，蒲盧也。」舊先蒲盧是蜾蠃名。爾雅云：「卽細腰蜂也。」蜾蠃取螟蛉納書案筆管中，以泥封之，閲數日而化爲蜾蠃。其以之証政舉者，正以言民化之易也。是以家語曰「天道敏生，人道敏政，地道敏樹。夫政也者，蒲盧也，待化而成」，其著「待化而成」四字，明明解「敏政」之譬，自夫子自言之，且自注之者。自宋人作章句，改盧爲蘆，以蒲葦當之，則不惟中庸、爾雅、毛詩俱不能解，卽冬郎一七字詩亦無解處矣。嗟夫，讀經、讀詩皆不可無學如此。

## 殘春旅舍

旅舍殘春宿雨晴，恍然心地憶咸京。樹頭蜂抱花鬚落，池面魚吹柳絮行。禪伏詩魔歸靜域，酒衝愁陣出奇兵。兩梁免被塵埃污，拂拭朝簪待眼明。

捫蝨新語云：杜子美「魚吹細浪摇歌扇」，李洞「魚摇清影上簾櫳」，韓偓「池面魚吹柳絮行」，此三句皆言魚戲，而韓爲優。

## 裊娜丁卯年作。

裊娜腰肢淡薄妝，六朝宮樣窄衣裳。著詞暫見櫻桃破，飛醆遥聞荳蔻香。春惱情懷身覺瘦，酒添顔色粉生光。此時不敢分明道，風月應知暗斷腸。

## 多情

天遣多情不自持，多情兼與病相宜。蜂偷崖蜜初嘗處，鶯啄含桃欲咽時。酒蕩襟懷微駊騀，春牽情緒更融怡。水香賸注金盆裏，瓊樹長須浸一枝。

## 春盡

惜春連日醉昏昏，醒後衣裳見酒痕。細水浮一作「漾」。花歸别澗，一作「浦」。斷雲含雨入孤村。人閑易得一作「有」。芳時恨，地勝一作「過」。難招自古魂。慙媿流鶯相厚意，清晨猶爲到西園。

三　月

辛夷纔謝小桃發，踏青過後寒食前。四時最好是三月，一去不迴唯少年。吳國地遥江接海，漢陵魂斷草連天。新愁舊恨真無奈，須就鄰家甕底眠。

湖南絶少含桃，偶有人以新摘者見惠，感事傷懷，因成四韻

時節雖同氣候殊，不知堪薦寢園無。合充鳳食留三島，誰許鶯偷過五湖。苦笋恐難同象匕，秦中爲櫻桃之會，乃三月也。酪漿無復瑩蠙珠。湖南無牛酪之味。金鑾歲歲長宣賜，忍淚看天憶。

能改齋漫録云：秦中歲時紀所謂「四月十五日，自堂厨至百司厨，通謂之櫻笋厨」，非妄也。案復齋漫録云偓自注云：每歲貢進之後，先宣賜學士。

深　溪

鵝兒唼啑梔黄觜，鳳子輕盈膩粉腰。深院下簾人晝寢，紅薔薇映碧芭蕉。

金玉詩話云：有不識鳳子爲何物，問予，姑以蝶應之，聞者依違而已。退念藏書萬數，不能貯心，

亦病也。徐悟乃崔豹古今注耳，謂蛺蝶大者爲鳳子。

## 寄鄰莊道侶 一作「道士」。

聞説經旬不啓關，藥窗誰伴醉開顔。夜來雪壓窗前竹，剩見溪南幾尺山。

## 已涼

碧闌干外繡簾垂，猩血屏風畫折枝。八尺龍鬚方錦褥，已涼天氣未寒時。

## 遥見

悲歌淚濕澹胭脂，閒立風吹金縷衣。白玉堂東遥見後，令人評泊畫楊妃。

池北偶談云：李子田云「評泊者，論貶人是非也」，今作「評駁」者非。近諸本或作「斗薄」，或轉訛「陟薄」，殊無意義。萬首絶句本作「評泊」，當猶近古。

## 春恨

殘夢依依酒力餘，城頭批鵊伴啼烏。平明未捲西樓幕，院静時聞響轆轤。

留青日札云：批鴂鳥，卽鵯鴂鳥也，催明之鳥。

## 崔道融 補

道融，荆州人。官至右補闕，避地入閩，依王審知。著有申唐詩三卷、東浮集九卷。

十國春秋云：道融素與黄滔善。其卒也，滔爲文祭之。

唐音戊籤云：東浮集，乾寧乙卯永嘉山齋所編，自稱東甌散人。時蓋避亂永嘉，故云。高棅謂爲永嘉令，誤也。又考王審知福州金像碑，幕客中有道融名。而碑成於天祐四年，又在乾寧後。則其終於閩可知矣。

### 梅花

數萼初含雪，孤標畫本難。香中別有韻，清極不知寒。横笛和愁聽，斜枝奇病看。朔風如解意，容易莫摧殘。

### 句

如今卻羨相如富，猶有人間四壁居。楊誠齋詩話。

## 句

萬里一點白，長空鳥不飛。

詩格：道融邊庭雪詩云云，俱爲人傳誦。

# 閩詩録　甲集卷六　讖記謠語

侯官　陳　衍補輯
黄　濬校訂

## 漳泉分地神篆

開元中，漳、泉二州分疆界不均，互訟於臺，不能斷。州官焚告山川，以祈神應。俄而雷雨大至，崖壁中裂，所競之地拓爲一徑，高千尺，深五里，因爲官道。壁中有古篆六行二十四字，皆廣數尺。雖約此爲界，人莫能識。貞元初，流人李協辨之。「永安」、「龍溪」者，兩郡界首鄉名也。

漳泉兩州，分地太平。永安龍溪，山高氣清。千年不惑，萬古作程。

## 莆田石記

慶曆中，張緯宰莆田，得一石，其文云云。有大曆五年縣令鄭押字記。今人家用碑石書曰「石敢當」三字鎮於門，亦此風也。

石敢當，鎮百鬼，壓災殃。官吏福，百姓康。風教盛，禮樂昌。

## 王霸仙壇甎刻

樹枯不用伐，壇壞不須結。未滿一千歲，自有系孫列。後來是三皇，潮水蕩禍殃。巖逢二乍間，未免有消亡。子孫依吾道，代代封閩疆。

黄滔撰王審知福州造像碑云：梁時王霸於怡山上昇。山在府城西五里。光啓丁未歲，衢之爛柯山道士徐景立於仙壇東北隅取土，掘得瓷缶七口，各可容一升水。其中悉有炭，上總蓋一青甎，刻文字云云。其壇東南有皂莢樹，古云真君於此樹上上升。其後枯矣，至咸通庚寅歲復榮茂。爲我公開閩之祥也。

五代史補云：「潮蕩禍殃」謂王潮除禍患開基也。「巖逢二乍間」，謂連帥陳巖死，潮取閩也。「代代」，明封崇不過潮與審知兩世也。

## 古棺石銘

建州刺史熊博，初爲建安津吏。崖崩，得一古冢，藤蔓纏其棺，旁有石銘云云。博時貧，爲率錢葬之。

欲陷不陷被藤縛，欲落不落被沙閣。五百年後遇熊博。

閩人語

歐陽獨步，藻藴横行。謂歐陽詹及林藻、林藴相繼登第也。

建安語

龍門一半在閩川。成都距長安才二千里，每歲隨計求名者甚鮮，建安之貢，無歲無之，故云。

福州謡

騎馬來，騎馬去。王潮以光啓二年丙午拜泉州刺史，至晉開運三年丙午南唐滅王氏，謡之驗也。

閩人謡

風吹楊菜鼓山下，不得錢郎戈不罷。王審知時有此謡。後延羲、延政兄弟相攻，國中大亂。忠獻王錢佐時年十九，遣兵伐之，敗淮將楊業、蔡遇等，盡取福州之地。鼓山，福州山名。以上全唐詩。

# 閩詩録　乙集卷一

侯官　鄭　杰原輯
　　　陳　衍補訂

## 閩主康宗

名繼鵬，姓王氏，審知之孫，延鈞長子。既立，更名昶，改元通文。被弒，謚「康宗」。

### 批葉翹疏

春色曾看紫陌頭，亂紅飛處不禁秋。人情自厭芳華歇，一葉隨風落御溝。

金鳳外傳云：繼鵬元妃梁國夫人李氏，同平章事敏之女。繼鵬寵春燕，欲廢夫人。内宣徽使參政事葉翹諫曰：「夫人，先帝之甥，聘之以禮，奈何以新愛易乎？」繼鵬不聽。翹復上書極爭，批其疏云云。放翹歸永泰，梁國竟廢。

案十國春秋康宗后李氏傳：本惠宗宫人，名春燕。惠宗病，康宗因陳后以求春燕，惠宗怏怏與之。康宗嗣位，立爲淑妃。及通文改元，復爲后，别造紫薇宫。

案：春燕，李倣之妹，梁國李敏女，皆李姓。

## 王延彬

延彬，審知弟審邽之子，官平虜節度使。

案：全唐詩話云：中原人士楊承休、鄭璘、韓偓、歸傳懿、楊贊圖、鄭戩等皆避亂入閩，依審邽。審邽振賦以財，遣延彬作招賢館禮焉。後封開國伯。

### 春日寓感

兩衙前後訟堂清，軟錦披袍擁鼻行。雨後綠苔侵履迹，春深紅杏鎖一作「啓」。鶯聲。因攜久醞松醪酒，自煮新抽竹一作「綠」。筍羹。也解爲詩也解政，儂家何似謝宣城。

稗史類編云：延彬性多藝而奢縱。日服一巾櫛，日易一汗衫。能爲詩，亦好談佛理。詞人、禪客謁見，多爲所屈。初，審邽領兵至泉州，舍于開元寺，生延彬于寺之堂。既生，而有白雀一棲於堂中，迄延彬之終，方失其所。凡三十年，仍歲豐稔，每發蠻舶，無失墜者，人因謂之招寶侍郎。朝廷贈延彬雲中節度使。及卒，復葬雲臺山，迄今閩人謂之雲臺侍中。有寓感詩，人多誦之。

## 哭徐寅

延壽溪頭嘆逝波，古今人事半消磨。昔除正字今何在，所謂人生能幾何。

案：十國春秋云：延彬刺泉州時，徐寅每同遊賞。常被病，求藥物於延彬，延彬答書云：「善自調護，亦可自開豁。三皇五帝，不死何歸？」蓋舉寅人生幾何賦以戲之也。賦云「常聞蕭史、王喬，長生孰見；任是三皇五帝，不死何歸？」故寅卒，延彬哭之詩云云。延壽溪，寅所居也。

## 句

莫怪我來偏禮足，蕭宮無箇似吾師。

閩書云：泉州開元寺宏則禪師性簡素，不求贏餘，稍食無有。雖王公予膏腴，卻不納。刺史王延彬有贈句云云。

## 王繼勳

繼勳，審知諸孫。連重遇之亂，泉州軍將留從效擁立爲刺史，後執送南唐。

### 贈和龍妙空禪師一作「贈妙空禪師」。

四一作「白」。面山南靈慶院，茅齋道者雪峰禪。只棲雲樹兩三畝，不下煙蘿四一作「十」。五年。猨鳥認一作「聽」。聲呼喚易，神龍一作「龍神」。降伏住持堅。誰知今日秋江畔，獨步醫王闡法筵。

## 徐　夤

夤，或作寅，字昭夢，莆田人。登乾寧進士第，授秘書省正字。博涉經史，文詞綺麗，尤長於賦。後依王審知，因禮待簡略，歸隱延壽溪。著有探龍、釣磯二集。

五代史補云：寅登第歸閩，中途經大梁，因獻太祖遊大梁賦。時梁祖與太原武皇爲讐敵，武皇眇一目而又出自沙陀部落，寅欲曲媚梁祖，故詞及之云：「一眼蕃人，望英威而膽落。」未幾，有人得其本示太原者，武皇見而大怒。及莊宗之滅梁也，四方諸侯以爲唐室復興，奉琛爲慶者相繼。王審知在閩中亦遣使至。遽召其使問曰：「徐寅在否？」使不敢隱，以無恙對。莊宗因慘然曰：「汝歸語王審知，父母之讐，不可同天。徐寅指斥先帝，今聞在彼中，何以容之？」使回，具以告。審知曰：「如此，則主上欲殺徐寅爾。今殺則未敢奉詔，但不可用矣。」即日戒閽者不得引接。徐寅坐是終身止于秘書正字。

又云：黄滔在閩中爲王審知推官，一旦餽之魚。時滔方與徐寅對談，遂請爲代謝牋。寅援筆而成。其略曰：「銜諸斷索，才從羊續懸來；列在琱盤，便到馮驩食處。」時人大稱之。

閩書云：寅舉進士，試止戈爲武賦，有「破山加點，擬戍無人」之句。侍郎李懌奇之，擢秘書省正字。嘗作人生幾何賦，四方傳寫，長安紙價爲高者三日。時朱全忠以梁國兼四鎮，寅投所業。引見間無雲而雨，索詩立成一絶，全忠大喜。一日，醉誤觸諱，全忠色變，殺其主客。寅大懼。時全忠竊窺唐祚，屢與李克用相攻。時夢淮陰侯授以兵法，寅遂作遊大梁賦以獻，有「千年漢將，感精魄以神交；一眼胡奴，望英風而膽落」之句。「漢將」指韓淮陰，「一眼胡奴」指克用也。全忠讀之大喜，令軍士誦之。手酬一縑，不責前慢。及梁祖受禪，再試進士第一。梁祖曰：「是賦人生幾何者耶？『三皇五帝，不死何歸』此語，盍改之？」寅曰：「臣寧可無官，不可改賦。」遂拂衣歸。梁祖怒，削其名。

案劉後村徐先輩集序云：唐人尤重公賦，目爲「錦繡堆」。日本諸國至以金書人生幾何賦、御溝水、斬蛇劍等篇爲屏幛。又後村跋云：徐先輩不肯事朱梁，歸死於莆。其墓只書「徐先輩」，與朱文公書「晉處士陶潛」何異？今釣磯草堂基猶存。至曾孫，以「薄俸能廉，官卑不屈」爲王黄州所稱。又詩如「豐年甲子春無雨，良夜庚申夏足眠」、「身閑不厭常來客，年老偏憐最小兒」。

案十國春秋云：夤初登第，試止戈爲武賦，一燭裁盡，已就。夤賦膾炙人口，其最著者過驪山賦、斬蛇劍賦、勾踐進西施賦、御溝水賦。

### 旅次寓題

胡爲名利役，來往老關河。白髮隨梳少，青山入夢多。途窮憐抱疾，世亂恥登科。卻起漁舟念，春風釣緑波。

### 題僧壁

香厨流瀑布，獨院鎖孤峰。紺髮青螺長，文茵紫豹重。卵枯皆化燕，蜜老卻成蜂。明月留人宿，秋聲夜著松。

### 題南寺

久别猨啼寺，流年卻逝波。舊僧歸塔盡，古瓦長松多。壁蘚昏題記，窗螢散薜蘿。平生英壯節，何故旋消磨。

### 北山秋晚

十載衣裘盡，臨寒隱薜蘿。心閒緣事少，身老愛山多。玉露催殘菊，金風促翦禾。燕秦正戎馬，林下好婆娑。

## 昔　遊

昔遊紅杏苑，今隱刺桐村。歲計懸僧債，科名負國恩。不書胝漸穩，頻鑷鬢無根。惟有經邦事，年年志尚存。

劉後村詩話云：「歲計懸僧債」，以此知閩人苦貧貸僧而取其息，自唐末已然矣。

## 迴文二首

飛書一幅錦文迴，恨寫深情寄雁來。機上月殘香閣掩，樹梢煙淡綠窗開。霏霏雨罷歌終曲，漠漠雲深酒滿杯。歸日幾人行問卜，徽音想望倚高臺。

輕帆數點千峰碧，水接雲山四望遙。晴日海霞雲靄靄，曉天江樹綠迢迢。清波石眼泉當檻，小徑松門寺對橋。明月釣舟漁浦遠，傾山雪浪暗隨潮。

## 潘丞相舊宅

綠樹垂枝蔭四隣，春風還似舊時春。年年燕是雕梁主，處處花隨落月塵。七貴竟爲長逝客，五侯尋作不歸人。秋槐影薄蟬聲盡，休謂龍門待化鱗。

### 題九鯉湖

到來峭壁白雲齊，載酒春遊渡九溪。鐵嶂有樓霾欲墜，石門無鎖路還迷。湖頭鯉去轟雷在，樹杪猿啼落日低。回首浮生真幻夢，何如斯地傍幽棲。

### 追和白舍人詠白牡丹

蓓蕾抽開素練囊，瓊葩薰出白龍香。裁分楚女朝雲片，剪破嫦娥夜月光。雪句豈須徵柳絮，粉腮應恨帖梅妝。檻邊幾笑東籬菊，冷折金風待降霜。

### 覽柳渾汀洲採白蘋之什，因成

採盡汀一作「白」。蘋恨別離，鴛鴦鸂鶒總雙飛。月明南浦夢初斷，花落洞庭人未歸。天遠有書隨驛使，夜長無燭照寒機。年來泣淚知多少，重疊成痕在繡衣。

## 荔　枝

朱彈星丸燦日光，綠瓊枝散小香囊。龍綃殼綻紅紋粟，魚目珠涵白膜漿。梅熟已過南嶺雨，橘酸空待洞庭霜。巒山蹋曉和煙摘，拜捧金盤獻越王。

## 義通里寓居即事

家住寒梅翠嶺東，長安時節詠途窮。牡丹窠小春餘雨，楊柳絲疎夏足風。愁鬢已還年紀白，衰容寧藉酒杯紅。長卿甚有凌雲作，誰與清吟遶帝宫？

## 醉題邑宰南塘屋壁

萬古清淮照遠天，黃河濁浪不相關。縣留東道三千客，宅鎮南塘一片山。草色淨經秋雨綠，燒痕寒入曉窗斑。閩王美錦求賢製，未許陶公解印還。

## 贈黃校書先輩璞閒居

馭一作「取」。得驪龍第四珠，退依僧寺卜貧居。青山入眼不干祿，白髮滿頭猶著書。東澗野香添碧沼，南園夜雨長秋蔬。月明掃石吟詩坐，諱卻全無擔石儲。閩書云：黄巷山，唐校書黄璞所居山也。璞家在福州，人名其居巷曰黄巷。後避黄巢寇，徙是山下，尚以黄巷名之。寅有詩云云。

## 卜居延壽溪一作「偶題」

賦就長安一作「神都」。振大名，斬蛇功與樂天爭。歸來延壽溪頭坐，終日無人問一聲。閩書云：延壽溪，唐徐正字寅隱居此溪。有延壽橋，橋北有石微露者，寅釣磯也。有潭名徐潭，亦以寅故。自賦詩云云。劉克莊溪潭詩有「門外青山皆我有，從今不必唤徐潭」之句。夜夢寅拊背云：「我昔勝君昔，君今勝我今。有隆還有替，何必苦相侵。」良一異也。

## 初夏戲題

長養薰風拂曉吹，漸開荷芰落薔薇。青蟲也學莊周夢，化作南園蛺蝶飛。

## 贈月君山妻字月君，伏見文選中顧彦先亦有贈婦詞，因抒此詠。

出水蓮花比性靈，三生塵夢一時醒。神傳尊勝陀羅咒，佛授金剛般若經。懿德好書添女誠，素容堪畫上銀屏。鳴梭軋軋纖纖手，窗户光流織女星。

湧幢小品云：賨妻字月君，與賨偕隱。賨有贈内詩「神傳」云云。

## 鄭良士

良士，或稱士良，字君夢，仙遊人。

閩南唐雅云：景福二年，獻詩五百篇，授國子四門博士，累遷康、恩二州刺史、中丞。天復元年棄官，歸隱于白巖。後閩王審知辟爲建州判官，累左散騎常侍兼御史大夫。有白巖集、中壘集，俱見唐藝文志，俱軼不傳。

案海録碎事云：良士有八子：元弼、元恭、元素、元龜、元禮、元振、元瑜、元忠，皆以詞學聞，號「鄭家八虎」。

### 題興化高田院橋亭一作「泗州臺山」。

到此溪亭上，浮生始覺非。野僧還惜别，遊客亦忘歸。月滿千巖静，風清一磬微。何時脱塵役，杖履願相依。

## 遊九鯉湖一無「遊」字。

仄徑傾崖不可通，湖嵐林靄共溟濛。九溪瀑影飛花外，萬樹春聲細雨中。覆石雲閑丹竈冷，採芝人去洞門空。我來不乞邯鄲夢，取醉聊乘鄭國風。

## 翁承贊

承贊，字文饒，一作「堯」。福清人。乾寧二一作「三」。年登進士第，又擢宏詞科，任京兆府參軍。天祐元年，以右拾遺受詔册王審知爲瑯琊王。梁開平四年，復爲閩王册禮副使。尋擢右諫議大夫、福建鹽鐵副使，就加左散騎常侍、御史大夫。因相閩。

案十國春秋云：天祐中，翁承贊使閩，賜金紫以行，易其居處曰「文秀亭」、「光賢閣」、「晝錦堂」。黄滔爲詩榮之，有「建水閩山無故事，長卿嚴助是前身」之句。

案竹窗雜録云：自號狎鷗翁，有詩集一卷，見唐書藝文志，並晝錦集、宏詞前後集，凡二十卷，俱軼不傳。

## 晨興

晨起竹軒外，逍遥清興多。早涼生户牖，孤月照關河。旅食甘藜藿，歸心憶薜蘿。一尊如有地，放意且狂歌。

竹窗雜錄云：余家收得册封閩王時律詩三十餘首，中多佳句，如「窗含孤岫影，牧卧斷霞陰」、「早涼生户牖，孤月照關河」、「參差雁陣天初碧，寥落漁家蓼欲紅」、「長淮月上魚翻鬣，荒渚人稀獺印蹄」、「松都舊日門人種，路是前朝釋子開」。誠晚唐作手也。

## 題莒潭安閩院

祧宗營祀舍，幽異勝珠林。名士穿雲訪，飛禽傍竹吟。窗含孤岫影，牧卧斷霞陰。景福滋閩壤，芳名亙古今。

## 華下霽後曉眺

結茅幽寂近禪林，霽景煙光著柳陰。千嶂華山雲外秀，萬重鄉思望中深。老嫌白髮還偷鑷，貧對春風亦强吟。花畔水邊人不會，騰騰閑步一披襟。

## 訪建陽馬驛僧靈耀亞齊

蕭蕭風雨建陽溪，溪畔維舟訪亞齊。一軸新詩劍潭北，十年舊識華山西。吟魂惜向江村老，空性元知世路迷。應笑乘軺青瑣客，此時無暇聽猿啼。

## 題景祥院

一溪拖碧遶崔嵬，瓶鉢偏宜向此隈。農罷樹陰黄犢卧，齋時山下白衣來。松多一作「都」。往日門人種，路是前朝釋一作「禪」。子開。三卷貝多金粟語，可能心煉得成灰。

案：全唐詩徐夤下亦有此詩，題係題名琉璃院，注云：「今改名景祥院。」詩首聯云：「一條溪繞翠巖隈，行脚僧言勝五臺。」第六句「前朝釋子」作「前生長老」，第八句作「可能長誦免迴輪」。然據竹窗雜録則爲翁詩也。

## 寄舍弟承裕員外

江花岸草晚一作「獨」。萋萋，公子王孫思合迷。無主園林饒採伐，忘情鷗鳥自一作「恣」。高低。長江月上魚翻鬣，荒渚人稀獺印蹄。何事斜陽再一作「載」。回首，休愁離別峴一作「雁」。山西。

## 奉使封王次宜春驛

微宦淹留鬢已斑，此心長憶舊林泉。不因列土封千乘，爭得銜恩拜二天。雲斷自宜鄉樹出，月高猶伴客心懸。夜來夢到南臺上，看徧江山勝往年。

## 甲子歲銜命到家，至榕城册封，次日閩王降旌旗于新豐市堤餞别

登庸一作「雲」。樓上方停樂，新市堤邊又舉杯。正是離情傷遠别，忽聞臺旨許重來。此時暫與交親好，今日還將簡册回。爭得長房猶在世，縮教地近釣魚臺。

閩書云：出寧越門二里，曰横山，迤西南爲惠澤山，一名獨山，爲南臺山。崇阜屹立，俯瞰巨潭。臺上可坐百餘人。舊記越王餘善釣得白龍于此，遂築臺表瑞，高四丈，周迴三十六步，名釣龍臺，今市廛矣。有宋米芾書「全閩第一江山」、趙汝愚隸「古南臺」，皆刻石上。臺西有靈溝廟，其地故名洪溝，有堤名新豐市堤。唐翁承贊有新豐市堤餞别詩云云。

## 漢上登舟憶閩

漢皋亭畔起西風，半挂征帆立向東。久客自憐歸路近，算程不怕酒觴空。參差雁影天初碧，零落漁家蓼欲紅。一片歸心隨去棹，願言指日拜文翁。

## 題　槐

雨中妝點望中黄，勾引蟬聲送夕陽。憶昔當年隨計吏，馬蹄終日爲君忙。

詩話總龜云：俗云「槐花黄，舉子忙」，承贊有詩云云，乃知俗語亦有所自來也。

**書齋漫興**

池塘四五尺深水，籬落兩三般樣花。過客不須頻問姓，讀書聲裏是吾家。

**句**

煙蘿況逼神仙窟，丹竈還應許獨尋。贈黄璞。見福州志。

## 蕭　項補

項，莆田人。官侍郎，梁初嘗同翁承贊爲册禮使使閩，梁末帝時拜同中書門下平章事。

**贈翁承贊漆林書堂詩**

軺車故國世應稀，昔日書堂二紀歸。手植松筠同茂盛，身榮金紫有光輝。入門隣里喧迎接，列坐兒童見等威。卻對芸窗勤苦處，舉頭全是錦爲衣。全五代詩。

## 顔仁郁

仁郁，字文傑，泉州人。仕閩王審知，爲歸德場長。十國春秋云：仁郁爲場長時，土荒民散。撫之一年，襁負至；二年，田萊闢；三歲而民足用。有詩百篇，宛轉回曲，歷道人情，邑人途歌巷唱之，號「顔長官詩」。朱繼芳龍尋稿云：龍尋邑東有顔長官仁郁祠。長官五代時能撫循其民，使不見兵革。龍尋志所刻詩百篇，皆道民疾苦皇皇不給之狀。余生三百年後，奉天子命守兹邑，首謁祠下，因次韻以寄甘棠之思，且使來者知我愛桐鄉之意云。

### 農家

夜半呼兒趁曉畊，羸牛無力漸艱行。時人不識農家苦，將謂田中穀自生。

### 山居

柏樹松陰覆竹齋，罷燒藥竈縱高懷。世間應少山間景，雲遶青松水遶階。

## 夏鴻

鴻，閩王氏客。

### 和贈和龍妙空禪師

翰林遺迹鏡潭前，孤峭高僧此處禪。出爲信門興化日，坐當吾國太平年。身同瑩澈尼珠淨，語並鋒鋩慧劍堅。道果已圓名已遂，卽看千匝遶香筵。

## 劉乙

乙，字子真，泉州人。仕閩爲鳳閣舍人，棄官隱安溪鳳髻山。

### 題建造寺

曾看畫閣勞健羡，如今親見畫猶麄。减除天半石初泐，欠卻幾株松未枯。題像閣人漁浦叟，集生臺鳥謝城烏。我來一聽支公論，自是吾身幻得吾。

## 句

掃石雲隨帚，耕山鳥傍人。閩志。

閩書云：鳳山，安溪縣主山也。五代劉乙隱其下，與周朴、詹君澤友，所爲詩有「掃石」云云。君澤嘗遣子琲訪之，贈以詩云：「掃石耕山舊子真，布衣草履自隨身。石崖壁立題詩處，知是當年鳳閣人。」觀君澤所贈乙詩，乙蓋高士也。

## 虞皐補

皐，福州永貞人。以鬻黄精爲業，延鈞時人。

十國春秋：永貞朱益公者，雅好客。皐以貧甚歸之，又病癬。是時，益公座中客盡鮮衣袨服，無不人人厭皐，皐愈益豪。居常坦腹卧溪上，吹蘆笛自樂。龍啓初，陳守元以道士貴幸，客有惡皐于守元者。守元怒，使監奴笞數百。益公自是不敢復留皐。皐既困，故人朱當敏既背皐去，莫顧皐。皐仰天大笑，因去，入仙茅山。當敏意皐貧無行，陽爲祖道，微隨之至羅喜洞。洞門忽開，其中玉堂金闕横亙，不知其極，官屬甚盛，建翠旍羽蓋，卻行前迎。當敏大駭，叩首流血，皐目笑之。頃之，宴客殿上，更爲當敏賜僕妾之食，坐之堂下。居旬日，當敏歸，而益公門已丘墟矣。凡歷數百餘年。

朝爲雄兮暮爲雌，天地終盡兮人生幾時。

榕蔭新簡：當敏歸時，皋及賓客皆送之至洞門。客以尺八擊玉磬，皋和而歌云云。

## 何瓚補

瓚，閩人。唐末舉進士及第，後唐莊宗爲太原節度使，辟爲判官，代知留守事。建號，拜諫議大夫。明宗卽位，以瓚爲西川節度副使。後蜀孟知祥僭位，改瓚行軍司馬，卒。

### 書事

果決生涯向路中，西投知己話從容。雲遮劍閣三千里，水隔瞿塘十二峰。闊步文翁坊裏月，閑尋杜老宅邊松。到頭須卜林泉隱，自愧無能繼卧龍。

五代史：初，知祥在北京爲馬步軍都虞侯，而瓚留守太原。知祥以軍禮事瓚，瓚常繩以法，知祥初不樂。及瓚爲司馬，猶勉待之甚厚。知祥反，罷瓚司馬，置之私第。瓚飲恨而卒。先，瓚嘗有蜀城書事詩，末句「到頭」云云。後十年，〔一〕遂得篤疾。

## 王感化

感化，建州人。後入金陵教坊。

注韓居詩話云：感化工詞，善滑稽。玄宗卽位，性喜宴樂，嘗于醉中令其歌水調詞。感化惟歌「南朝天子愛風流」一句。玄宗悟歎曰：「使孫、陳二主得此句，安有啣璧之辱耶？」因而有寵。

### 建州節帥更代筵上獻詩

旌旗赴天台，溪山曉色開。萬家悲更喜，迎佛送如來。

### 奉元宗命詠苑中白野鵲

碧巖深洞恣遊遨，天與蘆花作羽毛。要識此來棲宿處，上林瓊樹一枝高。

### 句

草中誤認將軍虎，山上曾爲道士羊。

談苑云：王感化隸樂籍，善爲詞。建州平，入金陵。時本鄉節帥更代餞別，感化獻詩云云。至金陵宴苑中，有白野鵲。李璟令賦詩，卽應聲云云。又題怪石凡八句，皆用故事。今但存其一聯云云。

## 梁　藻

藻，字仲華，長汀人，南唐總殿前步軍暉之子。性樂蕭散，應襲父任，不就。有處士集。

### 南山池

翡翠戲翻荷葉雨，鷺鷥飛破竹林煙。時沽村酒臨軒酌，擬摘新茶靠石煎。

## 孟　貫

貫，字一之，建安人。初客江南，後仕周。

江西流寓志云：貫少好學，嘗遊廬山，卜居其下。以禮義、文章、節儉爲當時師範，人稱爲「孟夫子」。

### 宿山寺

溪山盡日行，方聽遠鐘聲。入院逢僧定，登樓見月生。露垂群木潤，泉落一巖清。此景關吾事，通宵寐不成。

## 贈棲隱洞譚先生

先生雙鬢華，深谷卧雲霞。不伐有巢樹，多移無主花。石泉春釀酒，松火夜煎茶。因問山中事，如君有幾家。

漫叟詩話云：孟浩然詩「不才明主棄，多病故人疎」，唐玄宗聞之曰：「卿自棄朕，朕何嘗棄卿？」孟貫詩「不伐有巢樹，多移無主花」，周世宗聞之曰：「朕伐叛弔民，何謂有巢、無主？」二子正坐詩窮，所謂轉喉觸諱。

案：江南野錄尚有「周世宗云『獻朕則可，他人，卿將不免』，遂釋褐授官」各語。

## 春江送人

春江多去情，相去枕長汀。數雁别湓浦，片帆離洞庭。雨餘沙草緑，雲散岸峰青。誰共觀明月，漁歌夜好聽。

## 過秦嶺

古今傳此嶺，高下勢崢嶸。安得青山路，化爲平地行。蒼苔留虎迹，碧樹障溪聲。欲過一回首，踟躕無限情。

送吳夢闇歸閩

甌閩在天末，此去整行衣。久客逢春盡，思家冒暑歸。海雲添晚景，山瘴滅一作「減」。晴暉。相憶吟偏苦，不堪書信稀。

山中夏日

深山宜避暑，門户映嵐光。夏木蔭溪路，晝雲埋石床。心源澄道靜，衣葛蘸泉凉。算得紅塵裏，誰知此興長。

宿故人江居

渡口樹冥冥，南山漸隱青。漁舟歸舊浦，鷗鳥宿前汀。靜榻懸燈坐，閑門對浪扃。相思頻到此，幾度醉還醒。

## 山中訪人不遇

負琴兼杖藜，特地過巖西。已見竹軒閉，又聞山鳥啼。長松寒倚谷，細草暗連溪。久立無人事，煙霞歸路迷。

## 寄暹上人

聞罷城中講，來安頂上禪。夜燈明石室，清磬出巖泉。欲訪慙多事，相思一作「辭」。恨隔年。終期息塵慮，接話虎邊溪。

## 江邊閒步

閑來南渡口，迤邐看江楓。一路波濤畔，數家蘆葦中。遠汀排晚樹，深浦漾寒鴻。吟罷慵回首，此情誰與同？

## 過林一作「王」。逸人園林

谷口何時住，煙霞一徑深。水聲離遠洞，山色出疎林。雪彩從沾鬢，年光不計心。自言人少到，猶喜我來尋。

寄李處士

僧話磻溪叟，平生重赤松。夜堂悲蟋蟀，秋水老芙蓉。吟坐倦垂釣，閑行多倚筇。聞名來已久，未得一相逢。

夏日登瀑頂寺因寄諸知己

曾于塵裏望，此景在煙霄。巖靜水聲近，山深暑氣遥。杖藜青石路，煮茗白雲樵。寄語爲郎者，誰能破寂寥。

寄故園兄弟

久與鄉關阻，風塵損舊衣。水思和月泛，山憶共僧歸。林想添隣舍，溪應改釣磯。弟兄無苦事，不用別庭闈。

## 早秋吟眺

新秋初雨後，獨立對遥山。去鳥望中没，好雲吟裏還。長年慚道薄，明代取身閒。從有西征思，園林懶閉關。

## 送江爲歸嶺南

舊山臨海邑，歸路到天涯。此別各多事，重逢是幾時。江行晴望遠，嶺宿夜吟遲。珍重南方客，清風失所思。

## 山齋早秋雨中

深居少往還，卷箔早秋閒。雨灑吟蟬樹，雲藏嘯狖山。炎蒸如便退，衣葛亦堪閒。静坐得無事，酒巵聊暢顔。

## 送人遊南越

子然南越去，替爾畏前程。見説路岐險，不通車馬行。瘴煙迷海色，嶺樹帶猿聲。獨向山家宿，多應鄉思生。

### 酬東溪史處士

咫尺東溪路，年來偶訪遲。泉聲迷夜雨，花片落空枝。石徑逢僧出，山牀見鶴移。貧齋有琴酒，曾許月圓期。

### 秋江送客

秋風楚江上，送子話遊遨。遠水宿何處，孤舟春夜濤。浦雲沈雁影，山月照猿嗥。莫爲飢寒苦，便成名利勞。

### 寄山中高逸人

煙霞多放曠，吟嘯是尋常。猿共摘山果，僧鄰住石房。躡雲雙屐冷，採藥一身香。我憶相逢夜，松潭月色涼。

## 懷友人

浮世況多事，飄流每歎君。路岐何處去，消息幾時聞。吟裏落秋葉，望中生暮雲。孤懷誰慰我，夕鳥自成群。

## 送人歸別業

別業五湖上，春殘去路賒。還尋舊山水，重到故人家。門徑掩芳草，園林落異花。君知釣磯在，猶喜有生涯。

## 冬日登江樓

高樓臨古岸，野步晚來登。江水因寒落，山雲爲雪凝。遠村雖入望，危檻不堪憑。親老未歸去，鄉愁徒自興。

## 寄張山人草堂

草堂南澗邊，有客嘯雲煙。掃葉林風後，拾薪山雨前。野橋通竹徑，流水入芝田。琴月相親夜，更深戀不眠。

案詩話總龜云：貫爲性疎野，不以名宦爲意，喜篇章。大諫楊徽之稱之。詩史云：如寄張山人草堂詩，深爲大諫楊徽之贊賞。

## 江文蔚

文蔚，建陽人。長於詞賦，仕南唐，拜御史中丞，坐劾宰相，貶江州。

### 句

屈原若幸高堂在，終不懷沙葬汨羅。

【校勘記】

〔一〕「十年」，十國春秋作「十旬」。

# 閩詩録　乙集卷二　宫闈

侯官　陳　衍補輯
黄　濬校訂

## 陳后

后名金鳳，閩嗣主王延鈞后。

徐熥陳金鳳外傳：龍啓元年，封金鳳爲皇后，築長春宫以居之。又遣使於日南造水晶屏風。三月上巳，延鈞修禊桑溪，金鳳偕後宫雜衣文錦，列坐水次，流觴娱暢，窮日而返。沈麝之氣，環珮之響，燎炬之光，達于遠近。小吏歸守明弱冠皙美，延鈞嬖之，日侍禁中，夤緣與金鳳通。百工院使李可殷因歸郎以通於金鳳。可殷慧敏，造縷金五綵九龍帳於長春宫，織八龍於外，而以延鈞爲一龍。既成，延鈞歡甚，益暱守明。國人歌曰：「誰謂九龍帳，惟貯一歸郎。」初，金鳳因李倣得進。及爲后，令可殷譖之。倣怨金鳳，盛飾其妹春燕進於上。春燕媚婉絶代，初入宫年才十五，顧盼舉止，動合上意，册爲賢妃。延鈞自是不復御九龍帳矣。明年元夕，御大酺殿，召前翰林承旨韓偓等觀燈暢宴，命各賦大酺樂。偓感長春宫失寵事，賦詩曰：「淚滴珠難盡，容殘玉易消。倘隨明月去，莫道夢魂遥。」延鈞動意，因返駕長春宮。

樂遊曲

龍舟搖曳東復東，采蓮湖上紅更紅。波淡淡，水溶溶。奴隔荷花路不通。西湖南湖鬭綵舟，青蒲紫蓼滿中洲。波渺渺，水悠悠。長奉君王萬歲遊。

金鳳外傳：端陽日，造綵舫數百於西湖，每舫載宮女二三十人，衣短衣，鼓楫爭先。延鈞御大龍舟以觀，金鳳作樂遊曲云云。

# 閩詩錄　乙集卷三　釋子

侯官　鄭　杰原輯
　　　陳　衍補訂

## 僧　鼐

鼐，福州越山院僧。見禪宗正脈。

### 閩王清風樓齋

案：王審知封閩王在後梁時。

清風樓上赴官齋，此日平生眼豁開。方信普通年遠事，不從葱嶺帶□□。〔一〕

### 臨終示偈

眼光隨地盡，耳識逐聲消。還源無别旨，今日與明朝。

## 扣冰古佛

扣冰古佛，建州人。初參雪峰，峰曰：「子異日必爲王者師。」後自鵝湖歸溫嶺結菴，繼居將軍巖，二虎侍側，神人獻地，爲瑞巖院，學者爭集。夏則衣楮，冬則扣冰而浴，世人因以名焉。後住靈曜。天成二年，閩王延居内堂，留十日，以疾辭。至十二月二日，沐浴升堂，告衆而逝。至今遠近祈禱，靈異非一。見神僧傳。

### 秋日答契上人

風泉只向夢中聞，身外無餘可寄君。當户一輪惟曉月，掛簷數片是秋雲。

## 行　遵

行遵，福州閩王王氏仲子。

神僧傳云：行遵，開運中貌若七十餘，壯力不衰，寓光國禪院。有李氏子家命齋，飲噉之次，欻起出門叫噪，若有所責，謂李曰：「今夜有火自東南至于西北，街鄰居咸令備之。」是夕果然。衆問其故。曰：「昨一婦女衣紅秉炬而過，老僧恨追不及耳。」又經人塚墓，知家吉凶。州閭遠近，咸以預言用爲口實。終于晉安玉山。

## 夜歸

山寺門前多古松，溪行欲到已聞鐘。中宵引領尋高頂，月照雲峰凡幾重。

## 可隆

可隆，字了空，俗姓慕容，住福州東禪院，五代時人。

## 句

萬般思後行，一失廢前功。觀碁。

## 契盈

契盈，閩中人，住杭州龍華禪寺。

## 句

三千里外一條水，十二時中兩度潮。見五代史補。

惟有門前鏡湖水，清風不改舊時波。閩書。

【校勘記】

〔一〕闕字五燈會元作「將來」。

# 閩詩録　乙集卷四　流寓

侯官　鄭　杰原輯
陳　衍補訂

## 江　爲

案：宋詩紀事補遺作閩人。

爲，宋州人，避亂入閩，遂爲建陽人。少遊廬山，學詩陳貺，清逸流麗，得風人之體焉。

藝苑雌黃云：緗素雜記載江南野録云，江爲者，宋世淹之後。先祖仕于建陽，因家焉。予觀南史江淹傳，淹，濟陽考城人，宋少帝時黜爲建安吴興令，終于梁天監中左衛將軍。又吴均傳云：濟陽江洪工屬文，爲建陽令，坐事死。竟陵王子良開西邸招文學，洪以美詞藻游焉。淹與洪俱出考城，又俱仕齊、梁間，淹爲建安吴興令，而後他遷；洪爲建陽令，而死于建陽。疑爲之乘出于洪，非出于淹也。

南唐書云：元宗南遷，駐于白鹿寺，見爲詩，稱美久之。爲由是放肆，自謂俯拾青紫。乃詣金陵求舉，屢黜于有司。爲怏怏不能自已，欲東亡吴越。會同謀者上變，按得其狀，伏罪。

## 山水障歌

適來一觀山水障，萬里江山在其上。遠近猶如二月春，咫尺分成百般象。一巖嵯峨在雲際，七賢鎮在青松裏。潭水澄泓不見波，孤帆晃漾張風勢。釣魚老翁無伴侶，孑然此地經寒暑。灘頭坐久鬢絲垂，手把漁竿不曾舉。樹婀娜，山崔嵬。片雲似去又不去，雙鶴如飛又不飛。良工巧匠多分布，筆頭寫出江山路。垂柳風吹不動條，樵夫負重難移步。聲畫集。

## 旅懷

迢迢江漢路，秋色又堪驚。半夜聞鴻雁，多年別弟兄。高風雲影斷，微雨菊花明。欲寄東歸信，徘徊無限情。

## 江行

越信隔年稀，孤舟幾夢歸。月寒花露重，江晚水煙微。峰直帆相望，沙空鳥並一作「自」。飛。何時洞庭上，春雨滿蓑衣。案：見宋元詩會。

## 登潤州城

天末江城晚，登臨客望迷。春潮平島嶼，殘雨隔虹霓。鳥與孤帆一作「舟」。遠，煙和獨樹低。鄉山何處是，目斷廣陵西。

## 岳陽樓

倚樓高望極，展轉念前途。晚葉紅殘楚，秋江碧入吳。雲中來雁急，天末去鴻孤。明月誰同我，悠悠上帝都。湖廣通志。

## 臨刑詩補

街鼓侵人急，西傾日欲斜。黃泉無旅店，今夜宿誰家？

五代史補：爲在福州，有故人欲投江南，爲與草表，事發並誅。臨刑詞色不撓，賦此詩。

## 送　客補

明月孤舟遠，吟髭鑷更華。天形圍澤國，秋色露人家。水館螢交影，霜洲橘委花。何當尋舊隱，泉石好生涯。

## 句補

吟登蕭寺旃檀閣，醉倚王家玳瑁筵。題白鹿寺。

緗素雜記云：爲工詩，如「天形」云云，極膾炙人口。少遊江南，題白鹿寺詩云云。後主見之，曰：「此人大是富貴家。」而劉夜坐、夏江城等並就傳句法。後以讒死。今建陽之西七里有靖安寺，即爲之故居。留題者甚衆，惟陳師道洙一篇最佳，云：「處士亡來幾百年，舊居牢落變荒園。詩名長伴江山秀，冤氣上摩星斗昏。臺榭幾人留雜句，漁樵何處問曾孫。當時泉石生涯地，日暮寒雲古寺門。」

## 句補

竹影横斜水清淺，桂香浮動月黄昏。

紫桃軒雜綴云：江爲詩云云，林君復改二字爲「疎影」、「暗香」以詠梅，遂成千古絶調。

靜志居詩話云：所云一字之師，與生吞活剝者有别也。

居易録云：林詩「疎影」、「暗香」一聯，乃南唐江爲詩，止易「竹」字爲「疎」字，「桂」字爲「暗」字耳。雖勝原句，畢竟不免偷江東之誚。

## 鍾謨

謨，字仲益，其先會稽人，後徙閩之崇安。李璟時爲翰林學士，進禮部侍郎，判尚書省。

### 貽耀州將

翩翩歸盡塞垣鴻，隱隱驚開蟄户蟲。渭北離愁春色裏，江南家事戰塵中。還同逐客紉蘭珮，誰聽縲囚奏土風。多謝賢侯振吾道，免令搔首泣途窮。

### 獻周世宗

三年耀武群雄服，一日回鑾萬國春。南北通歡永無事，謝恩歸去老陪臣。

譚苑云：鍾謨爲李璟奉表于周，孫晟遇害，獨赦謨爲耀州司馬，有詩與州將云云。後晝江爲界，世宗召爲衛尉卿，放還。又作詩以獻云云，世宗大悦。

### 代京妓越賓答徐鉉

一幅輕綃寄海濱，越姑長感昔時恩。欲知别後情多少，點點憑君看淚痕。

## 詹敦仁

敦仁，字君澤，固始人。避亂隱仙遊植德峰下，辟爲清溪令，後復歸隱佛耳山。有清隱堂集。

### 復留侯從効問南漢劉巖改名龑字音義

伏羲初畫卦，蒼氏乃製字。點畫有偏傍，陰陽貴協比。古者不嫌名，周人一作「公」。始稱諱。始諱猶未酷，後習轉多忌。或援他代易，或變文迴避。濫觴久滋蔓，傷心日益熾。孫休命子名，吳國尊王意。𩅦苘𩃎㒞僻，𠅨昷㝅𡘋異。梁復踵已非，時亦迹舊事。巉杰自其一，蜀一作「蜀」。闖是其二。鄙哉仉一作「化」。䏶名，陋矣越一作「越」。䵎義。大唐有天下，武后擁神器。私製迄無取，古音實相類。埊𠙆𠥱囝星，𠥼志厓西埊。𠡦圀及埾𠙆，作史難詳備。唐祚值傾危，劉龑懷僭僞。吁嗟毒蛟輩，睥睨飛龍位。龑巖雖同音，形體殊乖致。廢學媿未宏，來問辱不棄。奇字難雄博，摛文伏韓智。因誦鄙所聞，敢布諸下吏。

清源文獻志云：從効得詩，大加嘆服。

## 柳隄詩

種稻三十頃，種柳百餘株。稻可供飦粥，柳可爨庖厨。息耒柳陰下，讀書稻田隅。以樂堯舜道，同是耕莘夫。

## 勸王氏入貢，寵予以官，作辭命篇

爭霸圖王事總非，中原失統可傷悲。往來賓主如郵傳，勝負干戈如局碁。周粟縱榮寧忍食，葛廬頻顧謾勞思。江山有待早歸去，好向鷦林擇一枝。

## 余遷泉山城，留侯招遊郡圃，作此

當年巧匠製茅亭，臺館翬飛匝郡城。萬竈貔貅戈甲散，千家羅綺管絃鳴。柳腰舞罷香風度，花臉妝勻酒暈生。試問庭前花與柳，幾番衰謝幾番榮。

## 留侯受南唐節度使知郡事，辟予爲屬，以詩謝之

晉江江畔趁春風，耕破雲山幾萬重。雨足一犁無外事，使君何啻五侯封。

行至雙溪口午炊，主人開甕求詩作

地僻雙溪合，村深邸舍稀。主人如舊識，稚子覓新詩。洗杓開春醞，淘粳作午炊。春風吹酒醒，琴劍又追隨。

歐陽長官見迓，約余買隣，作此奉呈

一識荊州面，令人意氣舒。知心真我輩，遂性即吾廬。佛耳雲堪掃，湖山水可漁。明朝整琴劍，踏雪醉騎驢。

寄劉乙處士

音問相忘二十秋，天教我輩到南州。無窮風月隨宜樂，有分溪山取次收。好語傳來如昨夢，離情欲剖帶春愁。何時載酒從東下，細與劉君□□遊〔一〕。

父子聯韻詩

夜靜月華明，仁。秋深露氣清。琲。園林消溽暑，仁。山水送寒聲。琲。菊富陶無酒，仁。

蓴肥翰可羹。琲。人生貴自適，仁。世利不須營。琲。漫舞衣饒冷，仁。狂歌酒易傾。琲。歡酬兒與父，仁。今古夢還醒。琲。笑眼看毛鳳，仁。長懷念鶺鴒。琲。干戈時已定，仁。款款話生平。琲。

詹　琲

琲，敦仁子，勸陳洪進納土，歸隱鳳山。案：號鳳山山人。

永嘉亂，衣冠南渡，流落南泉，作憶昔吟

憶昔永嘉際，中原板蕩年。衣冠墜塗炭，輿輅染腥膻。國勢多危厄，宗人苦播遷。南來頻灑淚，渴驥每思泉。

癸卯閩亂，從弟監察御史敬凝迎仕別作

一別幾經春，棲遲晉水濱。鶺鴒長在念，鴻雁忽來賓。五斗嫌腰折，朋山刺眼新。善辭如復我，四海五湖身。

追和秦隱君辭薦之韻，上陳侯，乞歸鳳山

誰言悦口是甘肥，獨酌鵝兒瞰翠微。蠅利薄于青紙扇，羊裘暖甚紫羅衣。心隨倦鳥甘棲宿，目送征鴻遠奮飛。擊壤太平朝野客，鳳山深處覓光輝。

【校勘記】

〔一〕闕字永樂大典作「叙昔」。

# 閩詩録　丙集卷一

侯官　鄭　杰原輯
　　　陳　衍補訂

## 楊徽之

徽之，字仲猷，浦城人。南唐時間道至汴中。周顯德二年進士。入宋，詔編文苑英華，官至禮部侍郎、翰林侍讀學士，卒贈兵部尚書。有集。

### 禁林讌會之什

星移歲律應青陽，得奉群英集玉堂。龍鳳雙飛觀御札，雲霞五色詠天章。禁林漸覺清風暖，仙界元知白日長。詔出紫泥封去潤，朝迴蓮燭賜來香。二篇稱獎恩尤重，萬國傳聞道更光。何幸微才逢盛事，願因史册紀餘芳。翰苑群書。

## 漢陽晚泊

傍橋吟望漢陽城，山徧樓臺徹上層。犬吠竹籬沽酒客，鶴隨苔岸洗衣僧。疎鐘未徹聞寒漏，斜月初沈見遠燈。夜靜鄰船問行計，曉帆相與向巴陵。

## 寒食寄鄭起侍郎

清明時節出郊原，寂寂山城柳暎門。水隔淡煙修竹寺，路經疎雨落花村。天寒酒薄難成醉，地迥樓高易斷魂。回首故山千里外，别離心緒向誰言。

## 贈譚先生

古觀重重遶翠微，杉松深處掩雙扉。雲生萬壑投龍去，海隔三山放鶴歸。花洞宴遊春日永，石壇朝禮曙星稀。每聽高論長生理，擬向塵中便拂衣。以上瀛奎律髓。

## 袁州作

俗遇臘辰持藥獻，吏逢荷月隔花參。耆宿因來問封部，竹籬西畔是雲南。方輿勝覽。

## 句

戍樓煙似直，戰地雨長腥。塞上。

廢宅寒塘水，荒墳宿草煙。哭江爲。

春歸萬年樹，月滿九重城。元夜。

偶題嵓石雲生筆，閑遶庭松露濕衣。僧舍。

新霜染楓葉，皓月借蘆花。湘江舟行。

青帝已教春不老，素娥何惜月長圓。

浮花水入瞿塘峽，帶雨雲歸越雋州。嘉陽川。

開盡菊花秋色老，落殘桐葉雨聲寒。宿東林。

杳杳香蕪何處盡，搖搖風柳不勝垂。春望。俱見稗史類編。

案澠水燕談云：「楊侍讀徽之，太宗聞其詩名，索所著，得數百篇奏御，仍獻詩以謝。卒章曰：「十年牢落今何幸，叨遇君王問姓名。」上和之以詩，謂宰臣曰：「真儒雅之士，操履無玷。」選集中十聯寫于御屏。梁周翰詩曰：「誰似金華楊學士，十聯詩在御屏風。」今止錄八聯。其兩聯一爲漢陽晚泊第二聯，一爲寒食寄鄭起侍郎第三聯。其「杳杳香蕪」一聯，不在十聯内也。

古今詩話云：僧文瑩云：「必以天池皓露滌筆於冰甌雪椀中，方與楊公此詩神骨相副。」

## 潘慎修

慎修，字德成，莆田人。仕南唐，爲秘書省正字。歸宋，官至翰林侍讀學士。

### 禁林讌會之什

紅藥深巖肅廣筵，嘉招仍許厠群仙。忽窺宸翰雲龍動，乍揭天辭日月懸。散作楷模珍寶惜，永刊金石共流傳。况當枚馬從容地，仍集班楊侍從賢。敢竊休明爲盛觀，願陳風詠播薰弦。不辭勝引承歡醉，長洽昇平億萬年。翰苑群書。

### 句

如今縱得仙翁術，也怯君王四路饒。

楊文公談苑云：太宗棋品第一。待詔有賈元者，臻于絶格，時人以爲王積薪之比。元嗜酒，病死。楊希粲、蔣元吉、李應昌、朱懷辟皆國手，然非元之敵。晚有李仲元，棋絶勝，可侔于元，歲餘亦卒。朝士有蔣居中、潘慎修亦善棋，至三品，内士陳好元四品，多得侍棋。自元而下，皆受三道，慎修受四道，好元受五道。慎修獻詩云云。

## 黄夷簡

夷簡，字明舉，福州人。少仕吴越，爲明州判官。歸宋，官至都官郎中，召試翰林，知制誥，檢校秘書監。

吴越備史補遺云：開寶二年九月，忠懿王遣元帥府掌書記黄夷簡入貢。太祖謂夷簡曰：「汝歸語元帥，當訓練甲兵。江南倔强不朝，我將討之。元帥當助我，無信人言脣亡齒寒。」王密表謝，且請師期。

### 句

宿雨一番蔬甲嫩，春山幾焙茗旗香。山居。見玉壺清話。

## 龔　潁

潁，字同秀，邵武人。仕南唐，爲内史。後歸宋，爲殿中侍御史。

### 次韻贈丁謂之

膽怯何由戴鐵冠，衹緣昭代獎孤寒。曲肱未遂違前志，直指無聞是曠官。三署每傳朝客説，五溪閑凭郡樓看。祝君早得文場雋，況值天堦正舞干。

青箱雜記云：穎自負文學，少許人，談論多所折難。太宗朝知朗州，士罕造其門。獨丁謂贄文求見，穎倒履延迓，酬對終日，以至忘食。曰：「自唐韓、柳後，今得子矣。」異日，丁獻詩于穎，穎次韻和酬。

## 阮思道 補。

思道，字思恭，建陽人。中南唐進士，入宋爲史館檢討，歷守韶、衢、永三州。

### 送崇教大師回天台

碧雲高價徹天涯，珪璧清無一點瑕。雙闕再承新雨〔一〕露，三吳重賞舊煙霞。水軒散味朝賢句，松院分嘗御府茶。聞説赤城終未見，畫圖何日寄京華。天台續集。

## 陳　靖

靖，字道卿，莆田人。開寶中授陽翟主簿，官至京西、京東轉運使，知泉、蘇、越三州，以秘書監致仕。宋史有傳。

蘭陔詩話云：公平生多所建畫，尤詳農事，著有經國集，今已不傳。故居在郡城内橄欖巷，今猶稱陳宅。廡有公題燕詩。

## 題燕

秋去春來不倦遙，流鶯相伴語交交。兒孫各自案：一作「伴」。飛鳴去，猶揀新泥補舊巢。

## 句補。

案：見莆田縣志。

玉堂視草思嚴助，鈴閣談經滯馬融。輿地紀勝。

## 李虛己補。

虛己，字公受，建安人。太平興國二年進士，累官知遂州，終工部侍郎，與壻晏殊唱酬。有雅正集。

羅願新安志云：真宗喜談經，命馮元横易，謂曰：「朕不欲煩近臣久立，欲選純孝之士數人，止如同人便衾頂帽，講經並坐。暇則薦茗果，盡笑論，削去進説之儀，遇疲則罷。」元薦查道及、李虛己、李行簡三人。虛己母喪明，醫者曰：「浮翳汩眼，能舌舐千日者，可勿藥自愈。」虛己舐之二年，遂復明。

困學紀聞云：虚己初與曾致堯倡酬。致堯謂曰：「子之詩雖工，而音韻猶啞。」虚己初未悟。既而得沈休文所謂「前有浮聲，後須切響」，遂精于格律。

### 次韻和内翰楊大年見寄

鼇冠三峰碧海寬，雲謠初下靄芝蘭。採珠宫裏驪龍睡，織錦機中彩鳳盤。藥砌蒼苔錢作點，粉牆修竹玉爲竿。閑從莊蜨親鳧舄，曾得安期九轉丹。

### 次韻和汝南秀才遊浄土見寄

長松繫馬放吟鞭，水殿沈檀一樹煙。苔破閑堦幽鳥立，草芳深院老僧眠。桃花欲放條風後，茶蕊新供穀雨前。衰會賞詩多狎客，我無歧路近神仙。以上瀛奎律髓。

### 送何水部蒙出牧袁州

宜川三月水東流，秀出江南二十州。紅旆使君今日去，白衣舉子昔年遊。宜春乃公舊遊。海潮賦就藏書府，盧肇進賦，宣付史館。競渡詩成在郡樓。國史待修循吏傳，早飛聲政達凝旒。袁州府志

## 劉昌言補。

昌言，字禹謨，泉州南安人。少工文詞，節度陳洪進辟功曹參軍，偕洪進歸宋。舉太平興國八年進士，官至同知樞密院事、工部侍郎。卒贈工部尚書。

### 上呂相公蒙正。

重名清望徧華夷，恐是神仙不可知。一舉首登龍虎榜，十年身到鳳凰池。廟堂只是無言者，門館常如未貴時。除去洛京居守外，聖朝賢相復書誰。瀛奎律髓。

### 句

惟有夜來蝴蝶夢，翩翩飛入刺桐花。下第。歷代吟譜。

唐宋遺史云：昌言下第詩云云。王元之贈詩曰「酒好未陪紅杏宴，詩狂多憶刺桐花」謂此。

## 徐昌圖補。

昌圖，莆田人。與兄昌嗣並有才名。陳洪進歸宋，令昌圖奉表入汴，命爲殿中丞。

## 春曉曲

沈檀煙起盤紅霧，一箭霜風吹繡户。漢宫花面學梅妝，謝女雪詩裁柳絮。長垂夾幕孤鸞舞，旋炙銀笙雙鳳語。紅窗酒病嚼寒冰，冰損相思無夢處。

## 陳文顥補。

文顥，洪進之子。初爲泉州衙内都指揮使，俄權知漳州。洪進朝宋，以納土功遷廉州刺史，改衡州，代還。以老疾致仕，卒。

## 喜宣義大師英公相訪

三事天衣兩字師，長安風月更誰知。閑騎劣馬尋碑去，醉卧荒廬出寺遲。辭贍不容誇犬子，興闌兼許吐魚兒。左馮假道來看我，正值嚴冬大雪時。

## 鄭文寶

文寶，字仲賢，寧化人。仕南唐校書郎。入宋，太平興國八年舉進士，歷官陝西轉運使、兵部員外郎。有集二十卷，譚苑二十卷，皆軼弗傳，惟存南唐近事、江表志二書。

東都事略云：文寶以詩名家，多警句，善篆，工琴。

案十國春秋云：歸宋後，詔故臣皆許錄用，獨文寶不肯言仕。後主奉朝請，禁絶賓謁。文寶乃披簑荷笠作賣魚者以見，寬譬久之，後主爲之感嘆。後主卒，乃仕。工詩，其過緱山及題緑野堂爲晏殊、歐陽修所膾炙。

## 送曹緯、劉鼎二秀才

宋文鑑。皇朝文鑑。

旦夕春風老，離心共黯然。小舟聞笛夜，微雨養花天。手筆人皆有，曹劉世所賢。郴侯重才子，從此看鶯遷。

案寒夜錄云：律詩多佳句，惜其全集不傳。送枝江秦長官云「官嫌容易達，家愛等閑貧」，送曹緯云云，不減王維、杜甫。

## 靈泉觀

潺湲如繚嶺雲陰，玉石魚龍換古今。只見開元無事久，不知貞觀用功深。籠無解語衣無雪，堆有黄沙粟有〔二〕金。惆悵胡雛負恩澤，始知夷甫少經心。

詩話總龜云：臨潼縣靈泉觀，唐華清宫也。自唐迄今，題咏不可紀，惟張文定、楊正倫、鄭文寶，皆爲知音所賞。

## 寒食訪僧

客舍一作「去」。愁經百五春，雨餘溪寺緑無塵。金花何一作「開」。處鞦韆鼓，粉頰一作「頸」。誰家鬬草人。水上碧桃流片段，梁間歸一作「新」。燕語逡巡。高僧不飲客携酒，來勸先朝放逐臣。

## 郢城新亭

每到新亭即厭歸，野香經雨長松圍。四簷山色消繁暑，一局棋聲下翠微。冰片角巾簪潤月，錦文卷石砌苔磯。近來學得籠中鶴，迴避流鶯笑不飛。俱玉壺野史。

## 題緱氏山案：一作題王子晉祠。

秋陰漠漠秋雲輕，緱氏山頭月正明。帝子西飛仙馭遠，不知何處夜吹笙。玉壺野史。

西清詩話云：緱氏，王子晉昇僊之地，有祠在焉。鄭工部文寶題一絶云云。晏元獻守洛，過見之，取白樂天語書其後，云「此詩在在有神物護持」。

## 闕題

亭亭畫檻繫春一作「寒」。潭，直到一作「只待」。行人酒半酣。不管煙波與風雨，載將離恨過江南。

一夜西風旅雁秋，背身調鏃索征裘。關山落盡黃榆葉，駐馬誰家唱石州。

江雲薄薄日斜暉，江館蕭條獨掩扉。梁燕不知人事改，雨中猶作一雙飛。俱蔡寬夫詩話。

## 句

百草千花路，斜風細雨天。郊居。

過關已躍樗蒲馬，誤喘猶驚顧兔奔。重經貶所。

星沈會節歌鐘早，天半上陽煙樹微。洛城。

越絶曉殘蝴蜨夢，單于秋引畫龍聲。贈張靈川。

杜曲花香一作「光」。濃似酒，灞陵春色老於人。長安送別。

滿帆西日催行客，一夜東風落楚梅。送人歸湘中。

失意慣中還客酒，多年不見侍臣花。

舊井霜飄仙界橘，雙溪時落海邊鷗。栖靈隱寺。

承露氣清駒送日，觚稜人靜鳥呼風。永熙陵。

碧落春風老，朱陵古渡頭。送人知韶州。

鬢間相似雪，峰外寂寥煙。邊上。以上俱楊文公談苑。

沙暖鳧鷖行哺子，溪深桃李卧開花。裴晉公緑野堂。

六一詩話云：此一聯最爲警絶，不減王維、李、杜也。

案蔡寬夫詩話云：歐陽文忠公稱仲賢張僕射園中一聯，以爲集中少比，其詩「水暖」云云。

## 李　巽

巽，字仲權，光澤人。太平興國八年進士，官江西提刑。案：宋詩紀事作「仕至度支部郎中、兩浙轉運使」。

### 登第吟案：一作登第遺鄉人。

當年蹤迹困埃塵，不意乘時亦化鱗。爲報鄉閭親戚道，如今席帽已離身。

案青箱雜記云：累舉不第，爲鄉人所侮，曰：「李秀才應舉，空去空回，席帽甚時得離身。」至是乃「遺鄉人」云云。蓋國初猶襲唐風，士子皆曳袍重戴，出則以席帽自隨。

## 楊億

億，字大年，浦城人。雍熙初年十一月召試詩賦，授秘書省正字。淳化中命試翰林，賜進士第。真宗朝歷官知制誥，天禧中拜工部侍郎、翰林學士兼史館修撰。卒贈禮部尚書，謚曰文。有武夷新集。

儒林公議云：億在兩禁，變文章之體，劉筠、錢惟演輩皆從而效之，時號「楊劉」。三公以新詩更相屬和，極一時之麗。億復編叙之，題曰西崑酬唱集。當時佻薄者謂之「西崑體」。其他賦頌、章奏雖頗傷于雕摘，然五代以來蕪鄙之氣由茲盡矣。陳從易頗好古，深擯億之文章，億亦陋之。天禧中，從易試別頭，進策問時文之弊曰：「或下里如會稡，或叢脞如急就。」億黨見者深嫉之。

丹陽集云：咸平、景德中，錢惟演、劉筠首變詩格，楊文公與之鼎立，號「江東三虎」，謂之「西崑體」。大率效李義山之爲豐富藻麗，不作枯瘠語。

古今詩話云：楊大年、錢文禧、晏元獻、劉子儀爲詩，皆宗義山，號「西崑體」。後進效之，多竊取義山語。嘗御賜百官宴，優人有裝爲義山者，衣服敗裂，告人曰：「爲諸館職挦撦至此。」聞者大噱。然大年咏漢武詩云：「力通青海求龍種，死諱文成食馬肝。待詔先生齒編貝，忍令乞米向長安。」義山不能過也。

詩林廣記云三朝正史云：億祖文逸爲僞唐玉山令。億將生，文逸夢一道士，自稱懷玉山人。未幾，億生，有紫毛被體，七尺餘，經月乃落。

## 霜月 西崑酬唱集。

月夕露爲霜，心知厭燭房。吟殘猶擁鼻，望極自回腸。鬢減前秋綠，衣消外國香。星津誰待報，織素未成章。

## 武夷山 武夷新集。

靈嶽標真牒，孤峰入紫氛。藤蘿暗仙穴，猿鳥駭人群。古道千年在，懸流萬壑分。漢壇秋蘚駁，誰似武夷君。

## 昇仙寺 建寧府志。

層巒連近郭，占勝有招提。宿霧昏金像，飛泉濺石梯。鐘聲空谷一作「郭」。答，塔影亂雲齊。千騎時來此，尋幽獨杖藜。

## 偶書

朱輪遠守詎成歡，薄宦令人意漸闌。郡閣政清慵按吏，鄉關路近易休官。梅花繞檻驚春早，布水當簷覺夏寒。已是三年不聞問，何如歸去把漁竿。武夷新集。

## 留題黃山院

禾黍離離一逕通，遊人攬轡卽過從。趁齋幽鳥聞疎磬，出定高僧見偃松。夜半龕燈凝古殿，雨餘巖溜迸前峰。昔年曾此題名處，素壁欹斜翠蘚重。武夷新集。

## 遊王氏東園

名園聊得拂塵衣，深入春叢一逕微。萬樹未饒金谷富，百畦猶有漢陰機。青蘋風暖天雞出，文杏巢乾海燕歸。向晚鳴騶九門路，柳堤回首獨依依。

## 漢武

蓬萊銀闕浪漫漫，弱水回風欲到難。光照竹宮勞夜拜，露溥金掌費朝餐。力通青海求龍種，死諱文成食馬肝。待詔先生齒編貝，那教索米向長安。

## 無題

合歡蠲忿亦休論，夢蜨翩翩逐怨魂。祇待傾城終未笑，不曾亡國自無言。風翻林葉迷歸燕，露裊荷池觸戲鴛。湘水東流何日竭，煙篁千古見啼痕。

## 淚

錦字梭停掩夜機，白頭吟苦怨新知。誰聞隴水回腸後，更聽巴猿拭袂時。漢殿微凉金屋閉，魏宮清曉玉壺欹。多情不待悲秋意，祇是傷春鬢已絲。

## 洞户

洞户飛甍接綺寮，一春幽恨寄蘭苕。書題枉是藏三歲，壺矢誰同賽百驍。水國風霜凋社橘，仙山雲霧隔江潮。東城劍騎何曾出，只爲離愁髀肉銷。

## 劉校理屬疾

北窗風勁雪雲繁，移疾端居避世喧。載酒誰過楊子宅，張羅休署翟公門。多才最許飄飄氣，少別還銷黯黯魂。促爾徘徊憶真賞，遠天新月照黄昏。

## 懷舊居

武夷山穴近吾廬，鬬鴨欄摧菌閣虚。千匹歲儲妨種橘，百金春事廢觀魚。北山煙霧迷歸轍，南陌風塵化客裾。堂上金絲應已歇，豈惟蘭菊舊叢疎。

## 因人話建溪舊居

聽話吾廬憶翠微，石層懸瀑濺巖扉。風和林籟披襟久，月射溪光擊汰歸。霜畹荒凉迷草帶，雨墻陰濕長苔衣。終年已結南枝戀，更羨高鴻避弋飛。以上皆西崑酬唱集。

## 宣召赴龍圖閣觀太宗御書應制五年十月。

非煙葱蔚蒼龍闕，紫府深沈大帝居。群玉中天開策府，神龜温洛薦圖書。珠宫岑寂經行處，金簡熒煌拭目初。曾是先朝受恩者，因探禹穴涕漣如。

坐中朱博士言今荆南張諫議典襄陽，日常留意一妓。公頗畏内，終不得近。及移郡荆渚，泣别郵亭，乃爲歌詞，流布巴郢。予感其事，賡而成詩

騤騤五馬江陵去，寂寂雙蛾漢水頭。一曲歌終眉黛斂，十分酒盡淚珠流。陽春郢客傳新唱，暮雨高唐夢昔遊。瓊樹無人敢親近，章臺京兆不勝愁。武夷新集。

夜懷

獨倚青桐聽鼓聲，參旗歷落上三更。凉風卷雨忽中斷，明月背雲還倒行。賴有清吟消意馬，豈無美酒破愁城。是非人世何須較，方外吾師阮步兵。詩林萬選。

成都

五丁力盡蜀川道，千古成都緑酎濃。白帝倉空蛙在井，青天路險劍爲鋒。漫傳西漢祠神馬，已見南陽起卧龍。張載勒銘堪作戒，莫矜函谷一丸封。

## 梨

繁花如雪早傷春，千樹封侯未是貧。漢苑漫傳盧橘賦，驪山誰識荔支塵。九秋青女霜添味，五夜方諸月溜津。楚客狂酲朝已解，水風猶自獵汀蘋。

## 咏傀儡

鮑老當筵笑郭郎，笑他舞袖太郎當。若教鮑老當筵舞，轉更郎當舞袖長。後山詩話。

## 貽館閣補。

聞帶宮花滿鬢紅，上林絃管侍重瞳。蓬萊咫尺無由到，始信仙凡逈不同。

澠水燕談云：楊文公初爲光祿丞，太宗頗愛其才。一日後苑賞花、釣魚、宴詞臣，不得與，以詩貽諸館閣云云。諸公以詩進呈，上詰所以不召，以未貼職，例不得與。即命直史院，免謝，令預晚宴。時以爲榮。

## 贈張季常補。

疊巘參差翠繞門，雕梁賀燕自成群。割雞日夕期佳客，種竹寒暄對此君。且向東皋輸黍稷，便應北闕降玄纁。子真漫説耕巖石，不奈聲名四遠聞。萬姓統譜云：季常名彝憲，三與計偕不利，絶意功名，放懷林壑。與文公世親，文公自括蒼解印趨朝，兩造其居，贈之詩云云。

## 句補。

關榆漸落邊鴻度，勸到劉郎酒十分。送劉綜學士出鎮并門。詩話總龜。

## 錢　熙

熙，字大雅，南安人。中雍熙二年進士，仕殿中丞，直史館，坐累出判朗州。至道間加右司諫。有集。

閩書云：熙嘗獻四夷來王賦萬餘言，太宗奇之。又嘗撰三酌酸文，世稱精絶，略曰：「渭川凝碧，早抛釣月之流；高嶺排青，不逐眠雲之客。」又曰：「年年落第，春風徒泣于遷鶯；處處羈遊，夜雨空悲於斷雁。」其卒也，鄉人李慶孫哭之曰：「四夷妙賦無人誦，三酌酸文舉世傳。」案：亦見十國春秋、娱書堂詩話。

## 九日溪偶成

漁家深處住，鷗鷺泊柴扉。雨過莎迷徑，潮來風滿衣。岸幽分遠景，波泠漾晴暉。卻憶曾遊賞，嚴陵有舊磯。清源文獻。

## 雞冠花

亭亭高出竹籬間，露滴風吹血未乾。學得京城梳洗樣，舊羅包卻綠雲鬟。全芳備祖。

## 句

鶴歸已改新城郭，牛卧重尋舊墓田。送人金陵拜掃。皇朝類苑。

# 陳世卿

世卿，字光遠，沙縣人。登雍熙二年進士第，真宗朝官至荆湖北路轉運使，以秘書少監知廣州。

## 思古堂

思古堂前酒一尊，共談時事出孤村。臨期上馬無他囑，多買詩書教子孫。延平府志。

### 吳簡言補。

簡言，字若訥，長汀人。端拱二年進士，累官祠部郎中。

## 題巫山神女廟

悵悵巫娥事不平，當時一夢是虛成。只因宋玉閑脣吻，流盡巴江洗不清。

汀州府志云：是夕，夢神女來見曰：「君詩雅正，當以順風相謝。」明日解纜，果然。

### 陳從易補。

從易，字簡夫，晉江人。端拱二年進士，歷秘書省著作郎，直史館，知廣州。仁宗朝擢知制誥，除龍圖閣直學士，知杭州。有泉山集。

## 小孤山

山稱孤獨字，廟塐女郎形。過客雖知誤，行人但乞靈。春明退朝錄。

## 句

千重浪裏平安過，百尺竿頭穩下來。王文穆罷相。蔡寬夫詩史。

# 黄　震補。

震，字伯起，浦城人。端拱二年進士，官至廣東轉運使。宋史有傳。

## 送張無夢歸天台

想別岐周不記年，丹丘高卧好林泉。飛名已出紅塵外，放迹纔辭紫殿前。虛室先輸君靜坐，野雲終俟我閒眠。長歌宸翰真皇賜，袖去須知世世傳。天台續集。

## 曾會

會，字宗元，晉江人。端拱二年進士第二，由光禄寺丞知宣州。祥符末爲兩浙轉運使，仁宗朝以刑部郎中、集賢殿修撰知明州。

### 擣砧詞　案：此詩中吴紀聞作「龔宗元」。

星斿耿耿寒煙浮，白龍衝月臨霜樓。誰家砧弄細腰杵，一聲擣破江城秋。雙桐老翠墜金井，高低冷逐西風緊。静如秋籟暗穿雲，天半驚鴻斷斜影。哀音散落愁人耳，何處離情先唤起。長信宫中葉滿堦，洞庭湖上波平水。萬里征夫眠未成，搖風擣月何丁丁。楚關秦嶺有歸客，一枕夜長無限情。吴氏詩永。

### 重登蕭相樓

不見當年李翰林，江天爲我結層陰。九華門外柳三尺，蕭相樓前松十尋。物在人亡空有淚，時殊事變獨傷心。隻雞斗酒江干市，白首風前些楚吟。池州府志。

黄宗旦補。

宗旦，字叔才，惠安人。咸平元年進士，累官知蘇州，終于工部郎中，知襄州。有集十卷。

送僧歸護國寺

一缾一鉢是生涯，來扣樞扉帶礪家。寵服降從丹鳳闕，禪房歸掩赤城霞。五芝巖下傳心印，八桂峰前散雨花。還伴白雲重到此，看看恩館築堤沙。天台續集。

李慶孫補。

慶孫，惠安人。咸平元年進士，官水部郎。

句

軸裝曲譜泥金字，樹記花名玉篆牌。

韻語陽秋云晏元獻云：太乞兒相，若諳富貴者不爾也。

## 方慎言

慎言，字應之，莆田人。咸平三年進士，歷知泉州、潭州，入爲諫議大夫，知廣州，贈開府儀同三司。

蘭陔詩話云：應之知泉州，有惠政，泉人德之，生子者多以「方兒」名。著有類詩五卷，今已散佚，僅存此作。

### 題靈巖弄月池

偶宿天台白石房，夜深清話月移光。宦遊難作重來約，一枕泉聲老不忘。案：末二句見莆陽比事。

## 章得象補。

得象，字希言，浦城人。咸平五年進士，累遷兵部郎中、知制誥、翰林學士。寶元初拜同中書門下平章事、集賢殿大學士，慶曆中拜鎮安軍節度使，封郇國公，徙判河南府，守司空。卒贈太尉兼侍中，謚「文憲」，改謚「文簡」。

### 巾子山翠微閣在台州。

步步雲梯徹上層，回頭自覺欲飛騰。頻來不是塵中客，久住偏宜物外僧。下寺鐘聲沈地底，前峰塔影落堦棱。凭闌未盡吟詩興，却擬乘閑更一登。赤城志。

### 玉光亭在玉山縣。

千層懷玉對軒窗，池上新亭號玉光。秖此便堪爲吏隱，神仙官職水雲鄉。方輿勝覽。

### 峽山飛來寺

澄江詰曲峽中天，遠使歸時駐畫船。久別忽經星一紀，暫來纔見月三弦。勞生草草真徒爾，陳迹依依亦愴然。回首越城何處是，山南渺莽只雲煙。廣東通志。

## 翁　緯

緯，字未詳，莆田人。景德二年進士，官新會知縣。

使華亭

走青奔碧月潺湲，勢與晴江遠接連。沙草翠侵驅馬路，岸花紅濕釣魚船。煙生遠店收寒雨，風起高梧咽暮蟬。徐氏舊居人識否，渡南溪下白雲邊。

黄　覺補。

覺，字民先，浦城人。景德二年進士，爲殿中丞。

送梅昌言出鎮太原

五馬雍容出鎮時，都人爭看好風儀。文章一代喧高價，忠直三朝受聖知。帳下軍容生劍戟，門前行色擁旌旗。雲籠古戍黄榆暗，雪滿長郊白草衰。出去暫開貔虎幕，歸來須占鳳皇池。鬢間未有一莖白，陶鑄蒼生固不遲。

翠屏筆談云：梅雅自修飾，容儀偉如，得詩大喜。

## 江任補。

任，建陽人。景德二年進士，官秘閣校理，知秦州。

### 句

珠盤臨路泣，斗印入鄉提。送人。皇朝類苑。

## 曹修古補。

修古，字述之，建安人。大中祥符元年進士，官監察御史。天聖初抗疏忤旨，出知興化軍。卒贈右諫議大夫。

### 池上

荷葉罩芙蓉，員香暎嫩紅。佳人南陌上，翠蓋立春風。青箱雜記。

### 題清心堂在興化軍治，詩刻於壁。

天府鞠囚三節日，霜臺待漏五更時。薰風一覺清涼睡，莫問浮名高與卑。興化府志。

## 曹修睦補。

修睦，修古弟。大中祥符元年進士，官司封員外郎，分司南京，致仕。

### 贈仁曉禪師竹簟

翠筠織簟寄禪齋，半夜秋從枕底來。若也此時人問道，涼天捲卻暑天開。青箱雜記。

## 章佖一作張姓。補。

佖，字未詳，建安人。大中祥符五年進士，官桂陽判官。

### 句

官中逐月催租税，不征穀帛只征銀。烹丁歌。輿地紀勝。

## 林緒

緒，字孝先，號惕山，莆田人。大中祥符七年徵辟，授將仕郎、興化軍教授。

蘭陔詩話云：惕山志尚高潔，慕嚴子陵、陶靖節之爲人，杜門避世，窮索古典，脱屣于功名之途，詩特寄興耳。

## 閒居

宿草江邊閣，臨流發嘯歌。所歡得病少，豈在蓄書多。生子能無貴，居身不可過。苟圖銷旦夕，青鬢長如何。

## 黄鑑補。

鑑，字唐卿，浦城人。大中祥符八年進士，累遷太常博士，爲國史院編修官，出倅蘇州。有楊文公談苑、楊公筆苑句圖。

### 送李殿省赴任常熟即都尉元昆。

吴山紫翠倚晴空，潘令風流向此中。雨飽公田方稼稔，春生香徑雜葩紅。綵艫銜尾凌波駛，頳鯉駢頭薦俎豐。玉季情深重睽索，南雲延脰接飛鴻。吴都文粹。

## 劉夔補。

夔，字道元，崇安人。擢祥符八年進士，由屯田員外郎權侍御史，歷官江浙、淮南轉運使，知陝州、廣州，有廉名。帥湖南，平桂陽寇。京東盗起，又知鄆州，發廩賑貸，盗以衰息。後知福州，改建州，尋以户部侍郎致仕。英宗立，遷吏部，卒。著有文選筆粹、晉書指掌、春秋褒貶志、武夷山志。

### 清隱巖

地迥隔塵寰，石門雲閉關。幽人澹無事，白鶴相往還。武夷山志。

## 徐陟補。

陟，字公用，浦城人。博學强記，日誦萬言。年未冠，挾所爲文入京師，見孫何。何歎賞，勉試制科，上其奏議五十卷。召試，會有家難不赴。丁謂當國，陟不肯見，作詩寄意。後擢祥符進士，以朝奉郎判永州，嘗作白馬謠數百言，勵守邊者。

### 句

君恩山嶽重，汝命羽毛輕。白馬謠。建寧府志。

## 蘇紳 補。

紳，字儀父，晉江人。天禧三年進士。仁宗朝累官史館修撰，擢知制誥、翰林侍讀學士、集賢殿修撰，出知河陽，卒。

### 金山寺

九派江流涌化城，登臨潛覺骨毛清。僧依玉鑑光中住，人踏金鼇背上行。鍾阜雲開春雨霽，海門雷吼夜潮生。因思絶頂高秋夜，四面雲濤浸月明。鎮江府志。

## 林垌 補。

垌，羅源人。真宗朝特奏名。有南華集。

### 詠瑞檜

古殿當年欲葺時，槎牙高檜礙簷榱。人間斤斧難容手，天上風雷爲轉枝。煙色併來春益重，月華饒得夜相宜。吾皇一駐鑾輿賞，從此聲名四海知。

陳郁話腴云：真廟寢殿側有古檜，秀茂不群，名「御愛檜」。然橫礙殿簷，真皇意欲去之。一夕，風雷轉摺其枝，因以爲瑞。題詠者多，惟羅源林坰唐律稱旨，賜號南華翁，詩名由此大顯。

# 閩詩錄　丙集卷二

侯官　鄭　杰原輯
陳　衍補訂

## 謝伯初

伯初，字景山，晉江人。天聖二年進士，官許州法曹。

### 寄歐陽永叔謫夷陵

江流作險似瞿塘，滿峽猿聲斷旅腸。萬里可堪人謫宦，經年應合鬢成霜。長官衫色江波綠，學士文章蜀錦張。異域化爲儒雅俗，遠民爭識校讎郎。才如夢得多爲累，情似安仁久悼亡。下國難留金馬客，新詩傳與竹枝娘。典辭懸待修青史，諫草當來集皂囊。莫謂明時暫遷謫，便將纓足濯滄浪。

## 許昌公宇書懷呈歐陽永叔、韓子華、王介甫

十年趨競浪求營，因得閒曹減宦情。亂種黄花看野景，旋移高竹聽秋聲。馳驅賤事猶干禄，約勒清狂爲近名。早晚持竿釣鱸鱖，雙溪煙雨一舟横。宋文鑑。

六一詩話云：天聖、景祐間，景山以詩知名。余謫夷陵，景山方爲許州法曹，以長韻見寄，頗多佳句，有「長官衫色」云云。余答句云：「參軍春思亂如雲，白髮題詩愁送春。」蓋景山詩有「多情未老已白髮，野思到春如亂雲」之句，故余以此戲之也。景山詩頗多，如「自種黄花添野景」云云，「園林换葉梅初熟，池館無人燕學飛」之類，皆無媿于唐諸賢。而仕宦不偶，終以困窮而卒。

### 句補。

移家尚恐青山淺，隱几惟知白日長。劉諷都官致仕。古今詩話。

### 黄孝先補。

孝先，字子思，浦城人。天聖二年進士，爲宿州司理，以薦遷大理寺丞，知咸陽縣，終太常博士。

余嘗守官咸陽，縣廨之後臨渭河，汀嶼中連歲皆有孤雁來棲於葭葦中。今歲冬深，不復至矣。或已在矰弋，或去而之他，皆不可知也。感而爲詩題亭壁

天寒霜落雁來棲，歲晚川空雁不歸。江海一身多少事，清風明月我霑衣。（侯鯖録。）

弔宿州妓張溫卿

人生第一莫多情，眼看仙花結不成。爲報兩京才子道，好將詩句弔溫卿。

句

恩同花上露，留得不多時。

能改齋漫録云：宿州妓張玉姐，字溫卿，色藝冠時。沈子山爲獄掾，最所鍾愛，罷官，途次南京，念之不忘，爲賦剔銀燈云：「一夜隋河風勁。霜混水天如鏡。古柳長堤，寒煙不起，波上月無流影。那堪懶聽。疎星外，離鴻相應。須信道、情多足病。酒未到、愁腸還醒。數疊蘭衾，餘香未減。甚時枕鴛重並。教伊須、更將盟誓後言約定。」其後明道中張子野、黄子思相繼爲掾，尤賞之。偶陳師之求古以光禄卿來掌榷酤，溫卿遂托其家，僅二年而亡，纔十九歲。子思以詩弔之云云。先是，子思有愛姬宜哥，客死舟中，遺言葬堤下，冀他日過此得一見，以慰孤魂，子思從之，作詩納棺中。其斷章云

云。二人皆葬宿州之東。

日者未知裴令貴，世人外笑禰生狂。風簾燕引五六子，露井榴開三四花。詠懷。春明退朝録。

## 吕　造補。

造，晉江人，言子。天聖二年進士。

### 刺桐城

閩海雲霞繞刺桐，往年城郭爲誰封。鷓鴣啼困悲前事，荳蔻香銷減舊容。泉南雜記云：泉州築城時，環城皆植刺桐，故號刺桐城。吕造詩云云。

## 宋　咸補。

咸，字貫之，建陽人。天聖二年進士，累官知邵武軍，移守韶州，轉職方員外郎，晉都官郎中，嘉祐十一年爲轉運使。著有易訓等書。

## 陽朔山

獨起獨高雄入漢，相輝相映翠成堆。若非群玉崑西至，即是三峰海上來。疑有洞天通日月，絶無樵路到塵埃。如何得似巨靈手，擘向天家對鳳臺。宋詩拾遺。

# 張　沃補。

沃，閩縣人。天聖二年進士，官饒州都曹。

## 蟄龍潭

蟄龍潭裏蟄，潭上風波急。一日飛上天，魚蝦不相及。

全閩詩話云：蟄龍潭上有洲，形如半月，名半月洲。宋進士張肩孟居此。其子勔六歲，誦唐詩「誰把玉環分兩片，半將江水半浮空」之句，以形容其勝。又有張沃者，七歲不能言，一日過此潭，開口詠云云。

# 詹先野補。

先野，字景舒，崇安人。經史百家歷覽無遺，天聖四年領鄉薦，繼應賢良科，後竟不仕，隱武夷。

## 廩江

武夷溪九曲，曲曲可垂鈎。自得溪山樂，何須公與侯。武夷山志。

## 張式

式，字景則，仙遊人。天聖五年進士，官太常博士，歷知濠、壽二州。

### 九鯉湖

半生漂落江湖外，此日登樓花正開。丹竈依然沉澗水，珠簾空自挂瑤臺。昔年道士何時去，前度遊人今又來。點檢洞門題詠處，幾多墨迹篆蒼苔。

## 阮逸補。

逸，字天隱，建陽人。安定先生胡瑗之門人，天聖五年進士，爲鎮江軍節度推官。皇祐中，與瑗同典樂事，遷尚書屯田員外郎。

隱居詩話云：至和中，阮逸爲王宮記室。王能詩，與逸唱和，有句曰：「易立太山石，難枯上林柳。」有言其事者，朝廷方治之，會逸坐他事，因廢棄。

## 題竹閣在嚴州能仁寺之南。

僧閣倚寒竹，幽襟聊一開。清風曾未足，明月可重來。曉意煙垂草，秋姿露滴苔。佳賓何以佇，雲瑟與霞杯。嚴州府志。

### 吴　育補。

育，字春卿，建安人。天聖五年進士，累官樞密副使、參知政事，尋以資政殿大學士、尚書左丞知河中府，徙河南。卒贈吏部尚書，謚「正肅」。有集。

## 題峴山石幢

羊公千載得清吟，芳迹雖遥契昔心。更與峴山爲故事，凜然風格照來今。襄陽府志。

### 趙　誠補。

誠，字希平，一作希中。晉江人。天聖五年登進士第，歷官撫州通判，改知歸州。州有淫祠曰「巴王」，歲夕殺人以祭。誠毁祠，投像于江。入爲三司户部判官。治平中以太常少卿知明州，卒于官。

### 遊雲門寺

竟夕雨聲寒，黎明日氣宣。峰巒添積潤，谿澗漲新痕。鐘鼓連三寺，杉松共一村。不須遊賞遍，麗句滿清軒。

### 遊天衣寺

世稱幽景屬金仙，若是精藍豈妄傳。澗湧雙泉雷出地，山圍四面管窺天。唐僧手澤神毫健，梁帝宸恩寶器妍。今日喜償平昔志，更逢閩客此安禪。

### 遊戒珠寺

欲遊城郭應難遍，每訪湖山亦自勞。坐致眼前無限景，僧坊寄處巘峰高。以上會稽掇英集。

## 蔡　襄

襄，字君謨，莆田人。天聖八年進士，歷官龍圖閣大學士，知開封府。以樞密直學士出知泉州、福州，召爲翰林學士，權三司使，拜端明殿學士，知杭州。卒贈吏部侍郎，謚「忠惠」，有莆陽居士集。

歐陽永叔云：君謨文章清遒粹美。

王梅溪云：文以氣爲主，公之詩文實出于氣之剛。入則爲謇諤之臣，出則爲神明之政，無非是氣之所寓。

案苕溪漁隱叢話云：余觀東坡荔枝歎注謂大小龍茶，始于晉公，而成于蔡君謨。歐陽永叔聞君謨進小龍團，歎曰：「君謨士人也，何至作此事？」今年閩中監司乞進鬭茶，許之。故其詩云：「武夷溪邊粟粒芽，前丁後蔡相籠加。爭新買寵各出意，今年鬭品充官茶。」

閩中錄云：君謨先，固始人，入閩寓仙遊，遷莆田，因家焉。十八登進士，五十六歲而卒。書爲當時四大家之一，文情粹美。乾道賜謚忠惠。

堅瓠集云：仁宗朝爲學士，出守泉州。造洛陽橋。以洞賓筆墨爲檄，使隸之海若而告之。隸歎曰：「茫茫遠水，何所投檄？」買酒酣飲，醉卧海岸，潮落而醒，則檄已易封矣。襄啓閲之，惟一「醋」字。襄曰：「神示我矣，廿一日酉時興工乎？」至期，潮水果三日夜不進。其日正犯九良星。襄策馬當之，曰：「君是九良星，我是蔡端明。相逢不下馬，各自分前程。」遂興作無忌，橋成。時人以詩頌之曰：「叠石爲橋與路通，惠安之北晉江東。幾時募化千元寶，一旦緣成萬載功。五尺欄杆遮巨浪，兩頭華表鎮危峰。往來多少行人口，日月齊休頌蔡公。」

泊宅編云：朝奉郎李遘知興化軍時，蔡君謨自福帥尋罷歸鄉，病革，以後事屬李守。守夜夢神人紫綬金章，從數百鬼物升廳，與守云：「迓代者。」守問：「何神？代者復何人？」神曰：「予閻羅王，蔡襄當代我。」明日，蔡公薨。李作挽詞有「不向人間爲冢宰，卻歸地下作閻王」之句。蓋實錄也。

莆陽文獻誌云：公以母老，乞知福州，改福建路轉運使，奏減五代時丁口稅之半。復入修起居注，救唐介、呂景初、吳中復、馬遵。仁宗親書「君謨」二字賜之。遷龍圖閣，知開封府，再知福州。郡士周希孟、陳烈、陳襄、鄭穆以行義著，襄備禮招延，誨諸生以經學。徙知泉州。距州二十里萬安渡，絶海而濟，往來畏其險，襄立石爲梁，其長三百六十丈，種蠣於礎以爲固。

蘭陔詩話云：忠惠故宅在莆田城南。王梅溪有過蔡宅詩云：「丹荔株株經品藻，喬松夜夜惠清涼。」今其子孫尚居焉。案：忠惠與京本非一族。宋史本傳云：「蔡京與同郡而晚出，欲附名閥，自稱爲族弟。」文文山亦云：「莆中有二蔡。其一派君謨，其一派京。」非一族明矣。公賦類江、鮑，詩兼王、孟，文宗韓昌黎，奏疏似陸宣公，書法駕蘇、黃、米三家之上，又精畫理。謚不曰文而曰惠，豈爲政事所掩耶？

## 鄭陽行

春秋書大小，災患古所評。去年積行潦，田畝魚蛙生。今歲穀翔貴，鼎飪無以烹。繼亦掇原野，草萊不得萌。剝伐及桑棗，折發連簷甍。誰家有倉囷，指此爲兼并。頭會復箕斂，勸卒以爲名。壯强先轉徙，羸瘠何經營。天子憂元元，四郊揚使旌。朝暮給饘粥，軍稟闕豐盈。殍亡與疫死，顛倒投官坑。坑滿棄道旁，腐肉犬豕爭。往往互食噉，欲語心魂驚。荒村但寂寥，晚日多哭聲。哭哀聲不續，飢病焉能哭。止哭復吞聲，清血暗雙目。隴上麥欲黄，繼命在一熟。麥熟有幾何，人稀麥應足。縱得新麥嘗，悲哉舊親屬。我歌鄜陽行，詩成寧忍讀。

## 四賢一不肖詩

中朝鸑鷟何儀儀，慷慨大體能者誰。之人起家用儒業，馳騁古今無所遺。當年得從諫官列，天庭一露胸中奇。失身受責甘如薺，沃然華實相葳蕤。漢文不見賈生久，詔書曉落東南涯。歸來俯首文石陛，尹以京兆天子毗。名都翼翼郡國首，里區百萬多占辭。豪宗貴幸矜意氣，半言主上承其頤。昂昂孤立中不倚，傳經決訟無牽羈。老姦黠吏棘其手，衆口和附歌且怡。日暮黄幄邇天問，帝前大畫當今宜。文陳疏舉時密啓，此語多秘世莫知。傳者籍籍十得一，一者已足爲良醫。一麾出守蕃君國，惜此智慮無所施。吾君睿明廣視聽，四招俊乂隆邦基。廷臣諫列復箝口，安得長喙號丹墀。晝歌夕寢心如疚，咄哉汝憂非汝爲。右范仲淹。

南方之强君子居，卓然安道襟韻孤。詞科判等屢得雋，呀然鼓焰天地爐。三年待詔處京邑，斗粟不足榮妻孥。耳聞心慮朝家事，螭頭比奏帝曰都。校書計課當序進，麗賦集仙來顯途。誥墨未乾尋已奪，不奪不爲君子儒。前日希文坐言事，手題勅教東南趨。希文鯁亮素少與，失勢誰復能相扶。嶄然安道生頭角，氣虹萬丈横天衢。臣靖胸中有至語，舉嗌不避蕭斧誅。使臣仲淹在廷列，日獻陛下之嘉謨。刺史榮官雖重任，奈何一郡卷不舒。言非由位固當罪，隨曹扁舟盡室俱。炎陬此去數千里，槖中狼籍惟蠹書。高冠長佩叢闕下，千百其群訶爾愚。吾知萬世更萬世，懔懔英風激懦夫。右余靖。

君子道合久以成，小人利合久以傾。世道下衰交以利，遂使周雅稱嚶鳴。煌煌大都足軒冕，綽有風采爲名卿。高名重位蓋當世，退朝歸舍賓已盈。脅肩諂笑不知病，指天報遇如要盟。一朝勢奪德未改，萬鈞已與毫釐輕。畏威諛上亦隨毀，矧復鼓舌加其評。逶迤陰拱氣質厚，兩耳塞豆心無營。嗚呼古人不可見，今人可見誰與明。章章節義尹師魯，飭躬佩道爲華榮。希文被寵激人怒，君獨欣慕如平生。抗書轂下自論劾，惟善與惡宜彙征。削官竄逐惟適楚，一語不挂離騷經。當年亦有大臣逐，朋邪隱縮無主名。希文若果事姦險，何此吉士同其聲。高堂本欲悟人主，豈獨區區交友情。右尹洙。

先民至論推天常，補衮扶世爲儒方。圜冠博帶不知本，樗櫟安可施青黄。帝圖日盛人世出，今吾永叔誠有望。虛心學古貴適用，異端莫得窺其牆。子年五月范京兆，服天子命臨鄱陽。二賢拜疏贖其寵，勢若止沸反揚湯。勑令百執無越位，諫垣何以敢封囊。哀求激憤亦復奮，强食不得下喉吭。位卑無路自聞道，日視雲闕高蒼茫。裁書數幅責司諫，落筆騄驥騰康莊。刃迎縷析解統要，其間大意可得詳。書曰希文有本末，學古通今氣果剛。始從理官來秘閣，不五六歲爲天章。上心倚若左右手，日備顧問鄰清光。苟爾希文實邪佞，曷不開口賦否臧。陰觀被譴始醜詆，摧枯拉朽奚爲强。倘曰希文實賢士，因言被責庸何傷。漢殺王章與長倩，當時豈曰誅賢良。惟時諫官亦結舌，不曰可諫曰罪當。遂令百世覽前史，往往心憤涕泗滂。斯言感切固已重，讀者不得令激昂。肯圖反我爲怨府，袖書乞憐天子旁。謫官一邑固分耳，恨不剖腹呈琳琅。我嗟時輩識君淺，但推藻翰高文場。斯人滿腹有儒術，使之得地能弛張。皇家太平幾百歲，正當鑑古修紀綱。賢才進用忠言錄，祖述聖德垂無疆。右歐陽修。

人稟天地中和生，氣之正者爲誠明。誠明所鍾皆賢傑，從容中道無攲傾。嘉言讜論范京兆，激姦糾繆揚王庭。積羽沈舟毁銷骨，正人無徒姦者朋。主知膠固未遐棄，兩轓五馬猶專城。歐陽秘閣官職卑，欲雪忠良無路歧。累幅長書抉幽憤，一責司諫心無疑。人謂高君如撻市，出見搢紳無面皮。高君構書奏天子，游言容色仍怡怡。反謂希文謀疏闕，投彼南方誠爲宜。永叔忤意竄西蜀，不免一中讒巧辭。汲黯嘗糾公孫詐，弘于上前多謝之。上待公孫禮益厚，當時史館猶刺譏。司諫不能自引咎，復將己過揚當時。四公稱賢爾不肖，讒言易入天難欺。朝家若有觀風使，此語請與風人詩。右高若訥。

澠水燕談云：景祐中，范文正公知開封。左右言公朋黨，黜知饒州。余靖安道論救坐貶。尹師魯洙言臣與仲淹義兼師友，當從坐，貶監郢州稅。歐陽永叔移書責司諫高若訥，若訥怒，繳其書，降授夷陵縣。蔡君謨作四賢一不肖詩，四賢謂希文、安道、師魯、永叔，不肖謂若訥也。布在都下，人爭傳寫，鬻書者市之，頗獲厚利。

## 上元應制

高列千峰寶炬森，端門方喜翠華臨。宸遊不爲三元夜，樂事還同萬衆心。天上清光留此夕，人間和氣閣春陰。要知盡慶華封祝，四十餘年惠愛深。

## 謝賜御書詩

皇華使者臨清晨，手開寶軸香煤新。沿一作「法」。名與字發深旨，宸毫灑落奎鈎文。精神高遠照日月，勢力雄健生風雲。混然氣質不可寫，乃知學到非天真。緘藏自語價希代，誰顧四壁歎空貧。臣聞帝舜優聖域，皋陶大禹爲其鄰。吁俞勅戒成典要，垂覆後世如空旻。陛下仁明如舜禹，豪英進用司鴻鈞。臣襄材智最駑下，豈有志業通經綸。獨是丹誠抱忠樸，常欲贊奏上古珍。又聞孔子春秋法，片言褒貶賢愚分。孝經内省不自稱，但思至理書諸紳。乾坤大施入洪化，將圖報效無緣因。誓心願竭謨謀義，庶裨萬一唐虞君。

閩書云：蔡君謨謝賜御書云：臣襄伏蒙陛下特遣中使賜臣御書一軸，其文曰「御筆賜字君謨」者。臣孤賤遠人，無大材藝。陛下親洒宸翰，推著經義，俾臣佩誦，以盡謨謀之道，事高前古，恩出非常。臣感懼以還，謹撰古詩一首，以叙遭遇，干冒聖慈。臣無任荷戴兢榮之至。朝奉郎起居舍人知制誥權同判吏部流内銓上騎都尉賜紫金魚袋臣蔡襄上進。

## 遊鼓山靈源洞

郡樓瞻東方，嵐光瑩人目。乘舟逐早潮，十里登南麓。雲深翳前路，樹暗迷幽谷。朝雞亂木魚，晏日明金屋。靈泉注石竇，清吹出篁竹。飛毫劃削壁，勢力忽驚觸。捫蘿躋上峰，太空延眺矚。孤青浮海山，長白挂天瀑。況逢肥遯人，性尚自幽獨。西景復向城，淹留未云足。

## 楊叔武北堂夜話

歲晏物景薄，層陰向晚饒。輕雲隱秋月，殘雪棲枯條。夫君有高適，顧我慰寂寥。瀟洒開北門，拂榻延良宵。前几陳古書，坐見千載遥。間亦發新句，幽思含九韶。神明静外照，念慮醉中消。楊雄戒丹轂，顔子安一瓢。良玉不火變，翠柏寧霜凋。此心固獨往，聲利詎得招。爐灰寒更劃，燈灺落仍挑。相看數漏板，後會誠重要。

宋比玉云：蔡公詩律，七言宗李、杜，五言出入王、孟，如「爐灰寒更盡，燈灺落仍挑」，寫北堂夜話之景，真畫手也。與唐人「凍瓶粘柱礎，宿火焰爐灰」語可頡頏矣。若五言古之姑胥行、鄮陽行，有晉魏六朝遺致，非唐之淺近者可及。

## 訪天台巖

幽人去未還，門户和雲閉。亭午樹陰圓，深冬泉響細。

## 嘉禾郡偶書

盡道瑶池瓊樹新，仙源尋到不逢人。陳王也作驚鴻賦，未必當時見洛神。

## 十三日出趙園看花

水際開花千萬窠，初鶯時逐麗人歌。欲知太守行春樂，只向東城得最多。

## 題將軍巖

赤日正亭午，解衣巖石下。石泉殊甘涼，野籟亦瀟洒。驚猿度嶺雲，遺果墜庭瓦。披軒忽永歎，幽抱不可寫。

## 西　郊

曉蓋西郊道，春光極太虛。村風香晚稻，溪日曝寒魚。雀噪飢鷹下，山空病木疎。歸期侵杪歲，東望是吾廬。

## 夜雨病中

久雨曾無度，陽和漸向闌。雜香生衆木，濃翠入孤巒。漏緩宵仍靜，燈微曉更寒。芳時猶卧病，何日出城看。

## 晝寢宴坐軒憶與蘇才翁會别

投凉下馬卧僧家，遶簟清風卷絳紗。修竹滿前微雨過，遠山無際薄雲遮。武侯舊隱人應到，粤國孤城日自斜。解與塵心消百慮，更開新焙煮靈芽。

## 福州堂下小欄花草多是手栽，今已繁盛，因賞花有所感悼

愛花盡日傍花臺，點檢當年手自栽。前事已隨朝暮變，舊叢空見淺深開。山禽忽下還飛去，溪雨纔收又復來。只有春醪能遣悶，無人欄畔共持杯。

## 宿漁梁驛

庭樹疎疎河漢低，瓦溝霜白月平西。寒鴉不奈單栖苦，落泊驚飛到曉啼。

## 十二日晚

欲尋軒檻倒清樽，江上煙雲向晚昏。須倩東風吹散雨，明朝卻待入花園。

案古香齋藏帖跋云：此詩洪氏收入唐人絶句，實君謨詩也。

## 入天竺山留客

山光物態弄春暉，莫爲輕陰便擬歸。縱使晴明無雨過，入林深處亦霑衣。

## 稼村詩帖

布穀聲中雨滿籬，催耕不獨野人知。荷鋤莫道春耘早，正是披簑叱犢時。

## 夢中作補。

天際烏雲含雨重，樓前紅日照山明。嵩陽居士今何在，青眼看人萬里情。

宋比玉古香齋藏帖跋云：此蔡君謨夢中詩也。真迹在濟明家，筆力遒勁，元祐五年二月四日蘇軾題後。

## 錢塘題壁

案：蔡忠惠公集作「書小閣壁上」。

綽約新嬌生眼底，侵尋舊事上眉尖。問君別後愁多少，得似春潮夜夜添。

案古香齋藏帖跋云：錢塘有美堂前小閣中壁上小書此詩，蔡君謨真蹟也。陳述古摹刻。軾在定香橋野店中觀之。

案蘇詩常潤道中有懷錢塘寄述古云：「去年柳絮飛時節，記得金龍放雪衣。」翁方綱注云：「予得東坡墨蹟云：『「天際」云云，此蔡君謨夢中詩也。僕在錢塘，一日謁陳述古，邀余飲堂前小閣中，壁上小書一絶，君謨真蹟也，「綽約」云云。又有人和云云，不知誰作也。杭州營籍周韶多蓄奇茗，常與君謨鬬勝之，韶又知作詩。子容過杭，述古飲之。韶泣求落籍。子容曰：「可作一絶。」韶援筆立成，曰：「隴上巢空歲月驚，忍看回首自梳翎。開籠若放雪衣女，長念觀音般若經。」韶時有服，衣白，一座嗟嘆。遂落籍，同輩皆有詩送之，胡楚云云，龍靚云云。』按，公詩自注：『杭人以放鴿爲太守壽。』此不欲明言所指，而託之『放鴿』，文字之狡獪也。」馮應榴云：「翁氏所得帖，見卞氏書畫彙考。所引周韶落籍事，見侯鯖錄。」

## 秋日登郡樓

落葉隨飛鳥，疎砧答暮蟬。悠悠戍樓角，悽切萬家傳。

## 寒食遊西湖知福州作。補。

山前雨氣曉才收，水際風光翠欲流。盡處旌旗停曲岸，滿潭鉦鼓競飛舟。浮來煙島疑相就，引去沙禽好自由。歸騎不令歌吹歇，萬枝燈燭度花樓。淳熙三山志。

## 句

時平生戰地，農惰入春田。

王禹玉云：君謨咏草詩有云云之句，其言關教化，非「野火燒不盡，春風吹又生」之比。

草際飛螢乍有無。

劉後村云：蔡公清暑堂詩云云，詩家要渺之音也。有王右丞、韋蘇州之風。

## 劉　异補。

异，字成季，閩縣人。天聖八年進士，以文學知名。累官將仕郎、大理評事，終屯田員外郎。

### 遊靈巖

藥水標題不記年，奇花深洞舊通僊。山迴巨蔭常遮日，境絶纖埃別是天。碧照東西江浩渺，緑迷高下竹嬋娟。凭欄周覽翛然静，金像香殘一炷煙。漢南府志。

## 熊知至補。

知至，字意誠，建陽人。天聖中五舉不第，歸隱鼇峰。有集。

## 贈王山人

閑拄瘦笻枝，衣冠半異時。入城人不識，賣藥俗長疑。飲酒難逢醉，餐松自止飢。華峰千嶂裏，常與白雲期。翰墨大全。

## 句

樓臺上下火照火，車馬往來人看人。觀燈。萬姓統譜。

## 黄亢

亢，字清臣，浦城人。有東溪集。

宋史新編云：年十五，以文謁翰林學士章得象，得象奇之。遊錢塘，以詩贈處士林逋，逋尤激賞。時王隨知杭州，奏禁西湖爲放生池。亢作詩數百言，士人爭傳之。

## 臨水

人生朝復暮，水波流不駐。去年昨日水，今日到何處。惆悵雨殘花，嫣紅隨水去。花落水東流，識盡人生趣。
荆溪林下偶談云：文鑑載亢臨水詩云「去年昨日水，今日到何處」，蓋蹈襲杜牧題安州浮雲樓寄湖州張郎中云「當時樓下水，今日到何處」。

## 蔡　高

高，字君山，莆田人，襄弟。景祐元年進士，授長溪尉，遷太康主簿。
蘭陔詩話云：君山卒時，年甫二十八。兄君謨發其遺稿，得數十萬言，皆當時之務。妻程氏，能卻太康人之賻，亦賢婦也。

### 謁館閣校勘歐陽公

此日登史閣，高風孰可追。學期明主佐，道許後生師。余豈能自信，公真不我欺。微躬托所厚，慚愧異新知。

## 柳　永

永，字耆卿，初名三變，崇安人。景祐元年進士，爲屯田員外郎，以樂章擅名。有兄三復、三接，皆工文，號「柳氏三絶」。

聞書云：柳永工詞章。仁宗誕辰，太史奏老人星見，永爲《醉蓬萊詞》以獻，語不稱旨，曰：「此人不宜仕宦，且去填詞。」因自稱「奉旨填詞柳三變」。歐陽凱奏之曰：「錦爲耆卿腸，花爲耆卿骨。名章雋句，笙簧間發。」王元澤追慕永才，亦有「賴有樂章傳樂府，落落驪珠照古今」之咏。

《獨醒雜志》云：柳耆卿風流俊邁，聞于一時。既死，葬于棗陽縣花山，遠近之人每遇清明日，多載酒肴飲于耆卿墓側，謂之「弔柳會」。

《方輿勝覽》云：范蜀公嘗曰：「仁宗四十二年太平，鎮在翰苑十餘載，不能出一語歌咏，乃于耆卿見之」。仁宗嘗曰：「此人任從月下風前淺斟低唱，豈可令仕宦？」遂流落不偶，卒于襄陽。死之日，家無餘財，群妓合金葬之于南門外。每春月上冢，謂之「弔柳七」。

## 贈内臣孫可久

故侯幽隱直城東，草樹扶疎一畝宮。曾珥貂璫爲近侍，卻餘傜褐作閒翁。高吟擁鼻詩懷壯，雅論盱衡道氣充。厭盡繁華天上樂，始將蹤迹學冥鴻。

《青箱雜記》云：仁宗朝内臣孫可久賦性恬淡，年逾五十，即乞致仕。都下有居第，堂北有小園，城南有别墅。每良辰美景，以小車載酒，優遊自適。石曼卿嘗過其居題詩，屯田員外郎柳永亦贈詩云云。

### 中峰寺

攀蘿躡石落崔嵬，千萬峰中梵室開。僧向半空爲世界，眼看平地起風雷。猿偷曉果升松去，竹逼清流入檻來。旬月經遊殊不厭，欲歸回首更遲迴。建寧府志。

### 鬻海歌 爲曉峰鹽場官作。

鬻海歌，憫亭户也。

鬻海之民何所營，婦無蠶織夫無耕。衣食之源太寥落，牢盆鬻就汝輸征。年年春夏潮盈浦，潮退刮泥成島嶼。風乾日曝鹹味加，始灌潮波塯成鹵。鹵濃鹹淡未得閑，採樵深入無窮山。豹蹤虎迹不敢避，朝陽出去夕陽還。船載肩擎未遑歇，投入巨灶炎炎熱。晨燒暮爍堆積高，才得波濤變成雪。自從瀦鹵至飛霜，無非假貸充餱糧。秤入官中得微直，一緡往往十緡償。周而復始無休息，官租未了私租逼。驅妻逐子課工程，雖作人形俱菜色。鬻海之民何苦辛，安得母富子不貧。本朝一物不失所，願廣皇仁到海濱。甲兵淨洗征輸輟，君有餘財罷鹽鐵。太平相業爾惟鹽，化作夏商周時節。案：見大德昌國州志。

## 句

分得天一角，織成山四圍。題會景亭。會稽志。

## 鄭伯玉

伯玉，字寶臣，莆田人。景祐元年進士，授秘書省校書郎，官至殿中侍御史。有錦囊集。鄭山齋云：公以韓魏公薦爲御史，爲人峭直，不避權貴。好爲詩，所作三百餘首，時人以與陳著作琪、方提舉孝寧詩彙爲一集，號烏山三賢詩。

### 和王太傅遊國清塘莆陽文獻。

寒日一觀眺，四天雲色希。水風迎棹起，沙鷺背人飛。玉縷鱸新膾，金膏蟹正肥。斜陽促歸旆，那得戀魚磯。

### 綠野亭

二月池邊景色好，天與人意相怡融。鵝毛絮輕颺晴日，鴨頭波暖搖青空。幽鳥間關變新呀，高花亂旋飛斜紅。樽前忽爾感時節，酌酒醉倒酬東風。

雨過黃梅夏將半，園亭清洒如山家。白鳥窺魚立閒暇，紅蜓弄水飛交加。垣衣重重長舊暈，萱草節節含新花。薤葉簟涼一就枕，起來日抱西山斜。

吾愛高秋亭上望，水風涼澹愜幽情。山形左右互拱揖，海氣旦暮多陰晴。西疇農歌罷亞熟，北埭漁唱滄浪清。人生得酒且自適，何必身後立空名。

路出煙村俗駕少，江天落莫憎寒威。依依壺嶠草樹變，藹藹海門煙火微。日脚下時一雁度，風頭起處雙鴉歸。卻擁殘爐撥灰坐，冷煖世途空險巇。

## 和夏日國清塘泛舟

三篙搖漾綵帆輕，勝賞寧辭遠郡城。水滿人如天上坐，波澄舟在鏡中行。都無暑氣侵衣袖，時有荷香入酒觥。野老岸前爭擁看，知公威霽不喧驚。

## 宿僧寺

亭宇無塵落葉天，西風一榻稱高眠。夜深更愛松間月，破碎清光落枕前。

張　謨補。

謨，建安人。景祐元年進士。又成都人，紹興中進士，與向綜不同時。

句

桂嶺花光紛似雪，荔江波色緑於苔。送向綜通判桂州。輿地紀勝。

卓祐之補。

祐之，閩縣人。景祐元年進士，官秀州判官。自謂死當爲神，及卒，里人即所居閩山祀之。端平間贈侯爵。

句

山色列屏分左右，水聲鳴玉遶西東。輿地紀勝。

吴　秘補。

秘，甌寧人。景祐元年進士，累官侍御史，知濠州，改知舒州。

## 謁孔林一首

高天之有文，星辰豔穹碧。厚地之有文，草木秀野色。草木既無辭，星辰亦難測。詎侔人之文，五經爲藝極。五經主者何，豈非至聖力。三才久虚位，待我先師宅。秘亦窮經者，自謂入閫閾。天地無逃數，世人猶自惑。代移文不移，宜在弟子職。薰香達誠悃，滴酒瀝胸臆。瞿然見威容，長林聳墳側。闕里志。

## 林嗣復補。

嗣復，字延叔，長樂人。景祐元年進士，官太常博士。

### 西峰院

參遍曹溪衆所欽，元堂虚寂砌蟲吟。定回瞑目誰相顧，好鳥啣花下翠林。福州府志。

## 湛　俞補。

俞，字仲謨，閩縣人。景祐五年進士，知安丘縣，治平中召以屯田郎中爲本路轉運判官。志潔行廉，年五十遂休致，隱于宿猿洲，三徵不起。劉康夫爲撰山居記，鄉人名所居爲旌隱坊。

### 靈峰院

禪林瀟洒倚危巔，稅駕登臨思豁然。萬里碧光晴望海，一堂幽響夜聽泉。寒龕龍臥清涼地，古洞雲歸黯淡天。好景自嗟吟不盡，擬憑圖畫寄詩仙。三山志。

### 長樂臺

荔子園林海日邊，幽亭更在碧雲巔。江山舊是無諸國，樓殿今爲極樂天。輿地紀勝。

## 吳世延補。

世延，字延之，一字季叟，莆田人。寶元元年進士，官屯田員外郎，知梧州。與周濂溪友善。著有季叟詩文集。

### 鼓角山

黎明騎馬出城闉，鼓角山前訪古人。白水一陂浮鶴背，青田千里疊虬鱗。宋詩拾遺。

## 吳　充補。

充，字沖卿，浦城人，育弟。寶元元年進士，熙寧中累遷檢校太傅、樞密使。代王安石爲中書門下平章事，罷爲觀文殿大學士，西太一宫使。卒謚「正獻」。

### 聽讀詩義感事時修撰經義所，初進二南，有旨：資政殿進讀。

雪銷鳷鵲御溝融，燕見殊恩綴上公。晝日乍驚三接寵，正風獲聽二南終。解頤共仰天顔喜，牆面才容聖域通。午漏漸長知禹惜，侍臣何術補堯聰。王荆文公詩自注。

### 史院席上作

蘭臺開史局，玉斝賜君餘。賓友求三事，規摹本八書。汗青裁倣此，衰白盍歸歟。詔許從容會，何妨醉上車。

揮麈後録云：神宗朝修仁、英兩朝國史，開局日，詔史院賜筵。時吳沖卿爲首相，提舉二府及修史官，就席上成詩。沖卿唱首。

## 送張君宰吴江

全吴風景好，之子去弦歌。夜犬驚胥少，秋鱸餉客多。縣樓疑海蜃，衙鼓答江鼉。遥想晨鳧下，長橋正緑波。明道雜志。

## 題招提院静照堂

人説招提好，師從静照來。親攜玉堂句，徐叩葦門開。好事能如此，題詩豈易哉。明年得東守，繫舸一裴回。至元嘉禾志。

## 遥贈錢公輔

使君新自四明歸，邀我同爲衆樂詩。山川可愛惜未見，晝想夕思心爲罷。恍然神遇若有得，齎身乃在天之涯。漲海連空四無岸，天吴卻坐鮫人觀。以手揮弄日月丹，能令桑田變瀰漫。海邊偶到山城中，山城二月多春風。牛羊閑暇夕陽晚，樓閣參差朝霧濃。一泓山溜佛頭緑，環以翠屏風六曲。人煙擾擾事嬉遊，落花嚦鳥滿汀洲。中爲臺榭鬬十二，上有藻井排文楸。旁人指點此何許，云是四明行樂處。此樂爲民非爲身，始知集賢錢使君。使君風韻誰之比，政事次公詩短李。醉憑熊軾勸耕疇，狂取螺杯翻舞袂。儂愛使君君勿歸，詔書奪去何如爲。閑侍玉皇香案側，銀臺深阻無消息。意迷卻悟坐空齋，忽省君詩昨日來。疊紙爲君書所見，不知衆樂誠然哉。延祐四明志。

## 薛利和補。

利和，字天益，興化人。寶元元年進士，歷知春、潮、惠三州，遷屯田員外郎。

### 謝王介甫

一路生靈陡頓貧，廟堂康濟豈無人。君侯若問茶租日，請把茶租乞與人。

莆陽文獻云：熙寧三年，王安石議榷茶，欲擢利和提舉廣東茶事，利和作詩謝之云云。遂就常調，通判廣州。茶法卒不行。

## 蘇緘補。

緘，字宣甫，晉江人，紳從弟。寶元元年進士，知邕州。儂寇至，嬰城以守，城陷，自焚死。贈奉國軍節度使，謚「忠勇」。

## 英德碧落洞

此洞誰開鑿，難窮造化原。地幽疑窟室，巖透若天閽。蘚石高低路，樵聲裏外村。雲嵐青欲滴，煙壁翠堪捫。一帶溪泉急，千枝石乳繁。鼠飛猶白晝，虎嘯近黄昏。老木吟風韵，枯崖滲雨痕。碧瀾秋寸寸，寧負羽皇言。清源文獻。

## 崔黄臣補。

黄臣，字仲牧，惠安人。寶元元年進士，慶曆八年臨海令，惠和而敏。見赤城志。

### 和陳述古仙居巖老堂詩

床頭數卷書，足以樂樵漁。衆謂衣冠傳，自同巖谷居。潛心富仁智，育德審盈虚。刺史如相訪，淵明有舊廬。天台别編。

# 閩詩録　丙集卷三

侯官　鄭　杰原輯
陳　衍補訂

## 徐　復

復，字復之，一字希顔。莆田人，寅曾孫。慶曆初以布衣召見，除大理評事，固辭，賜號沖晦處士。蘭陔詩話云：處士精音律，兼通陰陽、天文、地理、遁甲、占射諸家之説。與林和靖爲忘年交，往來唱和。沖晦居萬松嶺，和靖居孤山，夾湖相望，人稱爲「西湖二處士」。其詩亦略相似。

### 同林逋宿中峰次韻

盥櫛從朝懶，論交慰昔賢。寒花隱亂草，老木插飛煙。聽雨夜牀冷，彈琴秋葉前。臨高問往事，歷歷是何年。

## 鄭蒨

蒨，字春卿。莆田人。慶曆二年三禮科出身，官虞部郎中，出知漳州。

### 湘江秋夕

嶽麓長雲合，湘江暮靄收。鴻鳴沙渚夜，葉脱洞庭秋。霜竹千叢密，風絃一曲愁。獨醒人不見，兩岸水悠悠。

### 睡覺

玉爐香斷瑞煙微，小院陰岑夾幕垂。一枕清風人寂後，半窗明月酒醒時。漆園蝴蝶難成夢，巫峽行雲想有期。欲曙凄凉精氣爽，漏殘燈燼畫屏攲。

## 陳襄補。

襄，字述古。侯官人。慶曆二年進士，歷官知制誥，直學士院，知陳州，徙杭州。以樞密直學士知通進銀臺司，兼侍讀、判尚書都省。有古靈集。

## 送關都官致仕

鴻雁于飛，送關公也。公能以禮致仕，惜其有老，成德不衰，不養于朝，天子不用古禮留之，故作是詩也。

鴻雁于飛，歸戾于澤。君子于田，亦適維則。旅力不愆，曷云其極。庶民之耋，職自爲愚。君子之耋，其德有濡。旅力不愆，曷云其劬。有堅松柏，君子斧之。有實秠稷，農夫有之。天子有老，曷其與歸。野有白駒，來食我蕣。君子之往，胡爲不留。我心悠悠，爲天子之憂。

## 幽齋

幽境絶塵蹤，莓苔上粉墉。秋聲連夜雨，寒色一溪松。學有書千卷，歡無酒萬鍾。雲屏孤夢斷，寂寞掩巫峰。

## 和子瞻沿牒京口憶西湖出遊見寄

春陰漠漠燕飛飛，可惜春風與子違。半嶺煙霞紅旆入，滿湖風月畫船歸。緱笙一闋人何在，遼鶴重來事已非。猶憶去年離別處，鳥啼花落客霑衣。

寄遠

飛鵲翩翩暮欲棲，楚天新月射璇題。袖中已滅三年字，心曲惟通一點犀。步障影迷金谷路，桃花香隔武陵溪。瑤華好折無人寄，腸斷江樓百尺梯。

夜意

熏爐香燼蕙煙沈，凛冽寒生翡翠衾。月國音塵千里絕，仙山樓閣五雲深。離懷暗耿金壺漏，獨夢多驚玉女碪。騎省中郎才調逸，擬將文筆賦秋心。

使還咸熙館道中作

土曠人稀使驛賒，山中殊不類中華。白沙有路鴛鴦泊，芳草無情妯娌花。氈館夜燈眠漢節，石梁秋吹動胡笳。歸來覽照看顔色，斗覺霜毛兩鬢加。

**韋羌山**在天台山西，上有石壁，字如科斗。

去年曾覽韋羌圖，云有仙人古篆書。千尺石巖無路到，不知科斗是何書。

**中和堂木芙蓉盛開，戲贈子瞻**

千林寒葉正疎黄，占得珍叢第一芳。容易便開三百朵，此心應不畏秋霜。以上古靈先生集。

## 陳　洙補。

洙，字師道，建陽人。慶曆二年進士，歷殿中侍御史。嘉祐中上疏助司馬光論建儲，且飲藥而卒，以明無所覬望。奏下，大計遂定，仁宗聞洙死，賜錢百萬。元祐初，用光言，官其一子。

**吴耿先生還北山舊居**

蒼浪兩鬢斑，盡意六經閒。有術佐明主，無官歸故山。釣臺春水碧，吟榭暮雲閑。見説還家後，重將舊史删。前賢小集拾遺。

**遊雲際寺**在邵武。

清曉捫蘿踏嶺雲，寒風飛溜溼衣巾。上攀霄漢無多地，直視城闉幾點塵。古木半陰藏宿霧，山禽相語厭遊人。明年更補閩中吏，來看桃花爛漫春。瀛奎律髓。

**靖安寺**江爲故宅

處士亡來二百年，故居牢落變祇園。詩名長共江山在，冤氣尚磨星斗昏。臺榭幾人留好句，漁樵何處問曾孫。昔時泉石生涯地，日暮寒雲遶寺門。建寧府志。

## 呂夏卿補。

夏卿，字縉叔，晉江人。慶曆二年進士，薦爲編修唐書官。熙寧初遷兵部員外郎、知制誥，出知潁州，卒。

泉州府志云：初歐、宋二公典領唐史，十七年書始成。凡預載筆者皆一時高選，前後十餘人，遷徙不常，唯夏卿與范鎮自發凡訖于絶筆。夏卿又纂新書紀志傳義例，摘二公繁文闕誤，目爲唐書直筆新例一卷，唐兵志三卷。又集天下碑刻爲唐文獻考，歷代氏族譜志爲古今世系表。

## 春陰

海棠陰淺日黄昏，畫閣輕寒繡被溫。春夢醒來能記否，賣花聲過忽開門。後村千家詩。

## 陳叔度補。

叔度，莆田人。慶曆初虢州推官，累官大理評事、廣東提刑，兼轉運提舉。

### 雙皂莢行

綠葉森森迎曉日，雙雙暗結秋霜實。乾坤造化借風流，陰靈滑稽爲誰匹。一蔕雙葩心兩同，風力雨綿神其功。中官始奏獻奇異，祥圖瑞牒揮毫鋒。四海萬方只一株，繚繞周牆百尺餘。侍從宮娃共爭取，攀援棘刺血羅襦。采得溫泉奉金輦，雪瑩肌膚紅玉暖。合歡當前此物生，上皇都笑天機淺。陝西通志。

## 上官凝補。

凝，字成叔，邵武人。慶曆二年進士，調銅陵尉。熙寧三年遷職方員外郎，通判處州，卒。

江上臘梅村，人家半掩門。夕陽連野色，落葉破煙痕。輿地紀勝。

## 邵武

## 徐九思補。

九思，字公謹，崇安人。慶曆二年登第，調蘄水尉。趙抃、唐介薦於朝，入判三司。後以中散大夫致仕。著有新豐集。

### 送唐介謫英州

投荒萬里嶺南行，莫叩天閽訴不平。忠讜若教無竄逐，奸邪何計竊安榮。一封疏在銘周鼎，三黜名高重漢京。最是中霄雷激烈，爲君特地發寃聲。崇安縣志。

## 劉彝補。

彝，字執中，福州人。從胡瑗學，中慶曆六年進士。熙寧二年召對，除兩浙運判，移知處州，加直史館，知桂林。除名，編隸涪州。召還，卒。有居陽集。

## 夜宿善權寺追懷陳述古

精識世所稀，及道古稀有。伊人雖云亡，遺德不可朽。嘗厭石渠游，是邦爰出守。浚河納湖波，股派活畎畝。學宫起城隅，塗人或薪槱。既富而教之，薄俗適忠厚。矧予平生時，昏弱賴磨揉。共揖姬孔徽，肯出皋稷後。醇源浩罔涯，實行靡容苟。猶其老嚴阿，寂寞待同叩。天乎奪大成，旅兹宜興阜。我來薙荊榛，雨淚滴杯酒。慟哭起秋風，落葉紛林藪。永懷三益恩，語報乏瓊玖。願子生人間，世世爲親友。周必大歸盧陵日記。

## 悼賢詩

良田十頃接晴煙，曾假過侯救旱年。倖麥一車開德濟，流民千里荷生全。人嗟逝水今亡已，俗感遺風尚泫然。獨對老僧談舊事，斜陽春色漫盈川。

嵊縣志云：前剡令過昱，字彦夷，皇祐三年以中書郎來知剡事。連值歲祲，出常平錢糴米以活流民。復割倖麥七十斛爲種，假超化院十餘頃，役飢民耕種之。明年，得麥五百餘斛，民賴以活。熙寧中，昱已亡，彝過故院，與僧追誦欷歔。見民有談及公者，往往泣下。因作此詩，題之院壁。

## 楊　備補。

備，字修之，建平人，億之弟。慶曆中爲尚書虞部員外郎。有姑蘇百題、金陵覽古詩。宋詩紀事云：按景定建康志載，作金陵詩者楊備字修之，張敦頤六朝事蹟作楊修。今據文獻通考，當與中吴紀聞所載姑蘇百題俱屬楊備，六朝事蹟作楊修者，筆誤也。

### 夢中作

月俸蚨錢數甚微，不知從宦幾時歸。東吴一片煙波在，欲問何人買釣磯。中吴紀聞云：楊郎中天聖中爲長溪令，夢中作詩云云。及寤，心潛異之。明道初，宰華亭。俄丁内艱，遂家于吴中。樂其風土之美，安而弗遷。因悟夢中所作，幾于前定。嘗效白體，作我愛姑蘇好十章，又作姑蘇百題詩，每題箋釋其事。

### 蠡口

霸越勳名聞世才，五湖煙浪一帆開。猶防烏喙傷同輩，此地復招文種來。

華山精舍

巖屏晚樹噪寒鴉，嵐翠樓臺釋子家。池面鑑光功德水，金波影裏石蓮花。

泛太湖

漁舠載酒日相隨，一笛蘆花深處吹。湖面風收雲影散，水天反照碧琉璃。

姑蘇臺

山花野草一荒丘，雲裏驕奢舊蹟留。珠翠管弦人不見，上頭麋鹿至今游。

響屧廊

步步香翻羅襪塵，粉紅花豔滿宮春。傾城一笑無遺迹，不見長廊響屧人。

洗馬池在蘇州郡學南。

一一牽來種是龍，臨波深下更嘶風。金鞍玉勒抛何處，騰踏渥洼寒影中。以上吳郡志。

## 新亭

滿目江山異洛陽，北人懷土淚千行。不知亡國中書令，歸老新亭是故鄉。

## 晉新宫

玉案金爐對御牀，巋然應似魯靈光。螭頭直下雙魚尾，不讓西京舊柏梁。

## 蠶堂

摘繭抽絲女在機，茅簷葦箔舊堂扉。年年桑柘如雲緑，翻織誰家錦地衣。

## 臺城

六朝遺蹟好山川，宫闕灰寒草樹煙。江令白頭歸故國，多情合賦黍離篇。

## 層城觀亦名穿針樓。

秋星如彈月如梳，宫妓香添乞巧爐。萬縷千針同一意，眼穿腸斷得知無。

## 秦淮

一氣東南王斗牛，祖龍潛爲子孫憂。金陵地脈何曾斷，不覺真人已姓劉。

## 獨足臺

鳥迹分明在帝臺，管弦聲裏戰書來。回頭一覺風流夢，猶得朱門傍水開。

## 胭脂井

擒虎戈矛滿六宮，春花無樹不秋風。蒼黄益見多情處，同穴甘心赴井中。以上六朝事蹟。

## 葉棐恭補。

棐恭，延平人。慶曆六年進士，皇祐中長興令，累官檢校都官員外郎。元祐中知嚴州。

## 過子陵釣臺

勢利輕捐寄傲中，毅然高節凛秋風。耕閑釣寂千年迹，立懦廉貪萬世功。須信林間無怨鶴，更知天外有冥鴻。扁舟夜泊靈祠下，慨慕先生道不窮。嚴陵集。

## 黄非熊補。

非熊，永福人。慶曆間讀書三島，得方廣巖之勝，作十咏傳于世。自號南溪處士。

### 玉泉洞

百尺寒泉漱玉鳴，洞門斜入石廊横。煙霞不改古今色，山水無間朝暮聲。窺洞野猿懸樹立，驚人呦鹿上巖行。有時寫盡琴中趣，風定千林月正明。福州府志。

## 陳　闡補。

闡，字伯通，仙遊人。皇祐元年進士，知萊州。

### 題梅仙山

先生吏隱寄南昌，千里來尋物外鄉。汲水尚憐春井渫，藏丹猶發夜壇光。鶴歸華表人何在，犬吠雲深日自長。我擬重來訪遺迹，手揞笻杖少徜徉。梅仙事實。

## 黄　嘿補。

嘿，建安人。皇祐元年進士，元豐中殿中丞，知衛州黎陽縣。

### 送程給事知越州

會稽山水古來雄，内史新除捧詔東。何藉扁舟追范蠡，更將一釣問任公。久諳偃息藩垣樂，未試調和鼎鼐功。日食萬錢惟惙惜，不知蓬島屬詩翁。會稽掇英續集。

## 連希元補。

希元，字才父，建安人。皇祐元年進士，元祐中朝奉郎，知循州。

### 留題碧落洞

神仙誰道杳難窮，老俗相傳住此宮。山裂舊分三島洞，羽飛曾馭九天風。玉爲雙闕無塵到，雲作丹梯有路通。誰問稚川何處在，儼然金竈列壺中。

## 吴申補。

申，字景山，甌寧人。皇祐元年進士，累官殿中侍御史，知諫院。出知舒州，卒。

### 題招提院静照堂

高簷飛遠發輝光，向此心源默坐忘。豈憶布金抛舊地，便隨飛錫起新堂。竹間野鴿聽齋鼓，湖上游人繫夜航。卻惱未能攀勝境，東南雲下欲騰翔。嘉禾志。

## 林俛補。

俛，莆田人。皇祐元年進士，元豐中知惠州，又知連州。

### 遊羅浮

此日鵝城第一山，我來登覽足清歡。心灰久不作春夢，食淡何須輟晚餐。寶積山中多佛刹，藥槽峰外是仙壇。憑誰爲扣葛翁訣，乞與當年九轉丹。羅浮山志。

## 翁　邁補。

邁，字和沖，崇安人。皇祐三年鄉舉。

### 鹿鳴宴贈歌妓

年方十三四，嬌羞懶舉頭。舞餘駒皎皎，歌罷鹿呦呦。近座香先噴，持杯玉更柔。高唐人去遠，誰與話風流。

全閩詩話云：邁年十二，爲郡舉首，邑侯歐陽踈試而奇之。郡守元暕以其稺齡不甚加禮，且扣所讀何書。邁曰近講相鼠之詩。暕異其言，尚意其詞采未逮。及宴鹿鳴，乃遣小妓索詩。邁云云。守大稱賞。

## 黄中庸

中庸，字長行，莆田人。皇祐五年進士，授太常博士。以司馬溫公薦，授浙西提刑。

### 蓮花池

蓮花瓣裏可撐船，一月映成水一川。人把水心和月淨，蓮花貯月水傾鉛。案：見仙遊縣志。

## 方子容

子容，字南圭，莆田人。皇祐五年進士，官朝請大夫，知惠州。

### 偕循守周彦質過蘇東坡白鶴新居，和東坡韻

豹隱南山鶴在陰，浮羅一望白雲深。巧工且縮居旁手，烈士誰知負壯心。嗟我抗塵仍走路，羡君叩寂且求音。如何東嶺神仙境，肯約衰翁數訪臨。

### 再訪東坡用前韻

東嶺新成桃李陰，春光日日向人深。遥瞻廣廈驚凡目，自是中台巧運心。輪奐欲形張老頌，調歌先聽伯牙音。料公不負南堂約，應許衰翁領客臨。

## 鄭叔明

叔明，字未詳，莆田人，伯玉子。皇祐五年進士，官將樂令。

## 建溪

水色山光表裏清，野花溪柳意相迎。狂歌驚鷺灘頭散，欹枕看雲嶺上生。峰曲轉帆疑路盡，潭深飛棹覺舟輕。歸程漸喜鄉關近，竹户楓林雞犬聲。

## 吴處厚補。

處厚，字伯固，邵武人。皇祐五年進士。蔡確嘗從處厚學賦，及作相，處厚通牋乞憐，無汲引意。用王珪薦除館職，出知漢陽軍。上蔡確車蓋亭詩，擢知衛州，卒。紹聖中以元祐黨追貶歙州别駕。有青箱雜記。

萍洲可談：吴處厚知漢陽軍，每謂鸚鵡洲沔鄂佳處，欲賦詩未就。一日，綱吏來告覆舟，吴問所在。吏曰：「鸚鵡堰」。吴拊案連唱大奇，徐曰：「吾經年爲鸚鵡洲尋一對不得，天俾汝也。」因得末減。

## 九江琵琶亭

夜泊潯陽宿酒樓，琵琶亭畔荻花秋。雲沈鳥没事已往，月白風清江自流。

## 送客西陵

若邪溪畔醉秋風，獵獵船旗照水紅。後夜錢唐酒樓上，夢魂應遶浙江東。

青箱雜記云：王安國作詩，多使酒樓。嘗語余曰：「楊文公詩，有『江南一酒樓，堤柳拂人頭』；李白題詩徧酒樓；錢昭度詩亦有酒樓：長憶錢唐江上望，酒樓人散兩千絲。子詩有幾酒樓？」余答曰：「吾詩有二酒樓。」安國曰：「足矣。」

## 題王正叔灄景亭

亂鶯嘑處柳飛花，拍拍春流漲曉沙。正是江南梅子熟，年年離恨寄天涯。

宣和畫譜云：王穀，字正叔，居偃城之南。有小亭，下臨灄水，榜曰灄景亭。南通淮蔡，北望箕潁，川原明秀，甚類江鄉景物。吴處厚詩云云。

## 自諸暨抵剡

夷猶雙槳去，莫不辨東西。夕照偏依樹，秋光半落溪。風高一雁過，雲薄四天低。莽蕩孤舟卸，水村楊柳堤。

出得雲門路，風悽日夕曛。船撐鏡湖水，路指沃洲雲。山色周遭見，溪流屈曲分。一觴復一詠，誰是右將軍。剡錄。

## 陳傅補。

傅，字竹溪，建安人。皇祐五年進士。

### 望江亭

山藹峩峩江岸深，望餘亭影落江心。無風萬里磨平玉，有月千波漾碎金。思遠解邀無已句，流清宜寫不齊琴。仙槎一棹鶩秋曉，此去銀河尚幾尋。三山志。

## 章望之補。

望之，字表民，浦城人，得象之姪。以蔭爲校書郎，監杭州茶庫，移病去。歐陽修、韓絳等薦之，除知烏程縣。固辭，以光祿寺丞致仕。有集。

## 夏晝

一日常百刻，轉若車輪忙。千日十萬刻，百年能幾長。達人齊古今，一生甚微茫。夏日豈爲永，而足以較量。人世不足惜，行善乃自彰。無及閑暇時，般樂爲淫荒。夷齊餓人者，顔閔非公王。其人品孰亞，周氏與虞唐。亦用仁義積，豈今身未亡。富貴無可恃，莫與公道强。夜思晝以力，四序皆流光。示君夏晝誦，惕惕其自傷。宋文鑑。

## 張伯玉補。

伯玉，字公達，建安人。第進士，嘗爲蘇州郡從事，范文正公舉以應賢良方正能直言極諫科。嘉祐中爲御史，出知太平府。後選司封郎中。有蓬萊集。

鐵圍山叢談云：張端公伯玉，仁廟朝人。名重當時，號張百杯，又曰張百篇。言一飲酒百杯，一掃詩百篇故也。

## 明月泉

至今千丈松，猶伴數巖雪。不見纖塵飛，寒泉湛明月。

墨客揮犀云：張端公過姑孰，見李太白十詠，歎美久之。周流泉石間，後見一水清澈，詢地人，曰此明月泉。公曰：「太白不題此泉，將留以待我也。」

## 遥題錢公輔衆樂亭

句章太守錢君倚，湖上新爲衆樂亭。花木豈徒遊子愛，笙歌長與郡人聽。坐來高韻天風起，飲罷餘香夕雨零。安得凴闌縱吟筆，玉觴遥對數峰青。延祐四明志。

## 祖世英補。

世英，字穎仲，浦城人。第進士，通判融州。

### 三學院在新城縣。郭文舉捨宅爲寺。

洞庭之山天下奇，岡巒百轉盤青螭。金堂玉室白雲鎖，中有仙客來棲遲。方晴秀骨郭文舉，孤劍青鞵出巖户。朅來此地訪禪翁，共掃松花談太古。拏雲忽駕升天行，西歸隻履埋巖垌。聲流影散遽如許，故山惟有松風清。道師懷古興不淺，堂宇横陳迎翠巘。悠悠遐想山阿人，水帶雲衣猶在眼。凉飆五月吹浮埃，蕉旗竹篲摇空階。我來箕踞發長嘯，月光飛射雲樓開。寸心浩蕩逸天外，欲去復住聊徘徊。永懷西山五色藥，服之羽化登蓬萊。杭州府志。

## 鄭少連

少連，字儀魯，仙遊人，良士曾孫。嘉祐二年特奏名進士，授劍浦主簿，官至大理寺丞。

### 寄茅處士知至案：見仙遊縣志。

世爭趨捷徑，君獨揜柴關。名利紅塵老，詩書白日閒。性恬神氣逸，琴淡古風還。誰識冥冥意，軒裳咳唾間。

## 黄　履補。

履，字安中，邵武人。嘉祐二年進士，累除知制誥。哲宗朝歷翰林學士、御史中丞，拜尚書右丞，入元祐黨籍。孫伯思，字長睿，著東觀餘論。

## 史院席上次首相吳公元韻

禮放三事宴，史發兩朝餘。偶綴金閨彦，來紬石室書。法良司馬不，辭措子游歟。盛事逢衰懶，重須讀五車。見揮麈後録。

## 呂惠卿補。

惠卿，字吉甫，晉江人，璹子。嘉祐二年進士，爲真州推官。熙寧初王安石薦于神宗，累官翰林學士、參知政事。元祐初除建寧軍節度副使，建州安置，崇寧中安置宣州，再移廬州，死。有東平集。

復齋漫録云：子美詩「笠澤鱸肥人鱠玉，洞庭橘熟客分金」，呂吉甫詩「魚出清波庖膾玉，菊含寒露酒浮金」，呂勝于蘇，蓋人、客兩字雖無亦可。

## 答逢原

晨出趨長司，跪坐與之言。偶然脱齟齬，相送顔色温。歸舍未休鞍，簿書隨滿門。相仍賓客過，敧午僅朝餐。平生性懶惰，應接非吾真。况乃重戕賊，良氣能幾存。就夜甫得息，閲我几上文。開卷未及讀，睡思已昏昏。自知小人歸，昭昭復何云。每于清夜夢，多見夫子魂。側耳聽高義，如飲黄金樽。覺來不得往，欲飛無羽翰。昨日得子詩，我心子先論。怪我書若遲，友道宜所敦。豈不旦夕思，實苦案牘繁。豈無同官賢，未免走與奔。相見鞅掌閒，有言無暇陳。嗟嗟兹世上，無食同所患。念我力難任，聞子謀更艱。久知爲之天，安能怨窶貧。吾聞君子仕，行義而已焉。亦將達吾義，肯遂爲利牽。東海有滄溟，西極有崑崙。古來到者誰，不過數子尊。子已具車船，吾亦爲檝輪。欲一從子遊，不知何時然。王令廣陵集附。

## 戲題風乞兒扇

無人肯作原注：音佐。除非乞，没藥堪醫最是風。求乞害風都占斷，算來世上少如公。賓退録云：趙鑑堂朝野遺事云，吕吉甫在趙韓王南園，京師匄人風乞兒者，持大扇造吕求詩。吕即書扇上云。

## 留題興安王廟

蒻葉疏封意，歸禾協濟心。遺風固唐遠，積德本周深。逝水悲興廢，浮雲閲古今。祠宫尚翬翼，鳴玉漱松陰。晉祠石刻。

而卒。

## 王　回補。

回，字深父，侯官人。嘉祐二年進士，補亳州衛真縣主簿，自免去。治平初以薦知南頓縣，命下而卒。

### 浙江有感

候潮門外浙江西，曾憶浮舟自此歸。萬古波濤今日是，一身蹤迹昔人非。愁侵壯齒頭先白，淚入秋江眼易眵。日暮彷徨不能去，連隄疎柳更依依。咸淳臨安志。

## 黃　通補。

通，字介夫，邵武人。嘉祐二年進士，除大理寺丞。

### 元　夕

春樓十二玉梯橫，紫府千門夜不扃。疑是嫦娥弄春色，彩雲移下一天星。邵武府志。

## 林　旦虎邱志作「雄」。補。

旦，字子明，福清人。嘉祐二年進士，累官監察御史，終朝議郎，直祕閣，河東運使。宋史附林希傳。

宋詩紀事補遺云：案，慮爲旦之子，見宋史林希傳。不言初名雄，題云「示子慮」，則爲慮父無疑。希，宋史字子中，或又作次中。旦字子明，宋詩紀事作「旦字次中」，亦誤。

### 虎邱示子慮，昔與次中游，題榜尚存

一望家山上虎邱，凄然魄動念同遊。林巒不改如平日，蒲柳先衰又幾秋。敢學登臨小東魯，卻因零落恨西州。鴒原寂寞歸鴻斷，未拂前題已淚流。虎邱志。

## 章　惇補。

惇，字子厚，浦城人。嘉祐四年進士，元豐中歷門下侍郎。哲宗即位，遷知樞密院事，左僕射兼門下侍郎，遷特進，封申國公。徽宗朝責潭州安置，再貶雷州司户參軍。徙湖州居住。

揮麈餘話云：章惇父俞，郇公族子，早歲無行。妻之母楊氏早寡，俞與之通，已而生子。以一合置水，緘置其內，持以還俞。俞得之，云：「此兒五行甚佳，將大吾門。」既長，登第，即惇也。東坡先

生送其出守湖州詩云：「方丈仙人出淼茫，高情猶愛水雲鄉。」惇以爲譏己，怨之。紹聖中爲相，坡渡海，蓋修怨也。

## 遊虎丘次韻

闔閭城外小層巒，瘦竹寒松數里閒。並岸逢僧知近寺，入門鑿石漸登山。純鉤劍化空池在，幽獨詩成白日閑。遊客幸無官事束，何須齋舫斂昏還。

## 和蒲宗孟遊虎丘山，書錢唐舊遊

傳聞城角艤行舟，自擁笙歌選勝遊。偶爲寒江阻潮汐，再容清賞囑林丘。燕回吴苑風和雪，夢斷錢唐月滿樓。盡把蘇杭好煙景，醉吟將去詫東州。以上吴郡志。

## 梅山歌

開梅山，開梅山，梅山萬仞摩星躔。捫蘿鳥道十步九曲折，時有僵木橫崖巔。肩摩直下視南岳，迴首蜀道猶平川。人家迤邐見板屋，火耕磽确多畬田。穿堂之鼓堂壁懸，兩頭擊鼓歌聲傳。長藤酌酒跪而飲，何物爽口鹽爲先。白巾裹髻衣錯結，野花山果青垂肩。

如今丁口漸繁息，世界雖異如桃源。熙寧天子聖慮遠，命將傳檄令開邊。給牛貸種使開墾，植桑種稻輸緡錢。不持寸刃得地一千里，王道蕩蕩堯爲天。大開庠序明禮教，撫柔新俗威無專。小臣作詩備雅樂，梅山之崖詩可鐫。此詩可勒不可泯，頌聲千古長潺潺。

湖廣總志云：長沙國，漢高帝始王吴芮，芮將梅鋗時以益陽梅林爲家，號梅山。後蠻王扶氏據之。至宋熙寧六年，章惇平五寨，分其地爲二，始以下梅山地安化縣屬武安軍。惇有梅山歌云云。

## 蔡　確補。

確，字持正，晉江人。嘉祐四年進士，歷知制誥、御史中丞、參知政事。元豐五年拜尚書右僕射，兼中書侍郎。哲宗立，轉左僕射。元祐中罷知陳州，奪職，徙安州，又徙鄧州。坐譏訕，責英州別駕，新州安置。

### 楊花

楊花三月暮，撩亂送春歸。盡日閑相逐，無風亦自飛。輕輕攔乳燕，故故撲征衣。莫上高樓望，徘徊滿落暉。合璧事類别集。

## 悼侍兒

鸚鵡言猶在，琵琶事已非。傷心瘴江水，同渡不同歸。

侯鯖録云：持正謫新州，侍兒從焉，名琵琶。常養一鸚鵡，甚慧。丞相呼琵琶，即叩一響板，鸚鵡傳言呼之。琵琶逝後，誤扣響板，鸚鵡猶傳言。丞相大慟，感疾不起。嘗爲詩云云。

## 夏日登車蓋亭

公事無多客亦稀，朱衣小吏不須隨。溪潭直上虚亭裏，卧展柴桑處士詩。

一川佳景疎簾外，四面涼風曲檻頭。緑野平流來往棹，青天白雨起靈湫。

紙屏石枕竹方牀，手倦抛書午夢長。睡覺莞然成獨笑，數聲漁笛在滄浪。

苕溪漁隱叢話云：蔡確守安州，夏登車蓋亭，作十絶句，爲吴處厚箋注得罪，謫新州。其一絶云云，殊有閑適自在之意。

靜中自足勝炎蒸，入眼兼無俗物憎。何處機心驚白鳥，誰人怒劍逐青蠅。

西山髣髴見松筠，日日來看色轉新。聞説桃花巖石畔，讀書曾有謫仙人。

風搖熟果時聞落，雨滴餘花亦自香。葉底出巢黄口鬧，波間逐隊小魚忙。

來結芳廬向翠微，自持杯酒對清暉。水趨夢澤悠悠過，雲抱西山冉冉飛。
矯矯名臣郝甑山，忠言直節上元間。古人不見清風在，歎息思公俯碧灣。
溪中曾有戈船士，溪上今無佩犢人。病守翛然唯坐嘯，白鷗紅鶴伴閑身。
喧豗六月浩無津，行見沙洲束兩濱。如帶溪流何足道，沈沈滄海會揚塵。

蕘山堂外紀云：蔡確以弟碩贓敗，謫守安州，夏日登車蓋亭，作十絕。時吴處厚知漢陽軍，箋注以聞。其略云：五篇涉譏諷，「何處機心驚白鳥，誰人怒劍逐青蠅」，以譏讒譖之人。「葉底出巢黄口鬧，波間逐隊小魚忙」，譏新進用事之人。「睡起莞然成獨笑」，方今朝廷清明，不知確笑何事。「矯矯名臣郝甑山，忠言直節上元間。」按，郝處俊封甑山公，唐高宗欲遜位天后，處俊上疏諫，此事正在上元三年。今皇太后垂簾，遵用章獻、明肅故事，確指武后，以比太后。「沈沈滄海會揚塵」，謂人壽幾何，尤非佳語。宣仁盛怒，令確分晰。終不自明，遂貶新州。

## 王伯虎補。

伯虎，字炳之，福清人。嘉祐四年進士，官至刑部員外郎。

### 送程給事知越州

會稽歸去兩朱輪，青瑣恩輝笑買臣。簫鼓放船纔汴岸，壺漿迎馬即鄉民。夜撩詩膽耶溪月，晝撥茶䟕禹井春。器業竚聞裴垍薦，莫將清興爲吴蓴。

長雲千里海邊城，兩粤今傳惠愛聲。帝載待咨唐岳牧，郡符還屈漢公卿。天墀面拜恩綸重，江國人瞻晝繡榮。府掾塵埃歸未得，鄉心先已逐雙旌。會稽掇英續集。

## 莊公岳補。

公岳，惠安人。嘉祐四年進士，官至成都提刑、吏部右侍郎。元祐初上疏極諫時事，璽書褒答。見欒城集。

### 此君堂

使君新構此君堂，手植玲瓏玉萬行。洗濯清風消暑晝，敲摩直節任寒霜。蕭森一逕長年碧，灑落高軒四座凉。金罍高飛賓就醉，夜深留待月華光。宋詩拾遺。

## 陳　烈補。

烈，字季慈，侯官人。少以鄉薦詣闕，不第。與陳襄、周希孟、鄭穆稱「海濱四先生」。嘉祐中以薦除國子直講，元祐中詔爲本州教授，卒。

## 題福唐津亭

溪山龍虎蟠，溪水鼓角喧。中有鄉夢破，六月夜衾寒。風雨生殘樹，蛟螭喜怒瀾。殷勤祝舟子，移櫂過前灘。

皇朝類苑云：陳烈嘗與蔡君謨同硯席。君謨出鎮福唐，束吏治民，毫髮不容。一日，烈往見之，維舟亭下。聞其嚴察，不往謁，但留詩云云。吏不敢隱，錄詩呈公，自是少霽威棱。

## 題燈

富家一椀燈，太倉一粒粟。貧家一椀燈，父子相聚哭。風流太守知不知，唯恨笙歌無妙曲。

淳熙三山志云：元豐中，劉待制瑾爲守，元夕不問貧富，每户科燈十盞。陳先生以詩題鼓門大燈籠云云。瑾聞而謝之。

## 蔡準

準，仙遊人，京之父。官郎中。

**來賢巖**在大滌洞秀峰之前。東坡倅杭，同準等七人來游賦詩，故號「來賢」。

大滌洞沈沈，天柱峰巃巃。人世悲落花，巖松無易葉。朝夕樵風生，雲鶴閑情愜。何當采玉芝，仙蹤從此躡。洞霄詩集。

## 章友直補。

友直，字伯益，得象族子。嘉祐中與楊南仲篆石經於太學，除將作主簿，不就。書史會要云：章氏煎，友直之女。工篆書，傳其家學。友直執筆自高壁直落至地如引繩，而煎亦能如其父。以篆筆畫棋盤，筆筆勻正，縱橫如一。

**和祖擇之咏震山巖彭徵君釣臺**唐宜春彭構雲隱處。

巖因更號震山居，臺上猶存舊釣磯。一派滄浪真隱處，澄清尚可濯塵衣。祖龍學集附。

## 李　古補。

古，福建人。嘉祐中進士。

## 涼軒

古國遮雷首，幽軒擁縣堂。何須犀避暑，不待草迎涼。瀟洒松筠地，清虛水石鄉。牛刀無所用，高枕傲羲皇。山西通志。

## 黄伸補。

伸，字彦發，邵武人。嘉祐六年進士，知河南縣。擢知泉州，官至太僕司農卿。與兄僅、弟侑齊名，時比之「河東三鳳」。

## 黄鶴樓

乘鶴仙人去不回，空名黄鶴舊樓臺。陽冰健筆龍蛇勢，崔灝清篇錦繡才。輿地紀勝。

## 陳睦補。

睦，字和叔，一字子雍，莆田人，徙家蘇州。嘉祐六年進士，官至寶文閣待制，知廣州，移知潭州，卒。

**題東老庵**

憶昔曾來訪隱淪，瀟然雲水隔凡塵。畫船祇載溪中月，白酒長添座上春。晝掩山扉無俗客，夜吟石鼎有高人。飄飄洒落青衫子，共話平生淚滿巾。東林山志。

## 蔡　瑗補。

瑗，字希蘧，龍溪人。嘉祐六年進士，官至朝請大夫，歷典五郡，徽宗時除江淮、荊、浙、福建、廣南等路，提點坑冶。

**雉山院**

白雉聞經向此山，轉身來伴老僧閒。大都見善能開悟，天上人間任往還。廣西通志。

## 許　將

將，字冲元，閩縣人。嘉祐八年進士第一，官至尚書左丞、中書侍郎，加觀文殿學士。竹窗雜錄云：許將詩有幽致。同時與蘇長公倡和甚多，多散佚無存。

閩中録云：自神宗以及徽宗，邪正並立于朝。沖元能諫止發冢及誅戮大臣，可謂能匡救時弊矣。卒贈開府儀同三司，謚「文定」。

## 成都運司西園亭詩和章質夫十首録二。

重樓起城陰，乘高望四極。列峰横青天，飛雪千里積。疑是空素山，冬夏海中白。莫怪頻東向，上有思歸客。雲峰樓。

飛閣出方池，修曲見空莽。低臨花塢近，平覺春波長。返景澄餘暉，夕陰帶浮爽。從容觀魚樂，不減遊濠上。水閣。成都文類。

## 陳　軒補。

軒，字元輿，建陽人。嘉祐八年進士，元祐中爲中書舍人，至龍圖閣學士。

### 題志添禪師

車輪馬足走塵煙，競看成都萬炬然。獨我踏開亭下雪，伴師同坐一菴禪。補續高僧傳。

## 汎青溪

曉煙如練曳平津，一櫂東風兩岸春。島鷺沙鷗休戀我，北堂歸有白頭親。嚴州府志。

## 題蓬萊觀

白鵝乘去人何在，青鳥飛來信已遥。若使何郎有仙骨，也須同引鳳凰簫。

汀州府志云：寧化劉氏女，生不茹葷，美而慧，以不嫁自誓。父母許石城何氏子，卜吉，聚族往送。甫越境，白鵝從天下，乘之飛去。衆共刱祠，郡以狀聞，賜爲蓬萊觀。守陳軒題詩觀中。

## 練定補。

定，字公權，浦城人。嘉祐八年進士，崇寧間提刑廣西，終朝散大夫。與晁補之、朱長文唱和甚多。

## 送程給事知越州

鑑湖蓬閣南州冠，詔輟真仙去總臨。江上兒童爭跨竹，日邊鴛鷺惜分襟。氣凌沙漠冰霜凛，旌拂蘭亭雨露深。綵筆欲窮千里景，錦囊先屈滿朝吟。五雲鶴馭聊棲息，萬里鵬圖在尺尋。玉殿丁寧天語密，未應閑得子牟心。會稽掇英續集。

李　詳補。

詳，光澤人。嘉祐八年進士。

熙春臺

地回仙島風光碧，人在春臺笑語溫。事簡民淳知帝力，時和歲稔荷天恩。簾珠虛明十二欄，翛然身世尚人間。怪來拾得無塵句，放出雲屏幾疊山。以上輿地紀勝。

蕭　竑補。

竑，字立之，尤溪人。嘉祐八年進士，熙寧中長樂縣令。福建通志云：縣有桃阬，溉田種千石，爲高建侵占。竑簿而圖之，立經界，培堤岸，爲斗門三，溉田二十九頃。

## 望江亭

滄波水上巔崔嵬，中有幽亭向水開。草色直連天色遠，風聲長送浪聲來。雲收山脚雞園見，潮滿航頭釣艇回。咫尺市廛塵不到，檻前鷗鳥自毰毸。三山志。

## 靈峰院

怪石參差蹲虎兕，亂峰重疊走龍蛇。同上。

# 崔唐臣補。

唐臣，閩人。

## 書刺末

集仙仙客問生涯，買得漁舟度歲華。案有黄庭尊有酒，少風波處便爲家。

避暑錄話云：唐臣與蘇子容、呂縉叔同學相好。二公登第，唐臣遂罷舉，久不相聞。嘉祐中，二公在館下。一日，忽見艤舟汴岸，坐於船窗者，唐臣也。亟就見之，邀與歸，不可。問其別後事，曰：

「初倒篋中，有錢百千。以其半買此舟，往來江湖間，意所欲往則從之；以其半居貨，間取其赢以自給，粗足即已，差愈于應舉覓官時也。」二公太息而去。翌日自局中還，唐臣有留刺。乃携酒具舟往謁之，則舟已不知所在矣。歸視其刺，末有細字小詩云云。訖不復再見。

# 閩詩錄　丙集卷四

侯官　鄭　杰原輯
　　　陳　衍補訂

## 練　𠷡補。

𠷡，延平人。治平二年進士，元祐初知旌德縣。雅負清操，民間凡飲酒清者，輒稱練長官。

### 凫山廟

雲煙深處路縈紆，元是真人舊隱居。我亦放情丘壑者，官閑時得命籃輿。寧國府志。

## 李亨伯補。

亨伯，字安止，龍溪人。治平二年進士，累知梧州、澧州，官至忠州防禦使。以破香山賊功，知名南服。與蘇軾友善，自梧州丁憂過惠州，東坡留飯十日。

## 靖節祠堂

道出古柴桑，淵明祠有堂。春逢楊柳綠，秋及菊花黃。有酒尊居右，無絃琴在牀。清名百世下，廬岳共存亡。輿地紀勝。

## 鄭俠

俠，字介夫，福清人。治平四年進士，官光州司法參軍，後除監潭州。有西塘集。

侯鯖錄云：熙寧中，鄭俠上書事作，下獄，悉治平時所往還厚善者。晏幾道、叔原皆在數中。俠家搜得叔原與俠詩，云：「小白長紅又滿枝，築毬場外獨支頤。春風自是人間客，張主繁華得幾時。」裕陵稱之，即令釋出。

宋詩鈔小傳云：介夫調光州司法參軍，秩滿入都，見安石，言新法非便，安石不悦，使監安上門。會久旱，俠繪門上所見流民圖，發馬遞投銀臺，進之。神宗覽圖噓唏，罷新法，浹日大雨。用事者爭置俠擅發馬遞之罪，編管汀州，改英州。哲宗立，放還。除泉州錄事參軍，元符復送英州。建中靖國放還，復前職。旋追毀前命，勒停五年，降告，復將仕郎叙用。俠遂不復出，還鄉，所存惟一拂，故號一拂居士。宣和元年忽夢鐵冠道士遺之詩，視之，乃子瞻也。歎曰：「吾將逝矣。」作詩云：「似此平生只藉天，勝如過鳥在雲煙。如今身畔無餘物，贏得虛堂一枕眠。」授孫而卒，年七十九。謚曰

「介」。俠少苦學，其古詩疏朴老直，有次山、東野之風，不得以當行格調律之。

## 古交行補。

大海有時竭，此心瀝不乾。厚地有時坼，此心無裂文。持此以相照，百練青銅昏。用此以相惠，貝璧黄金盤。覿面有餘歡，背面無閒言。德義以相高，慶譽以相先。千古似一日，萬里如同筵。此爲金石交，誰與知者論。

## 臘月十八日呈子京

歲去如奔馬，殘日十有三。姪爲當嫁女，甥是未婚男。叢然猥俗併，殊非力所堪。嗟予本支離，塵事素不參。東林書一架，西榻經一函。如是歲月深，吻舌如縢緘。惟有陶淵明，常欲共清談。牀頭酒盈壺，亦欲同醺酣。二十一二間，煩事如掃芟。期使堂下空，宴笑同所耽。清尊酌宜深，古語交嶄岩。夜久燈熒熒，金波忽東南。歲宴獨優游，庶幾爲不凡。

**和王荆公何處難忘酒**補。

何處難緘口，熙寧政失中。四方三面戰，十室九家空。見佞眸如水，聞忠耳似聾。君門深萬里，焉得此言通。翠屏筆談。

居易録云：西塘先生集九卷，宋福清鄭介公俠著。萬曆中，其鄉人葉文忠公向高得秘閣本刻于金陵。按，先生集南渡後凡三刻，今本乃第四刻也。先生之人，所謂浩然之氣至大至剛，其詩文亦如之。大抵似石守道，而無其怒張叫呶之習。有德之言，仁者之勇，彷佛見之。古詩如古交行、呈子京等篇，在樂天、東野之間。近體和荆公何處難忘酒一章，令奸邪九原之下猶當慚汗。先生子婿，即艾山林光朝也。

**次韻种道行衙賞蓮花**

城中勢利如聚蛙，聒聒鼓鬧窮西衙。忽聞携尊命真賞，如見地涌金蓮花。况兹危亭跨高爽，極目四顧窮天涯。紅蕖繚遶幾數畝，盛粧翠蓋相撑拏。輿肩不換足已到，咫尺異彼窮幽遐。居之自可換凡骨，不必飲露餐朝霞。行杯對弈較勝負，往往笑語成讙譁。歸來清風恐飄帽，月影已向西樓斜。長舒兩脚就枕簟，一覺已聽清晨笳。

## 贈雲門居士

雲門山口雲徘徊，居士道與山崔嵬。清時肥遯古亦有，驚猿怨鶴今誰偕。居士高卧白雲堆，山門時爲猿鶴開。溪花野草自春色，雲芝石笋寧須栽。軟蒸抱石傾新醅，麋鹿慣我還無猜。寧知玉署思賢切，御手調羹待客來。

## 江寧與程瞿二公邂逅小飲，太守送酒，因成

蒼翠擎天江上山，淙琤瀉玉亭前水。邂逅相逢坐上人，傾蓋論心何俊偉。凉風颯颯來几筵，似與清談相表裏。程瞿軒軒古遺義，憫我羈窮見辭氣。以爲此時無一杯，直恐江山解相鄙。旋呼奴僮滌鐺勺，清興悠悠殊未已。逡巡長呵下雲際，傳以報謁迂千騎。薄聞江滸清飲歡，歸去瓊漿遽來賜。大哉何公古循吏，易俗移風有深致。人之所背公所趨，敦薄醖醲爲己事。連英二城接疆理，舊續新庸滿人耳。道途賡載盡歡謠，冠佩清言有餘美。

## 苞苴行

苞苴來，苞苴去，封書裹信不得住。君不見箕山之下有仁人，室無杯器，以手捧水，不願風瓢掛高樹。

## 瑞像閣同楊驥雪夜飲酒補。

濃雪暴寒齋，寒齋豈怕哉。書隨更漏盡，春逐酒瓶開。一酌留孔孟，再酌招賜回。酌酌入詩句，同上玉樓臺。

閩書云：俠少隨父官江寧，讀書清凉寺，閉户苦學。時王安石以舍人居憂，聞而奇之，使其徒楊驥往依俠學。雪夜，俠讀書過夜半，拉驥起，登閣望雪，酣賦浩然。他日驥爲安石誦之，安石歎賞其「漏隨書卷盡，春逐酒瓶開」之句。

## 和孟堅二月晦同出城

城中未必悶，出郭喜還生。濃淡山原氣，高低溪澗聲。鳴棊振幽谷，把酒聽流鶯。疎曠還隨分，何須學步兵。

## 和叔粲滄浪亭

高亭殖殖水泠泠，笑指鷗鳧坐晚汀。遠不聞聲千櫓去，矯如爭秀數峰青。煙雲窗牖紛紛雨，露月蒹葭點點星。最好歸輿擁雙璧，笙歌燈火照仙屏。

## 煙雨樓

仙人居處即鰲宮，更作層樓峭倚空。群峙西來煙漠漠，大江南去雨濛濛。花鑣柳策熙怡裏，耘笠漁蓑笑語中。別有夜楹千里月，凭欄清興與誰同。

## 潮州妹子

八人兄弟三人在，獨立他州信汝賢。直使無情如槁木，忍看垂淚念南遷。從今依舊歌泉水，何物偏宜寄謫仙。美酒年年須百甕，好從南海便乘船。

## 次韻知郡登高言懷

莫向天涯說故鄉，人身不似雁隨陽。黃花滿手空佳節，千里有懷如寸腸。爲許功名酬聖代，不須愁緒付瑤觴。男兒不是閨中物，生則桑弧射四方。

### 大水除廳前小屋

庭下新來不掩門，洒然無復舊時喧。小鋤輕瓮從兹起，無補清時合灌園。

### 出御史臺

萬險千艱六出身，如今也得避囂塵。須知從此寒原上，有個行歌拾穗人。

## 章　楶

楶，字質夫，浦城人，得象侄。治平四年進士，歷官集賢殿修撰，知渭州，進端明殿學士，拜同知樞密院事，授資政殿學士。

閩中録云：質夫詩不多見，惟石倉詩選、成都文類中載有數首。卒謚「莊簡」。

### 運司園亭詠

成都轉運司園亭，蓋僞蜀時權臣故宅也。清曠幽静，隨處皆有可樂者。輒爲十詩，粗記領略，以備他日遺忘，庶幾讀其詩，足以省憶髣髴云爾。

西　園

古木鬱參天，蒼苔下封路。幽花無時歇，醜石終朝踞。水竹散清潤，煙雲變晨暮。何必憶山林，直有山林趣。

玉谿堂

堂因水得名，方沼當其後。漪瀾蕩榱桷，窗户挹花柳。蟲魚不避人，鷗鷺若相友。午枕夏簟凉，此樂亦奚有。

雪峰樓

層構壓池塘，不僭亦不偪。影浮綠水静，寒凝雪山色。撫檻接修竹，連簷引蒼柏。注目望長安，無奈濃雲隔。

海棠軒

珍葩寄幽島，正對孤軒植。優游自俯仰，紅緑若組織。春酣晴日曛，坐久濃香逼。池面淨可鑑，朝霞罩澄碧。

月　臺

蜀地饒夜雨，輕陰多蔽天。見月月無幾，築臺邀嬋娟。高疑桂影近，俯視雲屋連。顧盼已塵外，欲挹瑤宫仙。

翠錦亭

楩楠百尺餘，排列拱簷際。畏日自成陰，隆冬寧滅翠。虚曠得寂理，懶癖資濃睡。誰知官府中，獲此冲漠味。

潺玉亭

傍砌灑小渠，回環是流水。石罍吐珠涎，清響醒人耳。風微竹影碎，月皎波光起。颯爽無塵囂，靜適心所喜。

茅　庵

竹簡構圓庵，所向自瀟洒。珍禽弄巧舌，宛是居山野。默坐見真心，萬緣盡虛假。勿陋尋尺地，兹焉息意馬。

水　閣

架木浮水中，略約通孤島。扶疎花影反，鱍剌跳魚小。風月所得多，經營信云巧。隱几寂無人，朱欄萃幽鳥。

小　亭

花邊二小亭，雙跨清渠上。規模雖甚隘，幽僻良可賞。幸依佳木陰，未羨大廈廣。不足延賓朋，携笻常獨往。按，以上見成都文類。

## 傅楫

楫，字元通，仙遊人。治平四年進士，調揚州司户參軍，官至龍圖閣待制，知亳州。

### 遊九仙閣

偶有尋真興，携琴扣竹關。嵓頭青嶂合，洞口白雲閒。火伏丹猶濕，棋殘局已斑。遊人迷去路，疑是霍童山。

## 吳黯補。

黯，邵武人，一作濮陽人。默弟。治平四年進士，擢提舉永興等路常平司，内除太常卿。

### 因公檄按游黄山

倏忽雲煙化杳冥，峰巒隨處入丹青。地連藥鼎湯泉沸，山帶龍鬚草樹腥。半壁絳霞幽洞邃，一川寒雹古湫靈。霓旌去後無消息，猶有仙韶動俗聽。黄山志。

## 朱紱補。

紱，字君眖，仙遊人。治平四年進士，歷官寶文閣待制，知成德軍真定路安撫使。入元祐黨籍，卒贈少保。

### 邛徠關

九折先驅叱馭行，此心豈是不思親。忠臣孝子元同道，可是王陽獨愛身。輿地紀勝。

## 陳毅補。

毅，字子中，長樂人。治平四年進士，官朝散郎，知賀州。

### 歸雲洞

雲道無心亦愛山，雨餘時向此中還。而今天下焦枯甚，只恐蒼龍未放閑。三山志。

### 決澗院

遠歸滄海通舟楫，近洗山僧一片心。留與卧龍成窟穴，等閒飛去也爲霖。三山志。

陳祥道補。

祥道，字祐之，閩清人。治平四年進士，官至秘書省正字。著有禮書。

珍珠簾

東風飄拂雨纖纖，吹向空中草木霑。記得傳喧三殿日，恍疑天半撒珠簾。福州府志。

方演補。

演，莆田人，慎言從子。治平四年進士，官宣德郎。

送張無夢歸天台

風神卓犖謫仙才，暫爲吾皇薦瑞來。金石再三留不住，白雲深處卧瓊臺。

九重天上辭丹陛，萬仞雲閒卧赤城。他日蒲輪再徵詔，謝安須起爲蒼生。天台續集。

## 黄君俞補。

君俞，字廷僉，莆田人。少强學著書，治平四年，知制誥鄭獬、御史中丞滕甫、參政吳奎交章論薦。新進士許安世等二百餘人上書闕下，乞輟所得恩命，命君俞。已未用族子隱所讓補官，歷真州軍事推官，知鎮江軍金壇縣。熙寧十年，陳襄爲樞密院直學士，奏言君俞力學篤行，乞置之館閣，詔以爲崇文殿校書。元豐初兼太常寺主簿，改館閣校勘。

### 送程給事知越州

夕郎清貫籍殊材，曾寵南州刺史回。通職更聯群玉府，分符仍得小蓬萊。民間威愛龔黄政，筆下文章李杜才。天子鼎新天下法，和羹方是用鹽梅。會稽掇英續集。

## 謝　詷

詷，字成甫，建寧人。治平中進士，官江州知府。

閩中録云：成甫初令臨川，有聲，人稱爲「謝冰壺」。後宰清江，值大飢，除夜駐郊發粟。子瓛，太常；從子皓，司農。稱「綏安三謝」。

## 濰江

雨過濰江宿靄收，粼粼澄碧淨涵秋。雙橋夾鏁虹垂岸，練疋長拖玉作流。白鳥孤飛天外没，青螺倒浸鏡中浮。朝宗東去知何極，願一乘槎探盡頭。

### 王祖道補。

祖道，字若愚，福州人。治平進士，官終刑部尚書。宋史有傳。

## 此君亭歌次毛公韻

君不見太白之精下人間兮，昔人號爾謫仙翁。君不見不爲蒼生起兮，謝安携妓山之東。玉堂主人繡衣客，邀我載酒金連宫。小亭環立千竿竹，參天百尺繁陰重。岸巾散髮對此坐，一日無君誰我同。夜來霜壓北枝重，剩見鍾雲數尺峰。玉實幽香儀彩鳳，日華轉影飾金龍。孤幹未甘春雪折，青陰不逐秋風紅。長隨檜柏老剛勁，不羡桃李爭鮮濃。我愛此君有真節，肯學蟠木求先容。我愛此君歲寒志，長笑霜井落青桐。大夫老松邀我侶，三品頑石徒誇雄。不作湘江兒女泣，蒼梧雲散愁盈胸。夜深明月滿庭户，此君入我懷袖中。故人來兮七賢至，開門滿坐生清風。此君此君聽我語，藏器於身兮，終奏太廟歌黃鐘。景定建康志。

## 蔡　京

京，字元長，仙遊人。熙寧三年登進士第，累官尚書右僕射、兼中書侍郎，加太師，封魯國公。貶崇信軍節度副使，竄儋州，行至潭州死。

蘭陔詩話云：京與弟卞俱有文采，使稍自愛，亦一名士，惟其貪戀爵位，變亂紀綱，父子兄弟自相軋，遂至名列六賊，竄死。東明錄存三首，正所以垂炯戒也。

案清波雜志云：京死潭州數日，不得殮，稾葬漏澤園，以青布條裹尸。初，宣和年間，京師染坊有名太師青者，兹其讖也。

### 寄子攸

老嬾身心不自由，封書寄與泪橫流。百年信誓常深念，三伏征途合少休。目送旌旗如昨夢，心存關塞起新愁。緇衣堂下清風滿，早早歸來醉一甌。

庚溪詩話云：蔡攸與王黼、童貫興燕山之役，攸父京以詩寄攸。徽廟聞之，命鄧珙索之，京即錄以呈。上讀之，徐曰：「好改作六月王師合少休也。」蓋時白溝戰不捷，故有是語。觀京此語，亦深知是役之非，何不早納忠於君而力止其子行？及此始以詩訓，何太晚也？案，獨醒雜志同。

## 題保和殿壁

瓊瑤錯落密成林，檜竹交加午有陰。恩許塵凡時縱步，不知身在五雲深。

## 玉真軒見安妃畫像

玉真軒内暖如春，只見丹青不見人。月裏嫦娥終有恨，鏡中姑射未應真。

蘭陔詩話云：蔡京嘗侍宴保和殿，徽宗令妃見京。京作詩曰：「保和新殿麗秋暉，恩許塵凡到綺闈。」帝續之曰：「雅興酒酣添逸興，玉真軒裏見安妃。」須臾命京入軒，但見妃像，又作詩云云。已而至閣，妃出見京，勸酬至再，日暮始退。觀京此詩，辭近媟嫚，與子攸問帝覓閣婕妤同意。

案碧湖雜記云：東都宣政間，禁中有保和殿，殿西南廡有玉真軒，軒内有玉華閣，即安妃粧閣也。妃姓劉氏，林靈素以左道得幸，謂上爲長生帝君，妃爲九華玉真安妃。每降神，必别置妃位，畫妃像其中。每祀像，妃方寢而覺，有酒容。是時群臣唯蔡元長最承恩遇，嘗賦詩題殿壁云云。餘已詳蘭陔詩話，詩話亦本雜記也。

## 與范謙叔飲西園補。

一日趨朝四日閒，荒園薄酒願交驩。三峰崛起無平地，二派爭流有激湍。極目榛蕪唯野蔓，忘憂魚鳥自波瀾。滿船載得圭璋重，更掬珠璣洗眼看。

案墨莊漫錄云：范致虚謙叔與蔡元長相忤，久處閑散。宣和初，自唐州方城召還，提舉寶籙宫，未幾執政。時元長以五日一造朝，居西第，乃與謙叔釋憾。一日觴于西園，主禮勤渥。元長作詩見意。「三峰二派」指王黼、林靈素輩方盛也。

**詔賜南園贈親黨**補。

八年帷幄意何爲，更賜南園寵太師。堪笑當時王學士，功名未有便吟詩。

案中吴紀聞云：南園乃廣陵王舊圃。中有流杯旋螺亭，亞于滄浪之景。王黄州爲長洲時，無日不携客醉飲。嘗賦詩云：「他年我若功成後，乞取南園作醉鄉。」今園中大堂，遂以醉鄉名之。大觀末，蔡京罷相欲東還，詔以其園賜之。京即以詩贈親黨云云。黄州之詩，不過寓意耳。京遽以無功名誚之，黄州雖終爲黜臣，其名不朽矣。

**别寵姬**補。

爲愛桃花三樹紅，年年歲歲惹東風。如今去逐他人手，誰復尊前念老翁。

案揮塵後録云：蔡元長既南遷，中路有旨取所寵姬慕容、邢、武者三人，以金人指名來索也。元長作詩以别云。

## 蔡卞

卞，字元度。與兄京同年登第。王安石妻以女，因從之學。元豐中，以薦爲國子直講。徽宗朝知樞密院，加觀文殿學士，拜昭慶軍節度使。謫歸道死，紹興初追貶單州團練副使。

### 贈華陽法師

師到華陽洞，仙花幾度開。只應常救物，卻遣世人來。茅山志。

## 胡璞補。

璞，字器之，南平人。熙寧三年進士，元祐中知分寧縣。

### 經采石渡

抗議金鑾反見讎，一坏蟬蛻此江頭。當時醉弄波間月，今作寒光萬里流。南平縣志。

輿地紀勝云：蘇子瞻見之，疑唐人作，歎賞不已。

## 王獻臣 補。

獻臣，字賓虞，惠安人。熙寧三年特奏名，官秘書郎。有詩號臥龍翁集。陳執中嘗過其家，有「王公杜陵老，草堂枕碧溪」之句。郡守葉廷珪序其詩，謂其佳句置唐人集中無辨也。

### 寂光寺

霸業何勞問廢興，前人樓閣後人登。海山有籍歸真主，雲物無情屬野僧。飲鹿澄潭環細浪，啼猿拱木網寒藤。紛華不見舊時事，惟有禪龕空報燈。廣東通志。

## 陳　植 補。

植，字表民，羅源人。熙寧三年進士，官萊州司理參軍。

### 沖虛宮

鼎邊雞犬知何在，雲外龍鸞去已賒。惟有黄金餘瓦礫，貧民時復得些些。三山志。

## 林伯材補。

伯材，莆田人。熙寧三年進士，官泉州司户參軍。

### 枕流軒

誰在紅蓮影裏行，泠泠飛玉抱軒清。幾番人世興亡夢，千古雲涯黯淡聲。春暖蘚花隨雨到，夜深寒月落湍明。倦懷一枕清涼夢，斗藪塵埃羽翼生。三山志。

## 朱敏功補。

初名功，後改今名，字彦仁，閩縣人。熙寧三年進士，累知興化軍。

### 一華亭

自聞達摩西來後，五葉敷榮祇一花。從此祖風傳不泯，靈枝到處有奇華。三山志。

## 葉　棣補。

棣，浦城人。熙寧六年進士，崇寧四年以朝散大夫知福州。

### 飛來山

亂山深處欵禪扃，十里松陰步障行。翠竹黄花幾開落，南星北斗自高明。樓臺日轉天邊影，鐘磬風回地底聲。爲問閩江船釣客，謝家誰更不知名。三山志。

## 徐大方補。

大方，字沖道，甌寧人。熙寧四年汀州通判，元豐中開封府推官，尚書司門員外郎。

### 送程給事知越州

昨夜除書下太清，一麾千里擁雙旌。漢符出守朱轓重，越邸懷章晝錦榮。青瑣窗深傳夕拜，紅蓮幕下得時英。稽山尋勝窮幽窈，禹穴探書極粹精。賀老清虚陶内景，微之惠愛浹輿情。舍人早促還朝計，旦暮追鋒柄宰衡。會稽掇英續集。

## 周諝補。

諝，字希聖，尤溪人。熙寧六年進士，知新會縣，不肯奉行新法，求歸。著孟子解義、禮記説，門人稱周夫子。

### 寄子弟

浪有虛名落世間，自慚無實骨毛寒。未年三十力先倦，纔得一官心已闌。卜宅擬尋栽藥圃，買田宜近釣魚灘。他年子弟重相見，藜杖蓑衣筍籜冠。谿山餘話。

## 曾旼補。

旼，字彦和，龍溪人。熙寧六年進士，監潤州倉曹。嘗纂潤州類集。

### 次韻趙仲美表弟西齋自遣知滁州作。

謫守淒涼卧郡齋，夫君失意偶同來。海邊故國渺何許，城上新樓空幾回。寧羨一囊供鶴料，會看千里躍龍媒。清吟未免縈機慮，只恐飛觴便見猜。自注云：唐幕官俸謂之「鶴料」，今歲教頭所得止此，仲美省試下第，故云。墨莊漫錄。

## 游九鎖山

山勢盤紆是幾重，溪行亂石水溶溶。東西路口分雙洞，蒼翠群中起一峰。石上仙翁留去迹，壁間羽客有吟蹤。夜分不是紅塵境，清夢回時曉殿鐘。洞霄詩集。

### 吴　栻補。

栻，字顧道，甌寧人。熙寧六年進士，徽宗朝官龍圖閣學士，鎮成都，後知鄆州中山府。

## 暑雪軒

呪土臺頭寺，披襟笑語閑。千年雲抱石，六月雪彌山。酒熟篘嘗外，茶新碾試間。要須時點筆，來此賦躋攀。成都文類。

## 嚴陵懷古

龍衮新天子，羊裘古野人。清名在林藪，高行動星辰。風月空齊地，煙霞自富春。滄浪秋更碧，不敢濯塵纓。釣臺集。

登姜相臺

滿林紅葉墜紛紛，耆老猶言別駕墳。舊府光華關右月，故鄉蕭索海南雲。酒杯湖上同方伯，茶竈巖邊共隱君。二百餘年真一夢，遶牆荒隴半耕耘。南安縣志。

陳師錫補。

師錫，字伯修，建安人。熙寧中廷試第三，官考功員外郎。徽宗朝拜殿中侍御史，出知潁、廬、滑三州。坐黨論削官，安置郴州，卒。

題李公麟畫歸去來圖有雪竇和尚親書偈。

百中神鋒誇妙手，當時破敵秖同機。餘花墮裓無人見，半偈流傳豈易知。志雅堂雜鈔。

鄭安道補。

安道，字義齋，尤溪人。熙寧六年進士，與朱松友善，官至金紫光禄大夫。

朱喬年尉公舉男往賀賦贈二首

今宵湯餅會，滿座桂香來。圓月飛金鏡，流霞泛玉杯。渥洼元異種，丹穴豈凡胎。載路聲聞徹，祥光燭上臺。

瑞氣靄南山，弧懸别墅間。此時誇降嶽，他日見探鐶。席敞籬花豔，樽浮竹葉斑。老夫歌既醉，拄杖月中還。《尤溪志》。

范　鏜

鏜，字宏甫，浦城人。熙寧六年進士，官至工部尚書、樞密直學士，知太原府。

游湞陽峽

峽流觸石石欲裂，峽舟泝水心寸折。繫纜山頭夜向闌，驚浪澐澐寫寒月。風餐水宿知幾年，餘生可復瘴江邊。愁絶不眠起披户，顧視海宇天茫然。

## 林　誥補。

誥，長樂人。熙寧六年進士，官文學。

### 當陽寺

何處遇幽景，當陽夕頂尋。雲霞千古態，松竹四時陰。岫列天邊嶂，泉鳴澗底琴。高人不遊此，應負愛山心。福州府志。

## 林嗣宗補。

嗣宗，莆田人。熙寧六年明經、文學諸科登第，官閩清尉。

### 老人巖

九月黄花次第開，帶星約客上崔嵬。擬從老子巖前去，卻入真仙洞裏來。幸免西風吹落帽，且陪東道引深杯。箇中便見蓬萊境，何必龍山戲馬臺。宋詩拾遺。

林安道補。

安道，字文父，閩縣人。熙寧六年進士，終文林郎。

句

海外蟠桃同永久，月中丹桂共參差。皂莢木。三山志。

夏　臻補。

臻，福清人。熙寧六年進士，元祐間知龍溪縣事。

真覺院

半天聞梵唱，一徑踏松陰。起石雲千仞，懸空瀑萬尋。泉州府志。

方　通補。

通，字叔時，莆田人。熙寧六年以明經第進士，累知滑州韋城縣，簽判荆門軍。郡守臨事多任意，通輒據法爭之。因治亭，名「獨立」以自見。官至朝散大夫。

## 贈黄君俞

紫書夕降御牀邊，門下褒衣繞數千。捧檄喜隨親色動，授經榮勝主恩偏。相如好賦真童子，賈誼多才患少年。道在不須憂絳灌，一時卿相盡知賢。莆陽比事。

## 吳干補。

干，字無求，閩縣人。熙寧六年進士，官承議郎。

## 且止堂

無心終日看雲飛，空幻猶如鳥迹遺。欲問堂中常住相，黄花翠竹已多知。福州府志。

## 陳次升補。

次升，字當時，仙遊人。熙寧六年進士，徽宗朝累官寶文閣待制，知潁昌。降集賢修撰，旋除名，編管循州。入元祐黨籍。

## 北斗岐山

土精成石石成星，屈曲安排天北形。自是山遊玩物者，依稀信步踏蒼冥。仙遊縣志。

## 林　迥

迥，羅源人。熙寧中惠安簿。

## 同黄祕教遊連江玉泉

泉山好景微，權尹訟庭稀。曉馬破雲去，夜船乘月歸。妓歌珠不斷，人醉玉相依。薄宦自拘者，咄哉多是非。青瑣高議。

## 題林子墨隱居

先生平昔命何非，萬卷詩書一布衣。回首長安成底事，吳山蒼翠幾時歸。泉州府志。

## 陳易

易，字體常，仙遊人。案宋詩紀事作莆田人。熙寧中徵辟不赴，隱居石門。有石門蟬蛻集。

案墨客揮犀云：在大學通經術，既而隱居廬山以歸。乃築室於興化之蔡溪嵓，不下山者三十年，惟與沙門有需親善。蔡子由正言以八行薦之。謝以啓云：「心若死灰，枉被吹噓之力；身如槁木，難施雕琢之功。」又云：「昔在儒門，雖粗修於八行；晚歸祖道，唯務了於一心。心既已忘，行復何有。」後轉運判官陳達野以行能尤異薦於朝，終不起。

### 答有需禪師

年來多病愛棲禪，寶鑑慵將照醜妍。卻憶南湖孤頂月，定回金磬落巖前。興化府志。

## 徐鐸

鐸，字振文，莆田人。熙寧九年賜進士第一，歷官吏部尚書。

蘭陔詩話云：公昭夢孫，與兄鋭同登第，時有「龍虎榜頭孫嗣祖，鳳皇池上弟聯兄」之稱。是年里人薛奕應武舉，亦狀元，賜詩云：「一方文武魁天下，四海英雄入彀中。」洵盛事也。

## 朱樸隱居華亭自號天和子

先生晦迹谷水東，志趣不與晉賢同。遥聽鶴唳笑二陸，巢傾穴碎非爲工。浩然養素遠聲利，脱去羈束離樊籠。醉隱亭中三十載，桃紅李白摇春風。感時嘯詠聊自適，誰知富貴爲窮通。羨君高操超流俗，直疑變姓稱朱公。雲間志。

## 陳覺民

覺民，字達野，仙遊人。熙寧九年登進士第，累官右文殿修撰，知廣州。

### 武夷山

昇真洞口接天門，靈草丹桃日日春。聽説列仙來瑞世，三朝德業在斯民。

案方輿勝覽云：章聖出自武夷，事見楊大年家集，神考、哲廟亦武夷真君應出，故有「三朝德業」之句。事見氏族編。

## 林豫

豫，字順之，仙遊人。熙寧九年登進士第，知邵武軍。坐爲二蘇所薦，入元祐黨籍。有筆峰草錄。

### 鳴山巖

青山招隱桂叢高，五十年來姓字逃。春雨晴時星欲洗，晚雷殷處水生濤。關門不鑠空玄室，花徑無媒自碧桃。安得飄飄塵外事，胡麻白日飯吾曹。

## 楊　時

時，字中立，將樂人。熙寧九年進士，歷知瀏陽、餘杭、蕭山三縣，召爲秘書郎。欽宗朝兼國子祭酒，除工部侍郎，兼侍讀、龍圖閣學士。有龜山集。

閩中録云：中立時調官不赴，往河南師程顥于潁昌。及歸，顥目送之曰：「吾道南矣。」顥卒，又事程頤于洛。久之，德望日隆，從遊日衆，學者稱曰龜山先生。高宗時除學士，乞致仕。年八十三卒，謚「文靖」。

### 題愚齋 溪東黄室。

結廬依林邱，回峰爭盤紆。下瞰清池淵，憑軒數游魚。飛閣出雲表，浮煙襲簷裾。中有傲世士，脱略自謂愚。高義輕籯金，貽謀有詩書。青編富充宇，散秩放瓊琚。鱗鱗壁間題，一一露珊瑚。嗟予久昏塞，荒蹊少耘鋤。昌黎已隔世，將焉問夷途。道逢北山公，荷鍤時與俱。皎皎河曲叟，朋儕共欷歔。高齋一來遊，豁然心神舒。籬東有餘址，誰能薙榛蕪。結茅可容席，一瓢來此居。寄謝陶彭澤，何必愛吾廬。

## 向和卿覽余詩見贈，次韻奉酬

杜陵頭白長昏昏，海圖舊繡冬不溫。更遭惡臥布衾裂，盡室受凍憂黎元。詩人窮愁自古爾，豈若種藝依青門。嗟余老嬾世不用，窮巷久雨無高軒。蟲鳴鳥噪感時節，嫠不恤緯羞前言。殘章斷簡棄不錄，自愧潢潦無根源。君胡衮字富褒飾，三復妙語將誰論。知君獨負青雲器，欲使飢者名長存。

## 岳陽書事

洞庭水落洲渚出，疊翠疏峰遠煙没。重樓百尺壓高城，畫棟沈沈倚天闕。湖光上下天水融，中以日月分西東。氣淩雲夢吞八九，欲與溟渤爭雌雄。澄瀾無風雨新霽，一日萬頃磨青銅。琉璃夜影貯星漢，騎鯨已在銀河中。湘妃帝子昔何許，但有林巒青浮空。蒼梧雲深不可見，遺恨千古嗟何窮。須臾晦冥忽異色，風怒濤翻際天黑。乘陵瀨壑走魑魅，渟滀百怪誰能測。忽看舟子玩行險，更欲飛帆借風力。安得晴雲萬里開，依舊寒光浸虚碧。

徐興公云：楊龜山爲吾閩道學之祖，人但知其語録，而不知龜山之詩亦有可誦者。如含雲寺七絶、岳陽樓長歌，宛然唐響，絶無宋人習氣。

望湖樓晚眺

斜日侵簾上玉鈎，簷花飛動錦紋浮。湖光寫出千峰秀，天影融成十里秋。翠鷁翻風窺淺水，片雲隨意入滄洲。留連更待東窗月，注目晴空獨倚樓。

遊玉華洞

蒼藤秀水繞空庭，叠石層巒擁畫屏。混沌鑿開幽竅遠，巨靈分破兩峰青。雲藏野色春長在，風入衣襟酒易醒。採玉遺蹤無處問，擬投簪紱學仙經。

重經烏石鋪

夾屋青松翠靄中，去年經此亦匆匆。重來烏石岡頭路，依舊松聲帶曉風。

## 含雲寺書事

蝶夢輕揚一室空，夢回誰識此身同。窗前月冷松陰碎，一枕溪聲半夜風。

## 觀梅贈胡康侯

欲驅殘臘變春風，惟有寒梅作選鋒。莫把疎英輕鬬雪，好藏清艷月明中。

## 藏春峽案：爲隱士吴儀作。

山銜幽徑碧如環，一壑風煙自往還。不是武陵流水出，殘紅那得到人間。

## 含雲寺書事二首

山前咫尺市朝賒，垣屋蕭條似隱家。過客不須携鼓吹，野塘終日有鳴蛙。

竹閒幽徑草成圍，藜杖穿雲翠滿衣。石上坐忘驚覺晚，山前明月伴人歸。

## 李　深補。

深，字叔平，光澤人。熙寧九年進士，爲敕令所詳檢役法文字，與蔡京廷爭，奪一官。已而叙復，遷朝散郎，以言事罷。崇寧中安置復州，入元祐黨籍。有杭州集二十卷。

### 題范文正公祠堂

一章奏免鳥啣茶，惠及饒民幾萬家。遺老至今懷德政，爲余談此屢咨嗟。
危言遷謫向江湖，放意雲山道豈孤。忠信平生心自許，吉凶何卹賦靈烏。輿地紀勝。

## 黄　革補。

革，侯官人。熙寧時進士。

### 壽傅守

來日中元毓寇公，萬年事業一朝同。入陪清切星辰履，出奏循良屏翰功。棣萼一時騰最治，棠陰兩紀繼遺風。陰功數卷書金簡，遐算應須等岱嵩。截江網。

## 林　槩補。

槩，字端夫，福清人。舉進士，歷官太常博士、集賢校理。宋史儒林有傳。

### 題曲水閣

勝絶千巖地，清涵一水濱。石泉寒繞澗，山木翠和春。秀入壺中望，幽疑物外身。賢侯真足賞，王謝有芳塵。

### 鑑湖月夜行舟

湖光如鑑月如珪，月下湖中兩槳飛。鶴氅四垂冰骨爽，夜深疑自廣寒歸。

### 野　塘

漠漠横塘一水通，霏霏輕藹夕陽中。吳娘晚唱穿菱葉，楚客春心託蕙叢。煙外蒹葭間倚路，波間舴艋半凌風。江南景好游人去，二月大隄花豔紅。以上會稽掇英集。

## 陳　偁補。

偁，字君舉，沙縣人，世卿子。以父任補太廟齋郎，調蔡州通判，屢知泉、尉、惠三州，以朝議大夫致仕，卒。

### 題泉州萬安橋

跨海爲橋布石牢，那知直下壓靈鼇。基連島嶼規模壯，勢截淵潭氣象豪。鐵馬著行横絶漠，玉鯨張鬣露寒濤。縑圖已幸天顔照，應得元豐史筆襃。

方輿勝覽云：泉州萬安橋，一名洛陽橋。嘉祐間，太守蔡君謨勸州民成此橋。元豐初，運使王公嘗進畫本，天子嘉賞，故卒章及此。

# 閩詩錄　丙集卷五

侯官　鄭　杰原輯
　　　陳　衍補訂

## 陳　瓘

瓘，字瑩中，號了翁，沙縣人。元豐二年進士，建中靖國初官右司諫，權給事中，崇寧中以黨籍除名，編隸台州，移楚州，卒。紹興中賜謚「忠肅」。有了齋集。

**吴江作**補。

中郎亭榭據江鄉，雅稱詩翁賦卒章。蓴菜鱸魚好時節，秋風斜日舊煙光。一杯有味功名小，萬事無心歲月長。安得便抛塵網去，釣舟閑繫畫闌旁。

中吴紀聞云：陳文惠公留題松陵詩，其末有「秋風斜日鱸魚鄉」之句，屯田郎林肇爲吴江日，作亭江上，因以「鱸鄉」名之。了翁初至吴江簿，賦詩云云，筮仕之初，已無戀官職之意矣。

**寄覺範長沙**補。

大士游方興盡回，家山風月絶纖埃。杖頭多少閑田地，挑取華嚴入嶺來。茗溪漁隱叢話。

**自合浦還清湘寄虛中弟**補。

行徹天涯萬里山，月明方照海珠還。瘴鄉來往渾閑事，聊爲清湘一破顔。桂林府志。

**蘇文饒往昌國，意頗憚之，送以詩**補。

已聞舟楫具，那得苦留君。雨過霜風急，帆飛雪浪分。長途方策足，暇日正論文。功業他年事，風波豈足云。定海志。

施　常補。

常，尤溪人。元豐二年進士，永福縣令。

### 三聖殿

白雲來去自閑閑，鎖斷千山與萬山。仙客已歸霄漢去，虚堂流水漫潺潺。步盡千山與萬山，白雲深處叩禪關，曉猿夜鶴應相笑，笑問勞生幾度閑。三山志。

## 唐　最補。

最，字夢得，懷安人。元豐二年進士，終朝□大夫。

### 安適軒

臥聽潮音坐看山，煙蘿静處閉禪關。都將物外紅塵隔，占得壺中白日閑。吟罷寒猿號木末，定回清磬落雲間。高僧隱几無餘事，應笑勞生去又還。三山志。

## 陳　倩補。

倩，字君美，浦城人。元豐二年朝散大夫，直集賢院度支郎中，爲廣西轉運使。

## 真仙巖二首

神仙遺像出天然，造化胚渾豈易言。訪古尋幽空有意，白頭軒冕戀君恩。

鹿龍高躡九霄難，共駕仙車去不還。遺跡至今空有檜，不知蟬脱此山間。廣西通志。

### 鄭至道補。

至道，字保衡，莆田人。元豐三年登進士第，歷知天台、樂昌二縣。著有琴堂諭俗編、錦囊四集。

## 劉阮洞

采藥歸來世代賒，洞門方此掃煙霞。碧潭清泚弄明月，翠巘高低飄落花。芳草已迷當日路，白雲空想舊人家。自慙不是浮觴侶，謾向山前醉帽斜。天台續集。

### 張硯補。

硯，沙縣人，祖若谷、父奎。硯元豐三年官國子博士。王荆公甥。見臨川集。

## 題迎薰閣

解愠風來處，朱甍起舊城。條山供偃蹇，鹽澤借澄泓。龍廟疑飛出，蓮宫若化成。亂雲堆素彩，遠溜集幽聲。逸驥勝前路，鳴鳶激去程。散眸襟抱爽，翹首骨毛清。歡席多嘉客，豐郊少困氓。鼓琴歌渙澤，擊石樂承平。鉅肇重華榜，高吟刻萃瑛。雖無丹雘搆，三絶足垂名。山西通志。

## 黄　裳

裳，字冕仲，南平人。元豐五年進士第一，官端明殿學士、禮部尚書。有演山集。

王悦序云：逸歌長句，駿發踔厲，兼衆體而有之。

竹窗雜録云：冕仲爲諸生時，即有大志。元豐四年，郡譙門一柱忽爲雷擊，聞之口占云：「風雷昨夜破枯株，借問天公有意無。莫是卧龍蹤迹困，放教頭角直亨衢。」次年對策第一。

閩中録云：延平劍潭北有山曰演峰，氣狀清爽怪麗，冕仲宅焉，人謂演峰英偉之氣鍾乎公之一身。在韋布時，已有藁四十卷，自爲序其梗概。及履崇階，猶不倦著述，裒成六十卷，左朝散郎莆田王悦序，名爲演山集云。

送滿龍圖守奉化

臺省兩稱公，郡國三换節。海角承重寄，螭頭懷遠别。俯仰七遷迅，覺夢一炊熱。先生自怡怡，浮世誰惙惙。暴霖駕西洛，華艫指東浙。香徑催芰荷，豐厨拾魚鱉。窺影入賀湖，訪古探禹穴。未暇登四明，方思白華潔。親闈悵望時，千岩看堆雪。

重九遣興

佳節嘆短晷，清爽愜幽抱。新故遽相代，意思幸長好。百年如秋時，行行越中道。重九雖百回，半百已云過。雲液傾新醅，籬花摘靈草。但約金巵空，何愁玉山倒。且趁馬臺遊，莫管龍山帽。

簡元輿祠部

百花岩上仙人住，岩下爲州山水聚。白頭青塚南北人，倒影沈沈獨懷古。倚欄把酒與誰同，况是使君爲獻主。應唤漁舟疎葦中，旋膾遊鱗落紅縷。秘書座上最軒昂，能共春雲爭態度。紅衣帶月今何處，幾轉春殘掩朱户。飛船送客空斷腸，梁塵謾落聲中句。虚白亭前湖水閒，忽爲霓裳起思慕。出門沙土亂如雨，薰風吹夢天南去。

## 簡無咎學士

北潭車馬來何暮，芹茆池邊失歡聚。有分共爲文字遊，卻向西郊話今古。世俗聰明多澆漓，信厚期君中有主。職事無塵靜相對，滿榻詩書香數縷。嚴扃如在柳陰中，綠幄朱簾西風度。紫犀銙破雪花濃，石鼎煎聲遶窗户。準擬七椀邀盧仝，清滌煩襟出新句。共笑先生最貧苦，誤使簾前客相慕。虚名薄利能幾多，裹飯區區來復去。

## 社日游雲門山

不須扶我自登山，脚力能勝十八盤。一字雁低頭上過，兩城人細掌中看。雖知北户緣猶在，卻笑南柯夢未闌。忽見歸雲應是信，滿襟先得洞天寒。

## 秋日有感補。

秋來猶寄一涯天，葉葉秋聲似去年。可恨蕭晨長在客，不堪孤館更聞蟬。以上演山集。

## 吴　與補。

與，字可權，漳浦人。元豐五年進士，累遷奉議郎，通判潮州。

### 白雲亭在餘干縣白雲城上，唐李德裕建。

高城頓崇岡，上與白雲遇。昔賢此登臨，懷古得佳句。結亭自何人，歲月更已屢。古篆僅存名，頹簷颯將仆。我來訪遺蹤，環賞愜幽趣。鳩工扶塹陧，選木換隳蠹。津梁五道人，悉力願相赴。經營未終月，突兀見翬翥。英英蒼梧雲，朝莫此屯聚。時從南山來，倏向高巖去。去來本無心，虚亭日新故。因之望故鄉，更識親闈處。南山互牽情，凭闌目空注。饒州府志。

## 翁　績補。

績，福清人。元豐五年進士。政和末上書，言遼人趙良嗣、董才來降，生邊隙，請斬二人，以堅遼好。宣和初知熙州。劉法伐夏敗没，童貫以捷聞，績感憤作詩。

感憤

千里寒沙遺白骨，一番新鬼哭黄雲。偷生同惡終相蔽，安得忠誠達聖君。福清縣志。

余　深補。

深，字原仲，羅源人。元豐五年進士，累官御史中丞。蔡京力引，擢吏部尚書，轉門下侍郎，加少保。宣和元年進太宰，封豐國公。宋史有傳。

奉和駕幸西池

春深瓊苑百花明，拂曉鑾輿下太清。綵仗六軍嚴禁衛，虹橋千步跨仙瀛。講修禊事垂游豫，欲與民心樂治平。扈蹕兩經來此地，獨慚衰颯玷恩榮。羅源縣志。

孫大廉補。

廉，侯官人。元豐五年進士，官通直郎。

## 浄土院

流水元依澗，孤雲不著山。萬縁機慮斷，一點浄明還。立雪人何在，啣花鳥自閒。群昏疑網破，雄論落人間。白蓮開緑水，佛子舊家山。浄境無南北，塵心有去還。林深天籟遠，風定水雲閒。何日逢旌騎，重來翠巘間。天台續集。

## 黄　奕補。

奕，建安人。元豐五年進士。

宋詩紀事補遺云：又一人，淳熙中廣西漕屬，見廣西通志金石臨桂水月洞題名。

## 北　樓雷州。

百尺危樓四遠明，人從鰲背戲滄溟。乾坤到處皆在目，山海何人更作經。輿地紀勝。

## 王　藻補。

藻，建安人。元豐五年進士。

## 仙壇石

仙人駕鶴上三清，壇石空留萬古名。夜靜碧天星斗爛，不聞朝禮步虚聲。建寧府志。

## 鄭永中

永中，字育之，莆田人，蒨子。元豐中以廕補慈溪知縣。

## 觀稼閣

公餘乘興步危樓，十里如雲翠欲流。多稼芃芃天外闊，平湖渺渺望中浮。方忻民樂庭無訟，更聽農歌歲有秋。吏責已寬聊自得，待憑詩酒寓優游。

## 鄭穆補。

穆，字閎中，侯官人。元豐中諸王府侍講，尚書司封員外郎，集賢校理。宋史有傳。

## 送程給事知越州

菟符優寄寵清賢，邸吏相驚印紱鮮。方面幾稱良太守，名區今作小神仙。夏王古穴幽藏怪，賀監明湖冷浸天。爲語錢塘二千石，詩篇頻發渡江船。會稽掇英續集。

## 和陳述古「我愛仙居好」

我愛仙居宰，隆時起四方。述古儒者，始至本州，而縉雲、建安諸郡舉子相次而至，慕義講學。青襟遊戶闥，逢掖在軒堂。在昔風蠻貊，于今邑校庠。賀衙聞勸學，耆耋涕徬徨。

我愛仙居宰，渾渾政不拘。縱民如野鹿，任道若荒蕪。訪境土皆闢，訂風惡亦無。平生志嚴整，伺隙莫操弧。

我愛仙居宰，巖巖氣宇寬。百筵微出響，萬楫一生瀾。邑小天爲壽，民愚地與安。經年不相見，已見欲躋難。仙居縣志。

## 上官均補。

均，字彦衡，邵武人。元豐中光禄寺丞，充國子直講。宋史有傳。

## 題耿氏温清堂

遠山終日自清輝，縹渺喬林野氣微。秋菊已開陶令徑，春風好舞老萊衣。溪頭釣艇資閒興，松下歸禽伴息機。吟倚醉登堪自慰，不須悵望白雲飛。江陰縣志。

# 游　酢

酢，字定夫，號廌山，建陽人。登元豐六年案：宋詩紀事作五年。進士，官監察御史，歷知漢陽軍，和、舒、濠三州。有廌山集。

宋史新編云：公性穎悟，有治劇才。時修奉祠館，編氓困于征調，所至騷然。公更數郡，處之裕如，民不勞而事集。所著有易説、詩二南義、中庸義、論語孟子雜解各一卷。卒年七十一。

曹能始云：公與龜山同在程門立雪，詩散而不全，乃其子孫于譜牒中抄出，以應縣官之求。時知縣事者魏公時應延徐興公修志，以游、劉、朱、蔡、熊五大儒爲世家，而廌山尤爲建陽理學之倡。其有功于吾閩鄒魯，固宜龜山並傳矣。公生在禾平里，讀書寶應寺。今俱置有祠田，而葬則從治命，在南直隸含山縣之車轅嶺。公曾以朝奉郎出知和州云。

### 餞賀方回，分韻得歸字

邀客十分飲，送君千里歸。情隨緑水去，目斷白鷗飛。松菊今應在，風塵昔已非。維舟後夜月，能不重依依。濂洛風雅。

### 歸雁

天末驚風急，江湖野思長。悲鳴愁絶塞，接翼冒風霜。澤岸多矰弋，雲間乏稻粱。茫然栖息地，飲啄欲何鄉。

### 寶應寺讀書堂成，因懷明道先生

橋西積雪度新晴，卜築茅堂快落成。郁郁奇花鋪野趣，關關好鳥和書聲。春濃嵐色無邊景，水淨天光澈底清。記得程門窗草緑，至今遐想每馳情。

### 山中即景

翠靄光風世界，青松緑竹人家。天外飛來野鳥，澗中流出桃花。

## 在潁川寄中立

蕭條清潁一茅廬，魂夢長懷與子居。五里橋西楊柳路，至今車馬往來踈。

## 題河清縣廨

小院閑亭長薜蘿，鹿來穿徑晚經過。夕陽蕭散簿書少，窗裏南山明月多。

## 水亭

清溪一曲繞朱樓，荷密風稠咽斷流。夾岸垂楊煙細細，小橋流水即滄洲。案：以上二首河南志。

# 鄭叔僑

叔僑，字子振，一字惠人，莆田人，伯玉子。元豐八年進士，官清溪知縣。

## 熙寧橋

千尋水面跨長橋，隱隱晴虹卧海潮。結駟直通黃石市，連艘横斷白湖腰。興化府志。

## 陳律

律，字宗禮，政和人。元豐八年進士。

### 題西門亭

吾家四正峰前住，射策君門亦快哉。三島路從天外去，一枝香折月中來。鯉魚晴躍桃花浪，鸑鷟春傾竹葉杯。預宴瓊林非所望，偶先英俊步金臺。

## 許敦仁補。

敦仁，仙遊人。元豐八年進士。

### 三山閣

蓬萊方丈與瀛洲，東引長江欲盡頭。幾處壇場渾得道，萬家樓閣半封侯。名園荔子嘗三熟，負郭湖田插兩收。七百年來遺讖事，釣臺沙合瑞煙浮。三山志。

## 黃伯厚補。

伯厚，福州人。元豐八年進士。

### 椒屯墟

喬木村墟十里秋，魚鹽微利競蠅頭。平坡淺草眠黃犢，小渚輕波泛白鷗。竹外客喧山市散，柳陰人醉酒旗收。清幽彷彿西湖上，惆悵歸來獨倚樓。邵武府志。

## 朱蒙正補。

蒙正，字養源，邵武人。元豐八年進士，官至司農寺丞。

### 濯纓亭

風浪江頭正激湍，小亭溪上水平寬。濯纓不作彈冠想，一曲滄浪釣雪寒。邵武府志。

## 許　轂 補。

轂，晋安人。元豐八年進士，紹聖間知龍溪縣。

### 句

一條碧水練鋪地，萬疊好山屏倚天。輿地紀勝。

## 章　衡 補。

衡，字子平，浦城人。元豐中三司鹽鐵判官，右司諫、直集賢院。宋史有傳。

### 送程給事知越州

雅留威愛在南昌，又拜新恩指舊棠。一節帝頒嚴使旆，十州人喜擁壺漿。彯纓自結凝旒眷，攬轡思澄插筆鄉。劉晏有材將大用，豫章樓上急飛觴。會稽掇英續集。

## 張勵補。

勵，字深道，長樂人。神宗朝官江淮制置發運使。

### 題張公翊清溪圖

九華鬱兮江南山，清溪下兮貫山間。江北鶩兮溪東旋，濁湯湯兮清漫漫。山幾轉兮水幾盤，近交臂兮遠連環。決天末兮浮雲端，齊之山兮秋之浦。景晦明兮氣吞吐，草木蓊兮媚林莽。繡屏張兮翠綃舞，深窈窕兮幽掩嗚。雨吟猿兮風嘯虎，下鳧雁兮泳魴鱮。商之檣兮漁之罟，互出没兮更散聚。樵有舍兮梵有宇，雲巖阿兮棘樊圃。翬連甍兮岸之滸，弄潺湲兮櫂容與。中横絶兮梁爲渡，隱孤城兮其西去。春之朝兮秋之夕，風既清兮月又白。遐矯首兮俯陳迹，携佳人兮不可得。空望遠兮中感百，思悠悠兮情惻惻。悵興亡兮懷今昔，獨兹溪兮無終極。嗟夫人兮擺塵滓，遥徜徉兮玩雲水。移山川兮置窗几，手舒卷兮千萬里。鞅余車兮秣余馬，往其從兮山之下。枻吾舟兮汎清瀉，樂魚鳥兮放林野。願未適兮何爲者，聊寓言兮公墨畫。

吴禮部詩話云：張公翊清溪圖，畫池陽清溪也。郭功甫題五絶句，有「唯欠子瞻詩」之語，遂求東坡爲賦清溪詞。蘇公復令某示秦少游寫小杜弄水亭詩。其後自元豐以來，諸賢題咏甚多。真蹟在金華智者寺草堂。蓋宋季王俻元敬使君得之。易世後，其家以售于寺。坡公作詞之後，有長樂張勵深道長句，彷彿蘇體，亦佳。

## 陳升之補。

升之，初名旭，字暘叔，建陽人。累官鎮江軍節度使、同平章事、判揚州。初附王荆公，既爲相，時爲小異，陽若不與之同者，時人謂之「筌相」。宋史有傳。

### 送程給事知越州

早年相契最綢繆，垂老江城爲少留。瀕海新城築金壘，瑣闈初遠邃延旒。過家燕坐多賓樂，到郡公餘放吏休。滿目湖山何處勝，蓬萊高閣正清秋。會稽掇英續集。

## 李處訥補。

處訥，神宗時福建人，慶孫猶子。

## 仙□驛

少年嘗誦少陵詩，寤寐城南天下稀。錦屏山色行看遠，閬苑風光願與違。回首玉臺山下路，黃粱初熟夢成非。輿地紀勝。

## 何去非補。

去非，字正臣，浦城人。累舉對策稱旨，授左班殿直武學博士。後以東坡薦，授承奉郎、司農寺丞，通判盧州。有集。

### 次韻翟公巽猩猩毛筆

貌妍足巧語，軀惡招歠飲。賦形具人獸，寧脱荆榛居。肉嘗登俎鼎，餉餽傳甘腴。失計墮醉鄉，顛躓無與扶。柔毫傳束縛，航海歸仙癯。浴質逸少池，摛藻知章湖。殺身固有用，賦芧從衆狙。坐令宣城工，無復誇栗鬚。宣城出栗鼠鬚也。文房甲四寶，萬兔慚蒙膚。數管友十年，閉門賦三都。之子信豪邁，嗜學每致劬。未冠遊膠庠，已推經行儒。蓬山天祿閣，崢嶸凌碧虛。期予早登躡，同舍校魯魚。墨莊漫錄。

## 陳純補。

純，字元朴，莆田人。游桃源，與三仙女倡和。

### 中秋月和桃源夫人

仙源嘗誤到，羈思正蕭然。秋静夜方静，月圓人更圓。清尊歌越調，仙棹泛晴川。幽意知多少，重重類楚綿。詩話總龜。

## 范致虚補。

致虚，字謙叔，建陽人。元祐三年進士，徽宗朝尚書左丞，靖康中知京兆府。高宗即位，終資政殿學士。

### 汎松江

黛潑峰巒安用染，鏡澄湖面不須磨。已驚張翰鱸如玉，想見西施髻似螺。目斷樓高知水闊，雲開山盡見天多。吾家本是煙波主，好律漁翁一曲歌。吴江縣志。

## 羅　畸補。

畸，字疇老，劍川人。元祐初爲滁州刺史，崇寧間秘書少監。撰蓬山志五卷。

### 福　州

山園碧玉神仙島，地湧黄金宰相沙。丹荔熟時堆錦繡，翠榕空裏起龍蛇。輿地紀勝。

## 傅　求

求，字未詳，仙遊人，梢姪。元祐六年進士，案：宋詩紀事補遺作紹聖元年。官通直郎。

### 寄張晲

利鎖名韁脱者稀，鐘鳴漏盡尚忘歸。獨全至樂能齊物，未達高年遂拂衣。明月數聲仙鶴唳，秋風一尺鱠魚肥。賞心樂事知多少，只恐蒲輪到釣磯。仙遊縣志。

## 方叔震

叔震，字失攷，仙遊人。元祐六年進士，授瀛洲防禦推官。紹聖四年，登宏詞科，未遷，卒。

### 越王城

聞道越王避漢兵，竄身巖谷覬偷生。如雲甲馬今何在，只見良田萬頃平。案：見仙遊縣志。

## 楊　朏補。

朏，字持正，閩人。元祐六年進士，終建寧軍節度書記。入黨籍。

### 玉泉院荔支軒

曾觀荔支圖，幾費丹青妝。能紅能紫亦能綠，不能寫作天然香。曾讀荔支譜，品品堪第一。較量滋味論高低，大抵聞名不聞實。我疑真宰推化工，安排百果分番紅。杏梅桃李不足數，先教碌碌隨春風。錦囊玉液相渾淪，百果讓作東南元。別有真香與色味，一時分付荔支軒。廣群芳譜。

## 徐大正補。

大正，字得之，甌寧人。元祐中築室北山下，名閑軒。秦少游爲之記，蘇子瞻爲賦詩。人以北山學士呼之。

### 題釣臺

光武初從血戰回，故人長短尚論才。中宵若起唐虞興，未必先生戀釣臺。建寧府志云：得之嘗赴省試，過釣臺賦詩，東坡見之，遂與定交。

## 陳　俌補。

俌，龍巖人。元祐間與劉棠同里，俱有詞賦聲，時人稱曰：「劉棠、陳俌，漳南賦虎。」劉既登科，陳遂隱迹溪南，後莫知所終。祀鄉賢。

### 隱迹溪南

大不手持卿相印，小無人擁使君符。門前溪水綠如染，好把一竿秋釣鱸。龍巖州志。

鄭　道一作事道。補。

道，莆田人。元祐六年進士，知邵武軍。

白雲亭

天風吹我上齊雲，小澗清從石乳分。濯罷塵纓吾欲忘，白雲滿地未斜曛。泉州府志。

林　邵補。

邵，字才中，長樂人，攄之父。官顯謨閣直學士，元祐間荆南提刑。

失　題

西來漢水接江流，大別山前舊沔州。看到夕陽無盡興，一行飛鷺下汀洲。輿地紀勝。

李才甫補。

才甫，莆田人。

## 江西泊舟後作

江水冥冥沙石陰，一舸行盡春已深。浪花綠蔓曳錦帶，短蘆刺水抽玉簪。飢魚未沈波面筒，小舫正横溪上風。清輝濯盡遠山碧，白鳥飛入蒼煙叢。

山谷外集自注云：太和小舫板上塵土中得此詩。

## 劉　軨補。

軨，字仲偃，崇安人。元祐九年進士，累官資政殿學士。靖康中拜河東北宣撫副使，召入爲京城守禦使。京師陷，宰相遣軨使金營。金人議立異姓，軨自縊死。建炎初贈資政殿大學士，謚「忠顯」。

## 紫雲巖

萬叠青山入畫圖，最高高處著浮屠。薄雲弄月明還暗，小雨飛空有欲無。山鳥避人疑俗駕，老僧好客點雲腴。我來一笑忘塵慮，倒載歸與日欲晡。建寧府志。

## 陳　暘補。

暘，字晉之，福州人。紹聖元年舉賢良方正能直言極諫科，官至顯謨閣待制，提舉洞霄宫。有樂書二十卷。陳祥道用之，其兄也。

缺題

行義當年帝所聞，聲名久矣動簪紳。文場秉筆淵源厚，師席談經業履醇。白髮忽驚蒿里暮，青衫難問若溪春。兩京模範垂芳遠，多少生徒淚滿巾。式古堂書考。

湛執中補。

執中，閩縣人。紹聖元年進士，官南頓丞。

句

人在蓬萊頹白玉，地連兜率布黄金。碧照亭。輿地紀勝。

林迪補。

迪，字吉夫，興化縣人。紹聖初進士，調福州司理，知龍溪縣。蔡京，林出也，嘗欲引以自近。迪拒之。

## 句

寂寂峰巒千古意，溶溶花木一家春。題董公偃靜和軒。萬姓統譜。

## 胡安國補。

安國，字康侯，崇安人。入太學，以伊川友朱長文及潁川靳裁之爲師。紹聖四年舉進士第三。高宗朝歷官寶文閣直學士。卒謚「文定」。有武夷集。

### 移居碧泉

買山固是爲深幽，況有名泉洌可求。短夢正須依白石，澹情好與結清流。庭栽疏竹客馴鶴，月滿前川寺補樓。十里鄉鄰漸相識，醉歌田舍即丹邱。湖南通志。

### 舟入荆江東赴建康

長沙渺渺接天浮，萬古朝宗日夜流。洲在尚傳鸚鵡賦，臺高應見鳳凰遊。路經赤壁懷公瑾，水到柴桑憶仲謀。白日幸無雲物蔽，好看澄景對高秋。濂洛風雅。

### 嚴陵釣臺

歸隱桐江知幾春，靜看浮世一鷗輕。此心在世原無著，誤説持竿是釣名。釣臺集。

## 倪　昱補。

昱，羅源人。紹聖己丑以薦辟舉教邑庠，博物多材。卒後入祀鄉賢。

### 有感夢口占二絶

誰謂仙家隔一方，神遊原不閉毫芒。歸來謾話長年事，老不饒人白鬢蒼。

死生常事不須愁，我亦無心任去留。人事重來聊爾爾，濁醪脱粟外何求。羅源縣志。

## 林　虙補。

虙，字德祖，福清人。紹聖四年登進士第，教授常州，官至開封府左司録。時府尹以佞倖進，遂納祿去，歸隱大雲境，號大雲翁。著有大雲集。

## 虎　邱

我公道德祖東邱，志小全吳見此遊。遠意最稱包萬里，佳名直欲付千秋。眷憐今日蹌文獻，友愛終身負道州。扶病强隨都騎去，回腸百折伴江流。虎邱志。

# 范致冲補。

致冲，一作致君，致虚兄，建安人。紹聖四年進士。

## 呂公洞

朝遊北海暮瀛洲，仙佩何年到此遊。安得相從問丹訣，春風同醉岳陽樓。

## 竹林寺

竹林深處有招提，静掩禪關過客稀。薝蔔花開春欲暮，泠泠鐘磬白雲低。泰安府志。

## 陳與京補。

與京，莆田人，紹聖四年進士。又一説建安人，皇祐元年進士。

### 流花亭

丹艧依巖腹，翬飛枕碧闉。應教臨水客，頻問種桃人。野色低籠日，溪光長占春。仙槎消息便，咫尺到龍津。天台續集。

## 溫益補。

益，字禹弼，晉江人。紹聖中知福州。蔡京當國，進中書侍郎。京欲廢元祐皇后，益主其説，蓋京黨也。

### 句

少年曾接元公論，屢話南閩佛刹奇。鳳池山。

竹生石上瓊瑤碧，泉落簷間組帶垂。水簾。三山志。

## 陳之邵補。

之邵，字才仲，侯官人。紹聖四年進士，官宗正少卿。

### 皇恩寺

老檜喬松路屈盤，翬飛金碧照巖端。僧尋翠巘曾揮錫，客壓紅塵屢解鞍。望斷四天春野闊，夢回一枕夜濤寒。陽休況是多佳句，吟罷碧雲時倚欄。福州府志。

## 林冲之

冲之，字和叔，莆田人。元符三年進士，官主客郎中。使金被執，不屈而死。

蘭陔詩話云：和叔死于金，鄭夾漈哭之以詩云：「官似馮唐能老去，節如蘇武不生還。」二語可概其生平矣。

### 春日郊居

寄廬城郭逐風塵，不信農夫有食貧。世極全無干子姓，臣愚只恐負君親。枯桑伐火憐黿穀，野鼠食禾訟穀神。勸汝及春收耒耜，官家子弟欲行春。

## 陳朝老

朝老，字廷臣，政和人。元符中太學生。卒年七十一，自號常歡喜居士。閩中錄云：公，澤民之子也，生于熙寧間。七歲能詩，祖伯弓嘗令賦雪詩，有「擁爐莫言冷，世間行路難」之句。讀書于甌寧北巖寺。元符末詔求天下直言，公時爲太學生，論事剴切，臺諫受蔡京風旨，例以狂妄目之。宣和中與陳東等上書劾蔡京、童貫、王黼、李彥、梁師成、朱勔，目爲六賊臣。書奏，貶置道州。建炎改元，赦歸，耕于石門。紹興間三詔不就，當時高其行誼。弟蟠老，官至武功大夫。

### 遊寶勝庵

上到禪關眼更明，重重天際萬山青。便當常住雲飛處，閑炷清香學誦經。

## 張　勸補。

勸，字閎道，永福人。元符三年進士，官至工部尚書。靖康初避去，除名勒停。

**山輝堂**在福州東山愛同寺。

蕭蕭松竹蔭華扉，更敞虚堂隱翠微。雲露峰巒横秀色，月低巖壑弄清輝。分開遠碧鳴泉落，點破寒光白鳥飛。還似山陰秋霽後，照人懷抱欲忘歸。淳熙三山志。

## 陳　瑊補。

瑊，字虚中，沙縣人，瓘弟。元符三年歷知建州、吉州。見閩通志。又一人，字伯成，鎮江人，元符三年進士，知真州揚子縣。見至順鎮江志。

**遊虎邱**

選勝得朋儔，縈紆信小舟。舊游渾是夢，衰髪獨知秋。爽氣侵殘暑，多言破積愁。醉歸有明月，莫詠大刀頭。虎邱志。

# 閩詩録　丙集卷六

侯官　鄭　杰原輯
　　　陳　衍補訂

## 蔡佃

佃，字未詳，莆田人，襄孫。崇寧二年賜進士第二，建言，責監温州税。累官朝奉郎、直龍圖閣。

按文獻通考云：直齋陳氏曰：余宦莆，至蔡忠惠襄居，去城三里，荔子號玉堂紅者正在其處。矮屋欲壓頭，猶是舊物。京、卞同郡晚出，欲附名閥，自稱族弟。襄孫佃唱名第一，京時當國，以族孫引嫌降第二。佃恨之。

蘭陔詩話云：同姓通譜，如石璞之附石勒，孫弼之附孫秀，侯瑱之附侯景，李揆之附李輔國，皆以名閥附小人。京則以小人而附名閥。

### 雷轟漈

水流石激擬鳴雷，洞裏乾坤別有臺。玉舄扶風飛復下，瓊花帶雨落還開。鐘聲敲斷白雲裊，樹影盤迴黃鶴來。笑道神仙無覓處，空留丹竈冷蒼苔。

**豁然閣**

長風東南來，濁浪撓清鏡。小軒寂寞人，默視心境靜。扁舟暫淹留，思與孤鴻迴。洞庭眼中物，何必更乘興。頑石漫巑岏，終慚泗濱磬。

王　孳補。

孳，晉江人，崇寧二年特奏名。

西　軒

步躡霜莎入梵宮，一軒佳處屬支公。剩開青瑣延明月，疎植修篁待好風。笠澤波聲春雨裏，洞庭山色夕陽中。江頭景物牢籠盡，欲寄琴尊此養蒙。吳都文粹續集。

林　震補。

震，字時敏，號介甫，莆田人。崇寧二年進士，累官知濟南、東平府，廬陽、汝、泗、蘄、新、潤、泉各州。著有集句詩七卷、文集一百卷、禮問三十卷、易傳十卷、易數三十卷、易問五卷、經語千字文一卷。莆陽比事云：震長于集句，凡所用詩三百八十家。嘗有客舉陽關詞「勸君更盡一杯酒」令屬之，震曰：「與爾同消萬古愁。」

## 句

青山有恨花初謝，流水無言草自春。山寺晚春。

## 鄭　南補。

南，字明仲，寧德人。崇寧二年太學釋褐，官福建、兩浙提刑，終修撰。

### 錦屏峰

霍童佳境本天成，十里蓮花遍處生。山色依然仙不至，月明徒自憶吹笙。寧德志。

## 彭　路補。

路，字通吉，崇安人。崇寧二年特奏及第。

## 謝恩

聖主求賢軫念勞，臨軒策問萃時髦。龍麟日繞天顔近，螭首雲移帝座高。疏草披丹陳紫禁，宫花錫采晃藍袍。自慙朽芥叨榮遇，報答能忘聖語褒。崇安縣志。

## 廖剛

剛，字用中，順昌人。崇寧五年進士，紹興中歷官御史中丞、工部尚書，以徽猷閣直學士提舉亳州明道宫。有高峰集。

能改齋漫録云：廖尚書剛用中嘗夢中作詩，其末句云：「家住五湖明月樓。」其後公薨，葬于沙縣二十五里交溪鳳山之下，其子遂建樓，以明月目之。張給事致遠賦詩曰：「明月樓前可萬家，鳳山庵下日初斜。風流耆舊消沈盡，空睇寒江耿暮霞。」

閩書云：莆田方略家有萬卷樓，廖剛嘗還所借書。其詩曰：「平生何啻兩瓻酒，歸計元無擔石儲。」

閩省通志云：世綵堂在順昌縣靖安都，宋廖剛居此。剛世享眉壽，五代相見，作堂匾曰「世綵」，士大夫賦詩美之。紹興六年，詩經高宗御覽，因名御覽世綵堂詩集。

## 次韻和吳濟仲見贈長篇

我有茅廬負林麓，傍溪暎光千頃緑。靈峰鐘磬敲金蓮，絶澗松篁瀉寒玉。縈回窈窕廓以容，正可標名取盤谷。肥魚香稻不須致，苦恨風悲無静木。霜蒲易折柳經秋，蕭颯鬢毛眵兩目。閑雲不雨空出岫，謾説幽蘭自芬馥。低回還笑杜陵老，堯舜君民厚化俗。青萍飛躍鳳鳴翔，要待乾旋坤轉軸。只今輿馬非我事，拄杖芒鞵巾一幅。時時照弄摩尼珠，金色珠雲滿天竺。年齡亦復驚晼晩，不暇栽松惟種菊。清泠池上景物新，喜得君詩三反讀。向來已分得奇禍，豈料更容僥淨福。天光下濟詔語温，未遺安豐慚考叔。市朝從古惡風波，公棹惟憐初不欲。經營蝸角嚇腐鼠，往往竟同蛾赴燭。須知幻境本來空，况乃隙駒光景促。逍遥物外復何疑，苟簡場中元自足。昨宵星月蘸虚碧，行散遶堤方恨獨。竭來共語君勿遲，想見風塵厭追逐。

## 次韻張敏叔江南僧舍送春之什

使華綵佩明春江，江邊佛國遊清凉。柔桑菀菀絲成蔭，落花寂寂紅餘香。人間節物易流轉，獨有日月壺中長。高歡應笑杜陵客，典衣沽酒留風光。

### 次韻向伯恭發句同遊西宮見寄

久客倦塵鞅，薄雲憐寶宮。論文欣得甫，載酒愧非雄。遠岫入青眼，長江來好風。詩成故超絶，千里看花驄。

### 次韻陳無傷春日書事

百草千花巧趁春，愛春何獨水邊人。青門紫陌酒旗颺，麗日和風天氣新。白玉少年長帶佩，紅蕖遊女小腰身。自憐慣作金明客，坐對閑窗滿席塵。

### 題丁樂道分翠軒

十畝清陰隔短牆，幽軒端許借餘光。修篁戛玉亂垂影，嘉木屯雲巧著行。隱几助成春草夢，卷簾饒占北窗凉。誰知靖節心源冷，獨眄庭柯興味長。

### 題胡器之鐔溪閣

龍津劍窟古南州，閣勢横空占上流。山色鎮留春色在，水光長帶寶光浮。風簷緑篠寒珠箔，兩岸紅蕖隱釣舟。衹恐楓宸促歸覲，未容蕭散老滄洲。

## 次韻酬游師道見寄

洗耳初嫌牘一瓢，歸翰今媿遠從遼。駒馳已是無聞者，雁集何裨有道朝。拭目故人三紀別，回頭新貴九天遙。勸君幸遂田園樂，莫遣心旌取次搖。

## 題楊子光雙溪閣

倚天華棟俯長洲，渺渺雙溪一鑑秋。匹馬問津迷去客，新帆分港競歸舟。花飄兩洞紅交浪，影落三山翠合流。清夜鳴榔何處曲，冷光平泛玉簾鈎。

## 代祖父次韻酬羅君實見贈

蕭條門巷陋於顔，老去青春僅得閑。心晝傳家無計策，手談留客漫機關。静思往事千年上，俯歎勞生一夢間。多謝光臨無別意，爲聞流水與高山。

## 又次韻酬廖傳道

未遇由來歎數奇，梅花非早杏非遲。祇因樂道甘懸磬，肯羨成功用不龜。白眼固多流俗見，朱絃獨有故人知。陳平豈解長貧困，器業唯當自護持。

## 朱藏一除校書，作別竹詩，次其韻。與藏一直舍切鄰，實共此竹庚子年太學。

晚窗簾捲雨初殘，一點無塵碧玉寒。霜節留公化龍杖，煙梢憶我釣魚竿。坐令煩暑消餘烈，解遣窮愁釋百端。他日茅簷隱疎翠，懸知無夢到長安。

## 次韻盧駿給事試茶

春容未動柳梢頭，寵賜初驚遠自甌。蟹眼翻雲連色起，兔毫扶雪帶香浮。出塵香味端難品，無滓肝腸可耐搜。青鎖夜長應不寐，珊瑚重見萬金鈎。初云「詩情風月更相鈎」。

## 重九書懷

幾年重九曾爲客，今日黄花特地愁。北闕歡娛雲杳靄，南州消息雁沈浮。驚人節物應無奈，浪迹生平可但休。倚劍長吟樓閣暮，淡煙寒月不勝秋。

### 題龍歸院借壁間韻

門外青山玉作圍，溝塍連絡稻田肥。多慙薄宦辜猿鶴，一换星霜始一歸。舊讀書是院。

### 後十餘日別倫師赴臨章又題

瀟洒東陽笑十圍，未應裘馬羨輕肥。稻粱浪遣成蓬梗，遼鶴慇懃祇蹔歸。

### 題蔡州柳莊鋪

雲垂曠野路漫漫，策策秋聲作莫寒。已分故園天樣遠，不知何處是長安。

## 方惟深

惟深，字子通，莆田人，家長洲。崇寧五年特奏名，授興化軍助教。有方祕校集。

中吳紀聞云：子通最長于詩，凡有所作，王荆公讀之必稱善，謂深得唐人句法。子通遊王氏之門，初無迎合意，後隱城東故廬，與樂圃先生皆爲一時所高。每部使者及守帥下車，必即其廬而見之，前後上章論薦者甚衆，竟絶禄仕意。僧仲殊贈詩有「依舊凄凉無長物，只餘松檜養秋風」之句，可以見其清高矣。年八十三卒。無子，一女適樂圃先生之子發。

## 以詩集呈王荆公，侑以詩補。

年來身計欲何爲，跌宕無成一軸詩。嬾把行藏問詹尹，願將生死遇秦醫。丹青效虎留心拙，斤匠良工入手遲。此日知音堪屬意，枯桐正在半焦時。

## 訪人不遇題壁補。

何年突兀庭前石，昔日何人種松柏。乘興閑來就榻眠，一枕春風君莫惜。城西今古陽山色，城中誰有千年宅。往來何必見主人，主人自是亭中客。以上中吴紀聞。

## 謁荆公不遇補。

春江渺渺抱檣流，煙草茸茸一片愁。吹盡柳花人不見，春旗催日下城頭。

中吴紀聞云：此詩荆公親書方册間，因誤載臨川集。

程公闢留客開元寺飲二首補。

晝錦新坊路稍西，興來携客就僧扉。尊前倒玉清無比，筆下鏗金妙欲飛。籃轝直須乘月去，榜歌時聽採菱歸。流傳白雪吳城滿，頓覺炎歊一夕微。

仙老論文小往還，多才令尹獨能攀。携觴步入千花界，借榻清臨一水閒。笑語不驚沙鳥去，襟懷猶道野僧閑。城中此地無人愛，坐對西南見好山。

劍　池補。

雲崖倚天開，蒼淵下澄澈。世傳靈劍飛，山石千丈裂。神蹤去不返，今作交龍穴。是非莽難詰，歲久多異説。惟當清夜來，靜賞潭上月。

千人石補。

生公天人師，講法花雨墮。當時聽法衆，並入千人坐。山祇常護持，山鳥不敢涴。野人心茫然，傲蕩多酒過。醉來不肯歸，石上看雲卧。以上吳郡志。

## 和周楚望紅梅用韻補。

清香皓質世稱奇，試作輕紅更自宜。紫府與丹來换骨，春風吹酒上凝脂。直教臘雪無藏處，只恐朝雲有去時。溪上野桃何足種，秦人應獨未相知。

案瀛奎律髓云：曾裘父艇齋詩話以此爲「徐師川十三歲詩見知東坡」，蓋妄也。慶元中，陳剛刊板，已著爲子通矣。

## 古柏

四邊喬木盡兒孫，曾見吳宮幾度春。若使當時成大廈，也應隨例作埃塵。

## 林伯顯補。

伯顯，莆田人。崇寧五年進士，累官國子司業，知泉州。

## 謁聖林次韻

生民未有如夫子，好學皇皇最自强。功業當年雖坎壈，聲名後世愈芬芳。閩里志。

儲惇敘補。

惇敘，字彦倫，晉江人。崇寧五年進士，知寧德縣，多惠政，民爲立祠，累官賀州通判。著有玉泉集。

仙湖

咫尺天湖號堵坪，先賢曾此勸農耕。若教一日歸豪右，敢向黄公廟下行。寧德志。

吴偉明

偉明，字元昭，邵武人。崇寧五年進士，累官知徽州，直祕閣。

絶句

毒蛇猛虎空相向，鐵壁銀山謾自横。長笛一聲歸去好，更于何處覛疑情。羅湖野録。

林煥補。

煥，莆田人。崇寧五年進士，知連江縣。

## 濂溪

我來濂溪拜夫子，馬蹄深入一尺雪。長嗟豈爲溪泉廉，化得草木皆清潔。夫子德行萬古師，坡云廉退乃一隅。有室既樂賦以拙，有溪何減名之愚。水性本清撓則濁，人心本善失則惡。安得此泉變霖雨，飲者猶如夢初覺。湖南通志。

## 劉　濤補。

濤字普公，南安人，昌言孫。工書及草書。蘇軾跋其書，謂奇逸多才。徽廟召入禁中，以不稱旨而退。晚年困躓，讀書靈泉院，自號靈泉山人。

## 延福寺

唐時賢士今何在，晉代青松獨此存。往事悠悠何處問，金雞山色又黃昏。泉州府志。

## 徐　適補。

適，閩人。崇寧中特奏名，累官知廣德軍。

## 瓊林宴罷作

白髮青衫晚得官，瓊林宴罷酒腸寬。平康過盡無人問，留得宮花醒後看。

墨莊漫録云：崇寧二年，徐爲特奏名魁時，已老矣。赴聞喜，賜宴于瓊林苑。歸騎過平康，同年所簪花多爲群倡所求。唯適至寓，花乃獨存，因戲題一絶。

## 江贊補。

贇，字叔圭，崇安人。初舉八行，游上庠。學士蘇德輿薦其賢，召不赴。政和中太史奏少微星見，朝命舉遺逸，三聘不起，賜號少微先生。有通鑑節要行于世。

### 和邑宰韻

一室瀟然傍水灣，應知窮達不相關。釣魚溪遶黄沙路，種粟原通白馬山。何事偶逢天子詔，疎才寧望嗇夫綸。瑤篇總媿非吾事，自信巢由别有班。崇安縣志。

## 鄧春卿補。

春卿，字棨伯，長汀人。崇寧間詔舉遺逸、八行，皆不就。

## 絶句

在陋媿無顔子志，過廬難稱魏公心。望塵不敢希潘岳，雲滿山頭雪滿簪。

萬姓統譜云：鄧春卿卜築南山之阿，太守章清訪之，謝不能肅，有詩云云。

## 江　常補。

常，字少明，晉江人。崇寧五年進士，官給事中，帥福州。紹興中充徽猷閣待制，提舉洞霄宫。有外制十卷、文集二十卷。

### 建炎丞相成國吕忠穆公退老堂詩

玉室璿堂奉宴居，醉吟風月在方壺。山川大抵因人勝，出處由來與道俱。斟酌古今歸奥學，扶持宗社屬嘉謨。區區卻笑陶元亮，祇把南山入畫圖。天台别編。

## 黄薦可補。

薦可，字宗翰，霞浦人。崇寧五年進士，知梅、惠二州，終朝散大夫。

### 資福寺

一逕崎嶇步翠微，亂山深處掩柴扉。煙蘿密瑣人家少，碎石崚嶒馬足稀。泉跳浮漚員復散，人生幻夢是還非。何時識此林泉趣，飽飯參禪向上機。福寧府志。

## 王寘補。

寘，字季達，泉州人。大觀初遊太學，時蔡京當國，寘與同舍生陳朝老上書攻之，坐遷自訟齋十餘年。宣和中以特奏名補官。

### 絶句

耕田博飯未爲辱，爲米折腰真可憐。高卧北窗風颯至，更于何處覓神仙。泉州府志。

## 何薳補。

薳，字子遠，號韓青老農，浦城人，去非之子。東都遺老，入南渡尚存。著春渚紀聞。

## 章序臣得銅雀硯，屬余作詩

阿瞞示姦雄，挾漢令天下。惜時無英豪，磔裂異肩髁。終令盜抔土，埏作三臺瓦。雖云當塗高，會有食槽馬。人愚瓦何罪，淪蟄翳梧檟。錫花封雨苔，鴛彩晦雲罅。當時丹油法，銅雀瓦用鉛丹雜胡桃油擣治火之，取其雨過即乾。實非謀諸野。因之好奇士，探琢助揮寫。歸參端歙材，堅澤未渠亞。章侯捐百金，訪獲從吾詫。興亡何足論，徒足增忿罵。但嗟瓦礫微，亦以材用捨。徒令瓴甓餘，當擅瓊瑰價。士患德不備，不憂老田舍。春渚紀聞。

## 何　邈補。

邈，字子蔿，薳從兄。寓居餘杭，與友張圖南伯鵬俱早世。薳集二人遺句，名南金錄。

## 句

不使翠分旁牖去，却緣清甚畏人知。賦藏筠軒。春渚紀聞。

## 徐師仁

師仁，字從聖，莆田人。大觀二年進士，官泉州司户參軍，召爲校書郎，遷著作郎。蘭陔詩話云：從聖與汪藻、倪若川、劉大中同被召修史兼次崇文書目，得讀未見之書。文益汪洋，落筆輒數千言，與弟子由齊名。今集俱不存。

### 九仙山

晨踰九仙山，暮訪九鯉湖。何氏兄弟跨鯉魚，同時輕舉排天衢。山頭雲氣故恍髴，三十六鱗今有無。瓊漿白日醉天酒，何時華表歸來乎。

## 黄泳

泳，字永平，莆田人。大觀二年童子科第一，特賜五經及第。官朝奉郎、郢州通判。有四印居士集。

### 題畫寢宫人圖應制

御手指嬋娟，春風晝日眠。粉匀香汗濕，髻壓鬢雲偏。柳妬眉間緑，桃驚臉上鮮。夢魂何處是，應繞帝王邊。

蘭陔詩話云：永平七歲應童子科。徽宗摘小雅「如南山之壽」以發誦。永平誦曰：「不騫不墜。」上訝之。對曰：「詩人不識忌諱，臣安敢復爾。」于是召入後宫，歷覲后嬪，爭賜以金錢果餌。適掛美人晝寢圖，上勑其題咏，應聲而就，上大悦。今集已不傳。

## 爲師憲兒悼侍兒倩倩

蘭質蕙心何所在，風魂雲魄去難招。子規叫斷黄昏月，疑是佳人恨未消。

含怨銜辛情脈脈，家人强遣試春衫。也知不作堅牢玉，祇向人間三十三。

蘭陔詩話云：黄師憲狀元有二姬，曰盼盼、倩倩，皆姝麗，在五羊時，嘗出以侑觴。洪丞相适作眼兒媚詞云：「瀛仙好容過當時，錦幌出蛾眉。體輕飛燕，歌欺樊素，壓盡芳菲。花前一盼嫣然媚，灩灩舉金卮。斷腸狂客，只愁逕醉，銀漏催歸。」師憲罷補闕時，有好事近詞云：「莫把歌裙舞扇，便等閒抛却。」蓋指二姬也。

## 李彌遜

彌遜，字仙之，連江人，居吴縣，巽之子。大觀三年進士。官徽猷閣直學士，出知漳州。謚「忠肅」。有筠溪集。

樓大防序云：公以力闢和議，歸隱西山凡十六年，不復有仕宦意。詠詩自娱，筆力愈偉。

## 宿觀妙堂遇雨，既度復回，一日竟游九曲而行，賦詩二首堂在武夷山冲佑觀。

人間何地寄衰翁，偶到神仙一葦中。可是仙居謝逋客，船頭無處避剛風。

渡口回舟未忍移，淨坊聽雨坐題詩。餘齡儻有尋真路，試與披雲問鳳兒。

朱子跋云：觀妙堂東楹李公侍郎遺墨，語意清婉，字畫端勁，至其下輒諷玩不能去。然歲久剝裂，又適當供帳處，後十數年當不復可讀矣。别爲模刻，授道士，使陷置壁間，庶幾來者得以想見前輩風度。李公諱某，時以力抵和議，出守臨漳云。慶元乙卯正月，新安朱某謹奉書。

## 同天隱少章遊嵩山懷元明補。

秦公我輩士，早踏翰墨場。萬言若投石，十年猶枯囊。苦欲泛江海，有親在高堂。牢落京華春，門無一壺漿。長鞭策瘦馬，送我古道傍。憐我值險艱，赤心寫摧傷。鏗鏘五字句，勢與雕鶚翔。感此坐矯首，星星髩成蒼。西風小搖落，雨洗煙嵐光。嶂晚露孤秀，野陰棲暗芳。更携鮑謝流，履盡千巖霜。搜奇得幽深，訪古到森茫。月落潭影空，清吟殊未央。緬懷紫芝宇，百憂繞迴腸。三歎已晡食，十起中夜牀。雲埋長安日，魂夢不敢驤。茂苑富山水，結廬余所嘗。我欲放船下，卜鄰俯滄浪。耦耕種秫田，共掃三徑荒。頭白青山裏，長歌樂歲觴。

題趙幹江行初雪圖補。

瓜步西頭水拍天，白鷗波上寄長年。箇中認得江南手，十里黄蘆雪打船。

自大寧泛舟還涇川補。

岸梢濃染一溪青，山影歸舟落葉輕。欲學漁郎颺綸手，雨蓑月笛了平生。以上筠溪集。

鄭庭芬補。

庭芬，字國華，莆田人。大觀三年進士。累官太學博士，直祕閣，終成都轉運使。著有易索隱六卷、覆瓿集二十卷、奏議三卷、八行諭蒙四卷。見莆陽比事。

陸子泉

塔中老宿空留影，湖上嬰兒謾記名。唯有階前一泓井，至今不改舊時清。輿地紀勝。

## 余光庭補。

光庭，字朝美，羅源人。大觀己丑以漕薦入試擢第。歷官光禄寺丞，知南陽、鄧州。

### 栖雲洞

去住無心洞裏雲，雲窩寂寞宿氤氲。遥知此勝非凡匹，澗水巖花香異聞。羅源縣志。

## 謝安時

安時，字尚可，政和人，大觀中優貢生。自號桂堂居士。人物志云：靖康之變，公聞而歎曰：「不可復出矣。」携家隱西坑别墅，庭植三桂，署桂堂以自號，取淮南招隱之義，終于家鄉。人挽以詩云：「不肯上書登北闕，只緣嘯志在東山。」清操可想。

### 雲根書院作

結屋傍雲根，溪山似陸渾。釣舟藏荻渚，吟逕入花村。竹月盡滿壁，松風時款門。静中元有物，浩氣塞乾坤。

## 張　軏

軏字景載。仙遊人。政和二年進士。官福州通判。

### 遊九鯉湖

暝雲竹逕濕蒼苔，巖頂珠宫絶點埃。澗水遠分山色斷，林猿時帶笛聲來。唐朝百載惟詩在，漢事千年若夢回。湖鯉猶傳靈異迹，無人不道是天台。

## 方　維補。

維，莆田人。政和二年進士。朝議郎，知封州。

### 句

身在江城抑何暮，心遊魏闕不崇朝。華臺。

垣墉角占樓臺近，城郭心藏洞府深。秀臺。輿地紀勝。

## 李綱補。

綱，字伯紀，邵武人，原籍無錫。政和二年進士。靖康初歷尚書右丞，高宗即位，累官尚書左僕射兼門下侍郎，落職鄂州居住。紹興中除觀文殿學士、湖廣宣撫使，知潭州。卒贈少師，孝宗朝賜謚「忠定」。有梁溪集。

### 張南仲置酒心淵堂值雨

自別西湖日罝懷，卻因謫宦得重來。雲深不見孤山寺，風急難乘搖碧齋。未放幽情窮水石，且將離恨汎樽罍。勝遊須徧山南北，何日晴天爲一開。

### 登鍾山謁寶公塔

寶公真至人，鳥爪金色身。杖携刀尺拂，語隱齊梁陳。我登鍾山頂，白塔高嶙峋。再拜禮雙足，聊結香火因。

### 恭被詔書褒贈陳公少陽忠義，痛感有作

哀痛綸音灑帝章，賜金贈秩喜非常。無心聖主如天地，著意奸臣極虎狼。忠血他年應化

碧，英魂今日已生光。先生憤懣試昭雪，九死南遷豈自傷。平昔初無半面交，危言幾辨葢寬饒。幽冥我已慚良友，忠憤誰能念本朝。故國遥看雲杳杳，新阡何處草蕭蕭。撫孤未遂山濤志，誰繼離騷賦大招。

**晞真館詩**并序。

余今夏夢乘舟亂石間，四顧峰巒奇秀，有如玉色者，覺頗異之。及謫官劍浦，道武夷山，小舟泝流，水落石出，徧覽勝概。至晞真館，雪作，巖石皆白，恍如舊遊。然後信出處之分定，而斯遊之清絶已先兆於夢寐，雖欲不到，不可得也。作小詩以紀其事。

清夢先曾到武夷，玉峰積雪倍幽奇。小舟遊罷尋歸路，恰似翛然夢覺時。

**奉寄呂丞相元直**

出擁琱戈入袞衣，江城重詠我公歸。手扶日月還黄道，足履星辰上紫微。已集群英熙帝載，好施長策復邦畿。海濱病叟無他望，側耳天聲暢國威。以上梁溪集。

## 翁彦約補。

彦約，字行簡，崇安人。政和二年進士。累遷太常博士，除知高郵軍。

### 毛竹洞

毛竹連雲路欲迷，洞門深鎖落花遲。曾孫幾度春風老，未了仙人一局棊。建寧府志。

## 黄　覲補。

覲，閩縣人。政和二年進士。

### 重遊超化寺

西山背水古招提，經歲重來覓舊隄。槭槭鼓秋黄葉下，陰陰結雨黑雲低。平生恐負林泉約，明日還愁步履迷。睡足一甌湯餌滿，更休作禮問曹溪。宋詩拾遺。

## 余　闢補。

闢，尤溪人。政和二年進士。

## 釣臺

不誇長揖出宫闈，不重爲漁老釣磯。最愛清宵銀漢上，客星時共帝星輝。嚴陵集。

## 林侍晨一作林晨。補。

侍晨，閩縣人。政和二年進士。

## 括蒼洞

落日泉聲寒繞宫，倚簷山色翠摩空。劉晨去後門長啓，時見桃花滿地紅。仙居縣志。

## 楊友補。

友，晉江人。政和二年武舉及第。紹興初知欽州，有德政。先是，交趾與前守爭鹽利，謀舉兵。友至，遣使通好，宴交使於天涯亭。交使語次，欲爭地界，友植鐵槍於亭，謂曰：「若欲地界，請鏖戰。」使者語塞。臨别，作詩送之。交使服其文事武備，歎誦惕息而退，奸謀遂寢。郡人呼爲「楊鐵槍」云。擢知廉州府。入祀名宦。

### 句

可憐鱗細閒鷩躍，誤把新蟾作釣鈎。别使者。欽州志。

## 邵知柔

知柔，字民望，政和人。政和五年進士。官龍圖閣直學士。

### 諷陳朝老

當時欲殺尚憐才，奏稿流傳讀轉哀。一寸心丹朝士愕，十分頭白道州回。汴京今日猶豺虎，陵寢多年没草萊。聖主不勝嘗膽恨，先生無用鶴書催。

## 蔡樞

樞，字子應，莆田人，案，一作仙遊人。襄曾孫。政和五年進士。官職方員外郎。榜所居曰世隱。

## 自題畫像

平生陋質寫難真，畫史揮毫妙入神。瘦似休文寧復健，寒如東野故應貧。塵埃自笑雙蓬鬢，泡影俄驚兩幻身。從此山林皆獨往，定無勳業上麒麟。案，見仙遊縣志。

## 葉廷珪補。

廷珪，字嗣忠，崇安人。政和五年進士。知德興縣，召爲太常寺丞，與秦檜不合，出知泉州。篤學淳雅，名重當時。葉顒、陳俊卿、黄祖舜、鄭丙皆出其門。有海錄碎事。

## 末利

露華洗出通身白，沈水熏成換骨香。近説根苗移上苑，休慚系出本南荒。全芳備祖。

## 翁采補。

采，字景文，崇安人。政和五年進士。調歸州教授。

### 貽里中舊遊

偶控星槎到日邊，幾回歸夢入閩川。鄉關阻絶三千里，江海馳驅四十年。白髮應憎梅共放，青衫漫與草爭鮮。相逢準約春風裏，黎嶺雲深叫杜鵑。崇安縣志。

## 翁挺補。

挺，字士特，崇安人，彦約子。政和中以季父彦國恩補官，調宜章尉，朝臣交薦，改授少府監。終尚書考功員外郎。號五峰居士。有集。

### 讀許太史祭黄長睿文

祕書丹旐返，旅殯尚丹陽。海路三山遠，江流萬古長。交情惟太史，傳業冀諸郎。誰與銘泉壤，臨文淚數行。東觀餘論附。

## 方廷實補。

廷實，字公美，莆田人。政和五年進士。高宗南渡，歷右奉議郎，幹辦行在審計院，終廣南提刑。

句

書亂牀頭無甲乙，鳥鳴窗外自宫商。（莆陽比事。）

張憲武（補。）

憲武，南平人。政和五年進士。紹興中知汀州。

題王廷俊（宗哲。）六柳堂

六柳先生以道鳴，歸家高伴子真畊。方瞳緑髪君知否，一片靈台畫不成。（長汀縣志。）

王　亢（補。）

亢，龍溪人。政和五年進士。

句

地接荆門形勢遠，氣連吳會物華秋。（楚塞樓。輿地紀勝。）

## 鄭庭芳補。

庭芳，庭芬弟，莆田人。政和七年進士。

### 金泉步虚臺

平生酷信退之詩，謝女仙蹤頗自疑。不到步虚臺下看，瓊臺瑶佩有誰知。

### 句

洗筆池頭煙淡淡，鳴琴臺畔水悠悠。長卿别業。輿地紀勝。

## 鄭　瑴補。

瑴，字致剛，建安人。政和八年進士。官至御史中丞、端明殿學士，同簽書樞密院事。謚「忠穆」。

### 杜鵑詩

杜鵑飛飛無定棲，寄巢生子百鳥依。園林花老晝夜啼，安得百鳥挾以歸。

建炎復辟記云：「建炎己酉苗、劉之變，端明殿學士，同簽書樞密事鄭瑴奏：『苗傅、劉正彦等悖逆肆虐，擅行殺戮，朝廷近日差除多出二人之意。兼聞以簽書樞密院召吕頤浩，以禮部尚書召張浚，又分張俊之兵，以五百人歸陝。及浚不受命，俊不肯分所部兵，遂謫浚，以散官居郴州。擢俊以節度知鳳翔，皆出傅等姦謀。使外無强兵謀臣，內生變亂，事不可緩。』遂一章乞留吕頤浩知金陵，一章言張浚不當謫。而求有膽氣謹密可共事之人，得奉議郎謝嚮，令爲客旅，徒步如平江見張浚等，具言城中之事，令嚴兵備，大張聲勢，持重緩進，使其自遁，無致城中之變驚動三宫。撰杜鵑詩四句，親寫令攜去執呈諸人，以爲信驗。」

梅磵詩話：「建炎間，苗傅、劉正彦作亂。是時，中丞鄭瑴密遣謝嚮如平江，仍作詩示吕元直、張德遠二公，吕、張得詩即起兵，成復辟功。詩不徒作也。」

## 鄭　鬲補。

鬲，字才卿，寧德人。重和元年進士。官工部郎中、廣東轉運使，知建州。

### 支提禪寺

卓錫千峰裏，空門壯大觀。雨餘雙屐冷，風杪一燈寒。蝸篆團真偈，龍沙絶野干。婆娑參佛果，登眺已忘餐。寧德志。

## 陳興宗補。

興宗，沙縣人。

宋詩紀事補遺小傳云：年四十，即掛冠歸里，築園曰隱圃，堂曰佚老。重和元年，李梁溪謫監沙縣稅時，興宗年六十矣，與梁溪及鄧肅唱和甚多。梁溪有題陳氏隱圃佚老堂二十韻，有復用前韻呈興宗，有興宗示耳聾詩再次其韻，有興宗志宏見和巖桂長篇再賦前韻奉呈，有同興宗志宏凝翠樓觀月，乘泛碧齋與興宗志宏分題興宗得齋字以詩來次韻諸詩，蓋亦高尚之士。鄧肅挽興宗先生詩云「詩存當日三冬富，光煥他時萬丈雄。十載從公□點鐵，寸毫今我□披蕈」之句，似肅曾從興宗學詩。福建通志不列其名，亦缺典也。

### 和高季明玉溪曉步

物外有佳趣，塵中勞苦形。芒鞋杖短藜，快哉得松扃。蘿蔓猿狙□，懸石苔蘚青。龍出正爲雨，碧潭如畫屏。天台別編。

## 吴元美補。

元美，字仲實，永福人。宣和二年貢首，三年進士。紹興中歷太常寺簿，以忤時相貶容州。卒後，楊椿、洪邁等爲言于朝，特官其子。

## 都嶠山

群巒環翠繡江隈，八疊中峰洞府開。劍戟香爐空際立，馬鞍兜子上方排。煙籠丹竈鰲槃穩，雲蓋仙人鶴駕來。觀此寶元真勝境，何須航海覓蓬萊。廣西通志。

## 胡寅

寅，字明仲，崇安人，安國弟，淳子。宣和三年進士。歷禮部侍郎兼侍講直學士。有斐然集。閩中錄云：明仲初生，父棄不舉，安國收育之。受業楊龜山，得伊洛之學。高宗朝忤秦檜致仕，隱于南山下，名其居曰致堂，學者稱「致堂先生」。卒謚「文忠」。

## 紙帳

細皺卷寒波，輕明籠白霧。何以相徘徊，歲晚正凝沍。枕欹一尺竹，被展幾幅布。賢哉楮先生，不以貧不顧。夜玉圍紅綃，羞澀强自賦。書生説富貴，志士安貧素。風驚銀海潮，春在明月庫。先生睡方濃，不覺糟牀注。翰墨大全。

和趙宣二首

徧遊南北與西東，欲訪人間國士風。處世甚疎皆笑我，宅心無累獨奇公。詩才自愧非三上，酒聖相從又一中。芍藥待開應且往，莫令清賞轉頭空。

冠月裾雲佩綠霞，百年將此送生涯。愁心別後無詩草，病眼燈前有醉花。落筆擅場聊寫意，背山臨水遂成家。也須南畝多栽秫，休似東陵只種瓜。

## 鄭　測

測，字孟深，莆田人。宣和三年特奏名第一，賜同進士出身。官瑞金知縣。

閒居即事

小園風景暮春初，隨分優游亦足娛。柳似王恭殊濯濯，蜨疑莊叟自蘧蘧。澆腸漫進三蕉酒，引睡聊翻數葉書。今日始知閒有味，悔從塵土曳長裾。

## 黄彦輝

彦輝，字如晦，莆田人。宣和三年進士。官潮州通判。

蘭陔詩話云：如晦以從祖隱名在元祐黨籍，禁不得預試，黨禁解，始舉進士。判潮州，以清節著。潮荔蚤熟，携歸植之，里人語曰：「黄公宦潮，惟得荔子。」亦韵事也。

### 古寺

古寺雲深去路賒，來分僧鉢共生涯。依稀池草成春夢，容易江梅老歲華。長鋏悲彈三尺雪，短檠寒落五更花。夜來風雨催歸急，爲報河陽令尹家。

## 張致遠補。

致遠，字子猷，沙縣人。宣和三年進士。高宗朝歷户部侍郎、給事中，出知廣州，以顯謨閣待制致仕。

### 題明月樓

明月樓前可萬家，鳳山菴下日初斜。風流耆舊消沈盡，空睇寒江耿暮霞。詳廖剛下。

## 陳　昺補。

昺，字季常，福安人。宣和三年進士。

### 廣教寺

佛教憑誰廣，禪關此地恢。逶迤山徑入，闃寂法堂迴。雲樹吟風葉，霜楓擲露臺。相過應一笑，頓覺俗塵開。福寧府志。

## 李士美補。

士美，尤溪人。宣和三年進士。

### 題崇明寺

珍重東平入鳳城，錦箋雙羽蹙南征。馬蹄不惸藍關雪，一駕須斯萬里程。懷慶府志。

## 黄燁

燁，字子華，莆田人。宣和中補太學，充學諭。死于難。

### 題驛壁

帝駕陷塵沙，孤臣誓靡他。丹心期報主，白髮不知家。

蘭陔詩話云：子華靖康二年隨駕北狩，題詩驛壁，遂自經卒。

## 王晞韓補。

晞韓，興化軍人。宣和六年進士。紹興間樞密樓炤宣撫關陝，辟爲屬，改京秩。朝廷欲借兵西夏犄角金人，差管押生蕃三百餘口歸夏國，道無疎虞。累遷大理少卿。方廷實宣諭陝西，贈以詩，晞韓和之。時秦檜方主和議，誣以他獄，欲置之死。上閔其勞，移潯州，赦歸，卒。

### 和方廷實見贈

誰憐定遠不生還，驛騎翩翩出漢關。未肯西風回馬首，要傳飛檄過千山。莆陽文獻。

鄭　强補。

强，閩人，宣和中萍鄉令。

**化成巖**

城郭囂塵外，江山勝槩中。鏗然一灘水，和以萬松風。夾徑森奇石，危亭納大空。蒼巖不能語，曾識贊皇公。袁州府志。

陸　藻補。

藻，侯官人。宣和中爲泉州郡守，招致郡中謝事五老，賦詩贈之。兄藴同時爲建寧府，俱有名。

**贈五老**

五老三百五十七，俱生仁祖承平時。名齊廬阜久傳世，身異商山深采芝。泉州府志。

## 蘇　欽補。

欽，字伯成，仙遊人。宣和六年進士。官至利路轉運使。

### 聽雨軒

曾買江天著釣船，夜深波浪拍船舷。祇今耳畔聞風雨，恰似當年篷底眠。

身外無窮百不聞，算沙活計亦慵論。齋餘閑倚蒲團瞑，只有溪聲落耳根。興化府志。

## 黄祖舜補。

祖舜，字繼道，福清人。宣和六年進士。紹興中，權刑部侍郎兼侍講，進論語講義，徽宗令國子監板行，賜詔獎諭。官至同知樞密院事。卒謚「莊定」。

### 黄檗覽秀閣和韻

飛閣凌雲翠，幽尋一徑微。峰巒長競秀，煙水莽相圍。景色塵囂外，詩情領略歸。標題屬大手，價重勝留衣。福清縣志。

李　經補。

經，字叔易，邵武人。宣和六年進士。漳州教授，紹興八年除校書郎，明年致仕。

題延慶院

桐柏分奇對郡樓，栝蒼真隱翠何尤。幽人選勝近龍穴，野客忽來忘虎邱。溪户便將塵事隔，雲房曾遺宦情收。灰心到此方高尚，好學遺民結社遊。天台續集。

# 閩詩錄　丙集卷七

侯官　鄭　杰原輯
陳　衍補訂

## 鄧　肅

肅，字志宏，沙縣人。靖康元年以布衣召對，補承務郎，授鴻臚寺主簿。有栟櫚集。閩中錄云：祐陵登極之初，皇嗣未廣。道士劉混康言，京城東北隅地叶堪輿，倘形勢加以少高，當有多男之祥。命爲數仞岡阜。後宮中占熊不絕，上甚以爲喜，由是崇信道教，土木之工興矣。一時佞幸逢迎紛起。又命睿思殿應制賦詠，獨志宏在太學上花石綱詩十一章，用事者見之，欲置死地，屏出學。欽宗嗣位，李伯紀啓其事，薦其才，賜召對，後爲右正言。亮直之名，著于天下矣。志宏少能文，善談論，李伯紀奇之，相倡和，爲忘年交。初入太學時，所與遊皆天下名士。及在諫垣，不三月，凡抗二十餘疏皆切至，上多採納。會李伯紀罷，奏曰：「李綱真以身徇國者，今罷之，此臣所以疑也。」亦罷歸。後避寇福唐，卒。參揮塵後錄及宋史新編。

案宋百家詩存小傳云：少警敏能文，美風儀，善談論。父喪，哀毀踰禮，芝産其廬。靖康二年，張邦昌僭位，不屈。奔赴南京，高宗擢爲左正言。

## 花石詩十一章并序。

臣聞功足以利一國者，當享一國之樂；德足以被四海者，當受四海之奉。恭惟皇帝陛下至仁之所眇，神道之所化，覃乎無外，不可量數。如一元默運，萬物自春，豈特宜民宜人使由其道，雖鳥獸魚鼈，莫不咸若是其所享宜如何哉？雖移嵩嶽以爲山，決江海以爲沼，竭東風之所披拂者以爲臺榭之觀，且不足以奉聖德之萬一。區區官吏，輒以根莖之細、塊石之微，挽舟而來，動數千里，竊竊然自謂其神刓鬼劃，冠絶古今，若真足以報國者。以臣觀之，是特以一方之物奉天子，曾不以天下之物奉天子也。臣今有策，欲取率土之濱山石之秀者、花木之奇者，不間大小，尤可以駭心動目，畢置陛下圃中，若天造地設，曾不煩唾手之勞。蓋其策爲甚易，而天下初弗知也。臣獨知之，喜而不寐，謹吟成古詩十有一章，章四句，以叙其所欲言者。雖越祝代庖，固不勝誅，然春風鼓舞之下，則候蟲時鳥亦不約而自鳴耳。惟陛下留神，幸甚，幸甚。

蔽江載石巧玲瓏，雨過嶙峋萬玉峰。艫尾相銜貢天子，坐移蓬島到深宫。

浮花浪蕊自朱白，月窟鬼方更奇絶。繽紛萬里來如雲，上林玉砌酣春色。

守令講求爭效忠，誓將花石埽地空。那知臣子力可盡，報上之德要難窮。

天爲黎民生父母，勝景直須盡寰宇。豈同臣庶作園池，但隔牆籬分爾汝。

皇帝之圃浩無涯，日月所照同一家。北連幽薊南交趾，東極蟠木西流沙。
是中嵩嶽磨星斗，下視群山真培塿。千年老木矯龍蛇，天風夜作雷霆吼。
三月和風塞太空，天涯海角競青紅。不知花卉何遠近，六合內外俱春容。
聖主胸襟包率土，天錫園池乃如許。坐觀塊石與根莖，無乃卑凡不足數。
飽食官吏不深思，務求新巧日孳孳。不知均是圃中物，遷遠而近蓋其私。
恭惟聖德高舜禹，一圃豈嘗分彼此。世人用管妄窺天，水陸驅馳煩赤子。
安得守令體宸衷，不復區區踵前蹤。但爲君王安百姓，圃中無日不春風。

案宋史本傳云：肅少入太學。時東南貢花石綱，作詩十一章，言守令搜求擾民，用事者見之，屏出學。

## 古意三首

妾身如暮雲，陰霾愁漸濃。郎來如曉色，日高雲自空。曉色未應夜，愁雲不可重。會持一杯酒，舉室生春風。

妾身如寒梅，隨郎遍江東。妾身如飛雪，知落何亭中。雪花故清絶，何人能擊節。梅花歲歲春，千秋香不滅。

妾如傍籬菊，不肯嫁春風。郎如出谷鶯，飛鳴醉亂紅。亂雲有何好，風雨一夕空。菊英雖枯淡，不愁霜露濃。

謁南齋諸友

青青門外竹，練練澗中流。水竹自相邀，天壤無炎洲。我友有高韵，來爲挾策遊。氛埃飛不到，軒窗寸寸秋。高文穿天心，細字編蠅頭。氣豪欲騎月，志鋭定焚舟。我來初過雨，衣衫空翠浮。平生百斛塵，一洗空不留。歸來短檠中，清風入夢幽。不知白蓮社，肯容靈運不。

陪李梁溪遊泛碧

涼天夜無雲，寒江秋更碧。冷照月華中，水天同一色。畫船渺中流，三更群動寂。清風遠相隨，蘆花秋瑟瑟。近山得桂香，隔煙起漁笛。樓臺半有無，疑是化人國。我生本無事，釣竿勤水石。今宵更可人，仍侍君子側。浪登元禮舟，本非謫仙敵。斂手看揮毫，光芒騰萬尺。

## 賀梁溪李先生除右相

伏承大觀文丞相先生親蒙聖恩，擢寘右府，縉紳交慶，正豪傑林立、謀猷川行之時也。肅不敢效世俗諂語致賀，直述京城圍閉、君父蒙塵之狀，以見不共戴天之讐在所必報也。伏乞鈞慈，特賜采覽。門人鄧肅謹百拜上。

虜兵震地喧鼙鼓，黑幟插城遍樓櫓。蔽空戈甲來如雲，群盜相隨劇豺虎。胡塵漠漠四壁昏，諸將變名竄軍伍。十萬兵譟龍德宮，上皇避狄幾無所。嗣君四馬詣行營，朕躬有罪非君父。姦臣草表遞書降，身率百官先拜舞。那知馮道冷芙蕖，立晉猶存中國主。翠華竟作沙漠行，望雲頓有關河阻。九天宮殿鬱岧嶢，目斷離離變禾黍。生靈日夕望中興，猶幸君王自神武。相公特起爲蒼生，下視蕭曹無足數。詞議雲湧紛盈庭，群策但以二三取。老謀大節數子并，行見犂庭滅金虜。立馬常依仗下鳴，日詠杜鵑懷杜甫。飛鳥猶尊古帝魂，激烈浩歌來義旅。規模共佐李西平，廟貌不移舊鐘簴。

## 鼓腹謠

當時大鑊四十石，餡粗如柱餅八尺。飽食起來舞金剛，揮戈天上駐斜日。底事年來到骨窮，炙蒲脯苔誑腹空。鬬牛一飯期五日，一半又聽闍黎鐘。啄腐吞腥將日削，天公作意殆不惡。十圍漸化楊柳輕，因御泠風上寥廓。

## 寄朱韋齋

歸帽納毫真得策，要牋留帶計還疎。公如買菜苦求益，我已忘腰何用渠。閉户羽衣聊自適，推窗柿葉對人書。帝都聲價君知否，寄付新傳折檻朱。

溪山餘話云：韋齋觴客，栟櫚以冠帶寓之，醉起，韋齋曰：「留以質紙筆。」明日如約，韋齋受筆還冠，而以紙少留帶，曰：「倘無千幅終不還。」故栟櫚爲寄此詩。前輩風流調笑藹藹如此。

## 泛江

風迴浪急月初圓，携得漁竿下釣船。自是高歌星斗上，不須騎氣夜行天。

## 潘中補。

中，字民望，浦城人。第進士，知長溪縣。靖康丙午，二帝北狩，中拜詔涕泣。會建卒葉儂叛，戰敗死之。建炎元年贈朝請大夫。見寧德志。

句

二帝蒙塵事北征，小臣無計淚如傾。寧德志。

## 林若淵補。

若淵，仙遊人。父靖康中死節。

### 題父墓亭

虎踞龍蟠經幾春，靖康孤節照蒼旻。至今凜凜有生氣，愧死當年膜拜人。興化府志。

## 祖秀實補。

秀實，字去華，浦城人。弱冠釋褐第一，除國子博士，高宗朝拜禮部郎中。

### 寄吳晞遠

官路聲名二十年，江鄉舊仰貳車賢。推將事業歸塵外，收得功夫到酒邊。解榻幾聞招隱士，炷香終日對韋編。公朝況是登耆哲，早晚蒲輪穩著鞭。

萬姓統譜云：吴駿字晞遠，中元豐八年進士。調潞州上黨簿，太宰張商英首加薦引，知虔化縣，通判永州。未幾告老，祖秀實以詩寄之云。

## 羅從彥補。

從彥，字仲素，羅源人。從龜山遊，以累舉恩授惠州博羅縣主簿。紹興初卒。學者稱豫章先生。淳祐間謚「文質」。有集。

### 題一鉢菴

可憐萱草信無憂，誰謂幽蘭解結愁。欲得寸田荆棘斷，秖應長伴赤松遊。豫章集。

## 熊蕃補。

蕃，字叔茂，建陽人。宗王安石之學，長于吟詠，嘗作茶錄。

### 登金山

注海銀成壑，浮空玉作堆。鼇翻三島出，鷲駕一峰來。塔影波搖動，鐘聲潮拍回。猶嗟禪伯老，虛入妙高臺。金山志略。

## 章　綍補。

綍，字伯成，楶之子。終户部郎中，權知揚州。

### 句

船尾淮山青未了，馬頭隋柳綠相迎。送龔校書。中吳紀聞。

## 陳宗古補。

宗古，字述之，侯官人。建炎二年進士。終朝奉郎。

### 遊大滌山

洞天三十六，奇邃此無儔。笙鶴有時下，神仙何處遊。巖花自照水，谷鳥不啼秋。盡日松陰底，閑聽寒澗流。洞霄詩集。

## 鄧柞補。

柞，字成林，沙縣人。建炎二年進士。累官知隆興府、江西安撫使。有焦桐集。

### 題白蓮院

古樹紛紛千嶂雨，遠寺鳴鐘迷處所。一水東流浮落花，隔雲應有秦人住。海風不斷長松路，萬籟寒生蒼玉麈。此去江南山更深，桄榔葉暗猨啼苦。南安縣志。

## 陳剛中補。

剛中，字彦柔，閩清人，祥道從子。建炎二年進士。紹興間任太府丞，應詔上封事。胡銓貶韶州，剛中作啓事賀之。忤秦檜，謫定遠縣，卒。

### 陽關詞

客舍休悲柳色新，東西南北一般春。若知四海皆兄弟，何處相逢非故人。北窗炙輠。

## 石材廟題柱

疎爵新剛應，論功舊石材。能形文母夢，還訝佞人來。海市爲誰出，衡雲豈自開。乞靈如見告，逐客幾時回。

鶴林玉露云：寺丞南行時，吉州江濱有石材廟。隆祐太后避金兵，泊舟廟下，夢神告以兵至，即發舟指章貢。金兵追至造口，不及而還。寺丞題詩廟柱云云，卒不如願，悲夫。

## 飛來峰

寒峰插天出，玲瓏萬菡萏。微風起松際，怪石勢摇撼。上有百尺松，幽花綴紅糝。野猿忽躍去，滴下露千點。回首冷泉亭，天鏡光瀲瀲。游姬修眉青，嬌童兩髦髧。平生山水癖，如人嗜昌歜。對此一壺酒，玉色翻醉臉。路逢老袒髮，絳袍金光閃。兹山信自佳，恨爲緇塵染。置之且復醉，天竺鼓紞紞。咸淳臨安志。

## 詹　慥補。

慥，字應之，崇安黄村里人。建炎三年舉鄉科。晚調信豐尉，後張浚辟爲屬。著有文集二十卷。

## 桐江弔子陵

光武親從血戰回，舉朝誰識渭川才。熊羆果有周王卜，未必先生戀釣臺。崇安縣志。

### 陳　豐補。

豐，號舫齋，仙遊人。建炎十五年進士。侍郎讜之父。官南恩守。

## 尋　春

盡日尋春不見春，杖藜踏破幾山雲。歸來試把梅花看，春在梅梢已十分。興化府志。

### 劉　政

政，字牧之，莆田人。建炎中登武科，授保義郎。紹興中以獻書擢評事，累官禮部尚書、莆田開國伯。謚忠簡。

## 重過龍居寺

重來舊遊處，觸目景添幽。故墨猶餘迹，忠魂已斷頭。疎鐘號暮雨，枯木響殘秋。欲訴愁人意，頻懷杞國憂。

蘭陔詩話云：公年十七，在兵間大小三十餘戰皆捷。屢從岳武穆破曹成于連州，平楊么于洞庭。暇日相與登臨賦詩，雅歌投壺。嘗同遊巍石山龍居寺，武穆有詩云：「巍石山前寺，林泉勝景幽。紫金諸佛相，白雪老僧頭。潭水寒生月，松風夜帶秋。我來屬龍語，爲雨濟民憂。」公亦依韻賡和。及武穆歿後，公過其地，追憶舊遊，愴然賦詩云云。

## 陳貫道補。

貫道，字致一，閩人。

### 題嚴陵釣臺

足加帝腹似癡頑，詎肯折腰求好官。明主莫將臣子待，故人只作友朋看。

庚溪詩話云：自出新意。

## 謝　濷補。

濷，字彦章，邵武人。紹興元年進士。累官吏部郎中，終太常少卿。

## 鳳山

高臺伊昔來鳳凰，於今鳳去臺亦荒。蒼蒼竹實有霜露，颯颯梧葉生秋涼。西風斜日開晴色，閒步瑤臺訪仙蹟。道人誦罷蕋珠經，老鶴一聲山月白。邵武府志。

### 王晞鴻補。

晞鴻，字季明，初名晞亮，避金主亮諱改名鴻，亮死復原名，莆田人。紹興元年進士。官至吏部員外郎，秘閣修撰。

## 句

峽覆琵琶灣水帶，山歌氈帽送江聲。

紅塵紫陌江聲外，綠嶂青嵐書几間。歸隱寺。輿地紀勝。

### 高登

登，字彦先，漳浦人。宣和間爲太學生，與陳東等上書乞斬六賊，不報。紹興二年登進士第，授富川簿，轉官古縣令。以不肯祠秦檜父，胡舜陟誣奏，下靜江獄。會舜陟以他事下獄死，乃得白。編管容州，卒。有東溪集。

## 思　歸補。

忽忽已秋杪，言歸欣有期。接物想吾廬，青蘂繁東籬。流匙白雲子，蘸甲黃鵝兒。對此憶羈旅，多應歌式微。喜慰倚門心，愁鎖舉案眉。穉子鬧檐隙，繞膝牽人衣。歸心念如許，兼程猶苦遲。明朝秋色裏，烏帽風披披。

## 水漲謝邑宰送米補。

心知一字不堪煑，矻矻窮年黃卷中。食粥由來未爲拙，儲瓶況乃嗟屢空。令君好賢媿韓愈，賤子受賜慚盧仝。春水從教繞舍北，癡兒不復啼門東。

## 中秋對月補。

繡江再見中秋月，歲去月圓人尚缺。相望千里共嬋娟，苦恨亭亭照離別。今夕一樽誰與同，孟光舉案對梁鴻。衆雛立侍儼成列，以次持杯壽乃翁。乃翁看月揩病目，手足傾頹頭髮秃。但願團欒三十秋，不計東西與南北。以上東溪集。

言懷

歸去東皋獨倚藜，山林書卷有兒持。一無可意身將老，百不如人心自知。夢寐摩挲元結頌，經從省憶少陵詩。體膚餓盡天應錯，依舊臞然山澤姿。

辭餽金頃罷官，臨慶士民丐留不果，乃相與持金贐行，勤勤之意既不可缺，復不當受，因請買書郡庠以遺學者，作詩謝之。

劉公政成俄及瓜，合境歡謠騰載道。民不見吏犬無聲，持以百錢勤父老。嗟我官卑志未伸，於人何德人稱好。騰牒當途願丐留，餽贐交馳雜金寶。天涯百指携空囊，號寒啼飢日相惱。可取無取未傷廉，每念易污惟皓皓。不如買書惠泮宫，聊助賢侯采芹藻。別後青衿倘見思，窗前黄卷宜探討。

吴球

球，字元璞，政和人。紹興二年進士。官承議郎。

## 星溪書院作

茅齋雨過竹雞啼，溪水涵空樹影低。愛煞夜郎風色靜，澄潭冷浸碧玻瓈。

### 陳　中補。

中，莆田人。紹興二年進士。

## 壺公山

深澗無人草自斑，獨隨流水入深山。隔林嵐氣青煙潤，滿地松陰白晝閒。梵鳥聽經當户入，洞龍帶雨自天還。登高試望莆城景，一騎斜陽晚度關。莆田縣志。

### 范彦輝補。

彦輝，甌寧人，歸安籍。紹興二年進士。二十一年將作監主簿，面對言催科專事侵偷，上户則敦請赴縣而科借之，中户不與科借則令再納，細民則搜刷丁錢，另立名目，入老不除，望申戒監司郡守檢察。從之。累官大理寺丞、左朝奉太常寺丞。二十三年坐夏日久陰詩謗訕，除名勒停。見繫年要錄。

句

何當日月明，痛洗蒼生病。夏日久陰。

## 張牧補。

牧，羅源人，字逸叟，翮長子。紹興二年登第，授韶州僉判。

出舍在浙江亭得父書開示，題詩於亭

結束青山向日還，得書南望意悠然。少寬二老庭幃念，粗了生平燈火緣。去路雖遥心已近，短篇欲就意難圓。不妨靜洗笙歌耳，穩接江濤到枕邊。

韶州秩滿，至清源道中聞子庠、姪磻俱登第，又題客邸

道路已三月，山川猶昔年。繡花紅委地，刺水緑平田。生計付身外，兒曹慰眼前。愈知貧有味，無夢到愁邊。以上羅源縣志。

## 鄭厚

厚，字景韋，一字叔友，莆田人。紹興五年南省第一。授泉州觀察推官，坐事罷。再除昭信節度推官，改左承事郎，知湘鄉縣。學者稱湘鄉先生。

蘭陔詩話云：湘鄉公四歲讀書，一覽千言，七八歲通解經旨，稍長，下筆千言，援據古今。與弟夾漈公講學薌林，從遊甚衆。所著有存古易、藝圃折衷行世。

### 林和靖墓

山前山後塚纍纍，處士孤墳没草萊。古宅更遭新燒火，荒林難覓舊栽梅。月香水影詩空好，鶴怨猿驚客共哀。回首西泠橋外寺，晚來金碧擁樓臺。

### 登東山補。

小雨上東山，層層著意看。尋泉行處僻，就石坐來寒。赤舄歸周旦，蒼生起謝安。功能成底事，一抹暮雲殘。湖州府志。

## 湯莘叟補。

莘叟，字起莘，寧化人。紹興五年進士。終饒州推官。

### 馬上吟

宿雨洗山新綠嫩，曉風吹杏淺紅乾。沙頭路暖日初上，行客揚鞭不覺寒。

### 句

葛巾簪下無多髮，茅舍門前有好山。幽居。以上汀州府志。

## 陳淵補。

淵，字知默，初名漸，字幾叟，沙縣人，瓘之從孫。紹興五年賜進士出身。累遷右正言，終宗正少卿。有默堂集。

宋百家詩存小傳云：從龜山楊時傳二程之學，矻矻不倦，漸摩道德，究窮六經，得師友淵源之正。立朝風裁卓卓，以天下爲己任。因迕時宰罷去，齎志以歿。默堂集二十二卷，門人沈度所編，廬陵楊萬里弁序。默堂，其所居之牓也，後學稱之曰默堂先生。

## 題綠波亭

南浦江波綠，陽關柳色青。夕陽千古恨，分付短長亭。

## 寄內

明月向人圓，愛之不能睡。坐久風露寒，忽忽心如醉。念君一適我，所遇無歡意。況乃久別離，相思到夢寐。我生百不堪，謬學屠龍技。於今半世人，升斗亦未遂。賴有室中友，素懷隱居志。肯與梁伯鸞，扁舟共東逝。

## 季修舍舟趨諸暨謁劉元成，獨泛錢清江，有懷其人

人遠牛羊暮，春深草樹滋。野橋低映水，浦岸曲縈籬。風雨江湖思，乾坤杖履疑。論心竟誰是，短棹欲何之。

## 邑中諸公見和，再用前韵

看盡愁人萬點紅，曉來雙鬢白于茸。他時儻記江南夢，畫我黃梅細雨中。

**錢唐江**

潮頭駕月銜殘夢，水色浮空送峭寒。十幅輕蒲連夜發，不知身到海門山。

**題善山院**

拄頤長劍上凌煙，自古功名亦偶然。鍾鼎山林俱不惡，一瓢可飲盡吾年。

**錢唐過廖次山，以詩見贈，次韻**

往來江海兩年餘，自怪鄉音已變吴。尊酒每思難會面，客鄉何意復趨隅。雨寒君未瞻天竺，水涸吾妨適鏡湖。幸此徘徊緩分袂，笑譚猶得對冰壺。次山有意遊湖，阻雨，僕將適越，水淺未能去，因此遂得久於錢唐相會。

**春日偶題**

未可郊原縱曉鞍，人間猶似有輕寒。春光不似常年短，過了清明更好看。

## 小軒閑題二首

舍南舍北梅，牆裏牆外竹。逌然寄其閒，不見一物俗。東風將小雨，夜漲春池緑。俯檻數鼀魚，柳檐送鴻鵠。交情石投水，坐客冰照玉。從容得此生，已矣萬事足。誰言南軒小，正可陋華屋。但恐世故攖，不容長處獨。

青山拱檐楹，淥水鑒毛髪。花香晚更清，鳥語靜不聒。客至不能飲，舉觴聊白罰。坐嘯激清風，起舞弄明月。是身如浮漚，起滅在溟渤。百年一彈指，何者爲不没。文章會消磨，名譽易衰歇。淵明吾之師，茲理久已達。

## 延平林力道閣上觀水二首

千重翠巘分三岸，十里寒潭合兩溪。更得横流吞險瀨，豈嫌春水濁如泥。

要看春水拍天流，更爲溪山一日留。誰遣白雲迷眼界，坐令歸思入扁舟。

## 二月五日入都廳，久坐候山甫不至。廳前桃花一夜風雨落盡，感事寫懷

簿書堆裏只悤悤，過眼繁紅夜雨中。可念青春看又老，一杯無計略從容。以上默堂集。

## 陳良翰補。

良翰，字邦彦，公輔族子。紹興五年進士。知建寧府，以敷文閣直學士奉祠。卒謚「獻簡」。

### 三聖殿

巨鎮標閩越，靈蹤肇晉齊。空壇仙一上，古洞佛雙棲。化石龜猶在，燒丹井已迷。塵襟誰復悟，惟聽曉猿啼。三山志。

## 彭奭補。

奭，字伯勝，崇安人。紹興七年爲鄉舉首。

### 句

六龍極北瞻明主，三鳳河東愧腐儒。答劉子翬。崇安縣志。

# 鄭樵

樵，字漁仲，莆田人，自稱溪西逸民。紹興中以薦召對，給札，歸鈔所著通志，書成，入授樞密院編修兼檢詳諸房文字，學者稱夾漈先生。有溪西詩文集。

蘭陔詩話云：公通志略一書，藏書家珍若拱璧，予每欲倡族人重梓，以貧故未能也。公尚有未刻書三十餘種，南泉從祖得之，嘗載書渡海，沈于水中，七日復湧出，南泉有詩紀其事。亟欲開雕行世，因卷帙浩繁未果，今未知落誰手。然奇書所在，自有神物護持，當不至爲補袍覆瓿物也。林登名莆輿紀勝云：去薌湖里許夾漈山中舊有草堂，爲先生著書處。今風雨之夕，取薪茲山者，時見先生讀書堂中，彷彿有樓閣。雨晴日出，輒見二童子曬書于舊址，迫視之，忽不見。

## 穀城山松隱巖

青嶂回環畫屏倚，晴窗倒入春湖水。村村叢樹緑於藍，歷歷行人去如蟻。新秧未插水田平，高低麥隴相縱横。黄昏倦客忘歸去，孤月亭亭雲外生。

## 題草堂

堂後拖柴堂上燒，柴門終日似無聊。蓼蟲不解知辛苦，松鶴何能慰寂寥。述作還驚心力盡，吟哦早覺鬢毛彫。布衣蔬食隨天性，休訝巢由不見堯。

**溪東草堂**

春融天氣落微微，藥草葱芽脈脈肥。植竹舊竿從茂謝，栽桃新樹忽芳菲。天寒堂上燃柴火，日暖溪東解虱衣。興動便從山上去，人生真性莫教違。

**昭君解**

巫山能雨亦能雲，宮麗三千杳不聞。延壽若爲公道筆，後人誰識一昭君。

**北山巖**

西風洩洩片雲閒，一夜寒泉卧北山。倚杖巖頭秋獨望，稀疏煙隴是人間。興化府志。

**黄公度**

公度，字師憲，莆田人。紹興八年賜進士第一。授簽書平海軍節度判官，累官至考功員外郎。有知稼翁集。

洪容齋云：公詩鏗鏘蹈厲，發越沈郁，精深而不浮，平淡而不俗，風檣陣馬不足呈其勇，犀渠鶴膝不足侔其珍。

陳應求云：考功詩格律森嚴，興寄深遠，雖未盡追古作，要自成一家。

## 壬戌中秋沿檄行縣，與龔實之同宿于琴泉軒

搖落江城暮，招提訪舊遊。泉聲舊夜雨，竹影一堂秋。露湛衣裳冷，山空枕簟幽。故人憐寂寞，抱被肯相投。

## 題定光寺

爲憐山色好，百里赴幽期。疊嶂生寒早，修林出日遲。年華空畹晚，時事竟艱危。咫尺故園在，題詩有所思。

## 悲　秋

萬里西風入晚扉，高齋悵望獨移時。迢迢別浦帆雙去，漠漠平蕪天四垂。雨意欲晴山鳥樂，寒聲初到井梧知。丈夫感慨關時事，不學楚人兒女悲。

### 題化度寺竹間亭

贏驂踏遍亂山青，薄宦羈人醉未醒。破午停鞭得幽寺，眼明初見竹間亭。

### 題潮陽石壇寺

投檄真成出瘴鄉，籃輿漸喜到僧坊。長風解事吹江雨，乞與行人五月凉。

### 惜別行送林梅卿大鼐。赴闕

刺桐城邊桐葉飛，刺桐城外行人稀。客來別我有所適，問客此去何當歸。林卿妙齡才秀發，胷中萬卷涵溟渤。家聲合沓蓋九州，里第嶙峋表雙闕。竭來試吏天南方，驥縶焉能騁所長。梅仙脱身東市卒，杜老把筆中書堂。傳道淮壖滅豺虎，政須禮樂事明主。之子軒軒霄漢姿，好向東風刷毛羽。

### 送陳應求赴官

莫辭酒，且聽歌，休被驪駒白玉珂。主人勸客終今夕，明日長亭可奈何。金風蕭蕭壓餘熱，砌蟲唧唧助凄切。此時景物不勝愁，况是離人心欲折。陳侯陳侯，貌巖巖而俊整，才浩浩而清絶。有如壺山之萬仞巑岏，壽水之千尋瑩澈。青芝赤箭藥籠儲，金鐘大鏞廊廟須。天生奇才爲時出，容易棄擲天南隅。君不見馬賓王新豐一逆旅，又不見公孫弘菑川一老儒。逢辰立談取卿相，至今文采照天衢。廣文官舍雖落莫，刀筆不與俗吏俱。公餘更勤五車讀，未必不是北門西掖之權輿。刺桐古城花欲燃，舊遊人物想依然。憑君到彼訪二陸，向道故人飽飯度殘年。

## 初秋夜坐

納涼北窗下，景象有餘清。林暝惟螢火，庭幽賸竹聲。語闌驚坐久，露重覺衣輕。不寐饒詩思，徘徊參斗横。

## 包孝肅清心堂

千里有餘刃，一堂聊賞心。庭虚延遠吹，簷敞受繁陰。休吏簾初下，忘機懷自沈。人間足塵土，無路到清襟。

和龔實之茂良聞虜人敗盟

請纓未繫單于頸，置火須燃董卓臍。列郡奔馳喧羽檄，聖朝哀痛下芝泥。盟寒關隴無來使，春晚江淮有戰鼙。十載枕邊憂國淚，不堪幽夢破晨雞。

陳晉江以壬戌四月上澣宴同寮于二公亭

百年遺址俯郊坰，十里滄波帶古亭。隔岸樓臺春去遠，兩湖煙雨酒微醒。苔碑缺落庭松老，野鳥去來汀草青。風物不殊天竺路，扁舟彷彿舊曾經。

白沙夜聞灘聲

錯認松風萬壑傳，又如急雨碎池蓮。青燈孤館原無寐，況復溪聲到枕邊。

題崇臺二首録一。

四山如畫古端州，州在西江欲盡頭。漫道江山解留客，老夫歸思甚東流。

## 分水嶺

嗚咽流泉萬仞峰，斷腸從此各西東。誰知不作多時别，依舊相逢滄海中。

肇慶府志云：黄公度爲秘書省正字，貽書臺官。言者謂其譏訕時政，罷爲主管台州崇道觀。過分水嶺有詩云云。及公歸莆，趙丞相鼎謫居潮陽，讒者附會其説，謂公此詩指趙而言，將不久復偕還中都也。秦檜怒，令通判肇慶府。

## 方翥

翥，字次雲，莆田人。紹興八年進士。授閩清尉，召對，除秘書省正字。有麟臺詩集。

蘭陔詩話云：公解試中興日月可冀賦一聯云：「佇觀僚屬，復光司隸之儀；忍死須臾，咸泣山東之淚。」高宗親筆録記，唱名日特命加一資。到官未一載歸，與林艾軒講明理學，得楊龜山之傳。殁後，朱文公嘗嘆曰：「某少年過莆，見林謙之、方次雲説得道理極精細，爲之踴躍忘寢食，後來再過，二公已死，更無人能繼其學矣。」

## 冬夜憶謙之

忽憶夫君阻笑言，出門南望欲飛翻。孤城隔水初侵夜，畫角因風自入村。短句有時隨意得，古心近日與誰論。未除習氣君應哂，月冷梅花易斷魂。

## 呈柔立兄

雞犬還家自識村，重營生理長兒孫。時平戰地逢華屋，歲久他鄉是故園。别後塵埃如我老，歸來耆舊幾人存。雁行疇昔從遊者，莫話零凋恐斷魂。

## 寺中别林謙之兼寄諸鄭

遊從忘朝晡，尊酒輕招呼。笑語恣玩狎，翻覆雲雨疎。我友數君子，古心相與娛。每見輒賓敬，衣裳儼而趨。惡石寓規誡，美疢疾佞諛。深山足風雨，零落梅花株。亭亭巖上松，霜姿一何孤。感兹各努力，勿以歲事徂。莆陽文獻。

## 讀老子補。

旦梶流沙青犢車，葱葱佳氣滿城閭。白頭不解家人語，枉學司空城旦書。林鬳齋續集。

## 句

秋明河漢外，月近斗牛旁。

案楊誠齋詩話云：林謙之嘗稱其友方次雲句云云。

## 句

山寒一杯酒，歲暮兩窮人。和鄭處易溪邊贈别。

可惜聽泉夜，還當殘月時。遊石泉。林鬳齋續集。

## 陳俊卿

俊卿，字應求，莆田人。紹興八年賜進士第二。累遷尚書右僕射、同中書門下平章事兼樞密使，以觀文殿大學士帥福州，判建康府兼江東安撫使，加少師、魏國公致仕。卒贈太保，謚「正獻」。有詩集。

湧幢小品云：陳僕射謁九仙祠，問功名，夢仙云前程在黄公度口。陳過黄，黄曰：「我狀元，子榜眼。」陳曰：「何尊己而卑人？」黄曰：「然則狀元爾，榜眼我。」廷試黄果元，陳次之。高宗問曰：「卿土何奇？」黄曰：「披綿黄雀美，通印子魚肥。」陳曰：「地瘦栽松柏，家貧子讀書。」高宗曰：「公不如卿。」改陳爲元。鯉湖志亦載此事，惟黄對語稍異。附録之以廣異聞。

蘭陔詩話云：公正色立朝，進賢良，斥邪佞，爲南渡名宰相，詩亦高老。

### 林元美司户耕樂亭

天地秘絶景，雅屬幽人居。卜築俯清流，曠然心目舒。豈惟水澄碧，山色佳有餘。凉風左右來，竹柏相扶疎。亭中何所有，縹囊萬卷書。亭外何所有，青蒲映紅蕖。客來何所爲，高論唐虞初。文字共發越，琹槊一以娱。冬寒飽霜蟹，秋思多鱸魚。良田自種秫，酒甕春浮蛆。無事時痛飲，有時還荷鋤。試問田家樂，田家此樂無。

### 題夾漈草堂

流水三間屋，公曾半席分。帝嘗招此老，天未喪斯文。人去留青竹，山空只白雲。升堂時想像，金石怳猶聞。案：見莆陽文獻。

### 共樂堂在興化軍治西州峰之顛，爲城中登眺勝處。

共樂堂前花木深，登臨當暑豁塵襟。紅垂荔子千家熟，翠擁篔簹十畝陰。老退已尋居士服，清歡時伴醉翁吟。憑闌四望豐年稼，差慰平生憂國心。案：見方輿勝覽。

## 哭林艾軒

出爲嶺嶠澄清使，歸作甘泉侍從臣。百擔有書行李重，十金無産橐中貧。經旬把臂言猶在，昨日題詩墨尚新。清曉訪君呼不起，寢門一慟淚霑巾。合璧事類續集。

## 龔茂良

茂良，字實之，莆田人。紹興八年進士。官至禮部侍郎、參知政事，爲曾覿、謝廓然所構，落職責安置英州。卒贈資政殿學士、秦國公。謚「莊敏」。有静泰堂集。

蘭陔詩話云：公賑江西飢民，全活數百萬人。又淮南荒旱，公奏取封樁米十四萬賑之，使一路無飢色。其利澤及民普矣。

## 靈源庵

遲回不忍去，復作抱衾留。斷續雲間雨，蕭騷木末秋。勞生那有此，漸老欲相投。最愛千山暮，鐘鳴處處幽。

## 陳長方補。

長方，字齊之，號唯室，長樂人，徙居吴中。紹興八年進士。終宣教郎、江陰軍教授。有唯室集。

### 題定武本蘭亭

昭陵一入見無從，鐫石猶將贋本供。八法典刑今在此，華山天外立三峰。
不須苦恨厭家雞，自是鹽車後月題。弄筆數行書紙背，莫教人唤庾安西。
此甥此舅兩風流，翰墨相傳不誤投。大似曹溪付衣鉢，臨池他日看銀鈎。

蘭亭續考跋云：吾友胡少明教官以王文正家所得蘭亭惠其甥王立之。定武石刻屢經牧守私易，此本信非近年槭搨失真者所能髣髴也。紹興乙卯上元日，閩人陳長方齊之題于笠澤寓舍。

## 胡憲補。

憲，字原仲，文定公從子。紹興中貢入太學，賜進士出身。授左迪功郎添差福州教授，以母老求監南嶽廟歸。起爲福建路安撫司屬官，復請祠。秦檜方用事，家居不出。檜死，以大理司直召，未行，改秘書正字。既至，病不能朝，詔改秩與祠，歸卒。學者稱籍溪先生。

## 答朱元晦

幽人偏愛青山好，爲是青山青不老。山中出雲雨太虚，一洗塵埃山更好。

濂洛風雅云：朱子跋云：「右衡山胡子詩。初紹興庚辰，某卧病山間，親友仕于朝，以書見招。某戲以兩詩代書報之曰：『先生去上芸香閣，閣老新峨豸角冠。留取幽人卧空谷，一川風月要人看。』『甕牖前頭列畫屏，晚來相對静儀刑。浮雲一任閑舒卷，萬古青山只麽青。』或傳以語胡子。子謂其學者張欽夫曰：『吾未識此人，然觀此詩，知其庶幾能有進矣，特其言有體而無用，故吾爲是詩以箴之，庶其聞之而有發也。』明年，胡子卒。又四年，某始見欽夫而後獲聞之，恨不及見胡子而卒請其目也。因叙其本末而書之于策，以無忘胡子之意云。」

## 胡　宏

宏，字仁仲，文定仲子。幼事楊時、侯仲良，卒傳其父之學。紹興中以廕補右承務郎。卒，學者稱五峰先生。有集。

### 題上峰寺

百年身似客，浩蕩世間遊。人望青山好，夢魂偏我留。我家巫山十二峰，浮江直過巴陵東。瀟湘水與蒼梧通，環遶衡嶽青冥中。扁舟白雲不可度，杖藜蠟屐乘春風。山光浮動可攬結，雲舒霞卷飛煙虹。深巖大壑翠巘巘，足力已到心無窮。群峰迤邐勢不競，上盡祝融五千仞。祝融峰高天更高，太空人世如牛毛。風雲萬變一瞬息，紅塵奔走真徒勞。

### 西林寺廓然堂有懷

超然峰頭秋氣清，廓然堂延秋月明。我乘清秋弄明月，中有所感思冥冥。峰勢淩蒼穹，上有煙林封。去天不盈尺，路斷心忡忡。虚名過耳如松風。以上五峰集。

## 陳　曦補。

曦，字景初，懷安人，終海豐尉。又一人，明州人，紹興八年進士。

### 姜　山

春山多少雨，染出碧雲堆。巖冷溜常滴，人閒洞自開。摘花香入袖，題石筆黏苔。茅屋在何處，桃花流水來。宋詩拾遺。

# 閩詩錄　丙集卷八

侯官　鄭　杰原輯
　　　陳　衍補訂

## 謝天民補。

天民，字彥先，建安人。紹興十年，以左承事郎知仙遊縣，有興起學校之功。

### 贈陳常翁

一經教子足三冬，議論孤高有孟公。學到內融多樂地，心無外慕自春風。我慚言偃絃歌化，君在周公禮樂中。三百三千煩指示，許惟蹊徑一源通。仙遊縣志。

## 鄭　將

將，字天任，莆田人。紹興中國子監元。

### 和李侍郎移竹

仲夏竹迷日，長竿帶葉移。地生宜雨潤，根淺畏風吹。劚破沿階蘚，添成宿鳳枝。子猷清灑意，應與渭川期。

## 徐壽仁

壽仁，字子田，號菊坡，師仁弟，莆田人。紹興中布衣。

### 題畫寂軒

輕雲扶曲檻，少坐覺幽深。泛酒誰同話，敲詩獨寫心。竹聲流草榻，鳥語惹花陰。門外呼童掃，客彈月下琴。

## 黄　端

端，字秉彝，莆田人。紹興十二年南省第二名。

安溪知縣

虎脊初終梟獍飛，龍髯半落鬼神疑。行人二月登廬嶺，點點驪珠欲洒碑。

薛　珩

珩，字景行，莆田人。紹興十二年進士。歷廣東、湖北憲司檢法官，終梅州守。

瑞雲潭 夾漈先生所居。夾漈應聘時，有雲起屬天。

一派寒潭闞碧虛，閒雲自有卷還舒。夜來數仞祥光起，早去溪頭聽詔書。案：見莆田縣志。

張元幹 補。

元幹，字仲宗，長樂人，向伯恭之甥。紹興中坐送胡邦衡詞得罪除名。有蘆川歸來集。

苕溪漁隱叢話云：余宣和間居泗上，于王周士處見張仲宗詩一卷，因備錄之。後三十年于錢塘與仲宗同館穀，初方識之，因戲謂仲宗曰：「三十年前已識公于詩卷中。」仲宗請余舉其詩，渠皆不能記，反從余求之。

夜宿宗公丈室，求詩甚勤，爲賦五字

林表登層閣，秋聲聽暮鐘。雅鳴苦竹寺，雨闇亂雲峰。屢乞留新句，重來訪舊蹤。松門罕車馬，似喜老夫逢。

次韻晁伯南飲彦達官舍心遠堂

今夕知何夕，真成累十觴。爐薰飄月影，蜜炬翦花香。政孏還詩債，無從發酒狂。故人憐久客，舞袖要須長。以上蘆川歸來集。

瀟湘圖

落日孤煙過洞庭，黄陵祠畔白蘋汀。欲知萬里蒼梧眼，淚盡君山一點青。艇齋詩話。

熊　克補。

克，字子復，建陽人。紹興進士，直學士院。

## 壽芮祕書三首

帝調玉燭召春還，仙袂同時度九關。萬品欲霑何處得，東風今起道家山。
歸來未對小延英，便向蓬萊作主人。要督仙宫讐玉籍，卻收衆妙入經綸。
册府都無未見書，毫端萬斛瀉明珠。若爲池上星辰履，謾與瀛洲作畫圖。翰墨大全。

### 李侗補。

侗，字愿中，劍浦人。從羅仲素遊，學者稱延平先生。謚「文靖」。有語錄行世。

## 和靜菴山居

勝如城市宅，花木擁簷前。一雨曉來過，群峰翠色鮮。採荆烹白石，接竹引清泉。車馬長無迹，逍遥樂葛天。延平府志。

### 李彌正補。

彌正，連江人，彌遜之弟。官吏部郎兼史館。

王文孺臞菴和祝鎰韻

勞車發危坂，勑艘失飛湍。滔滔褦襶子，疾走殊未闌。鶴仙擺名宦，結廬松江干。笑拍萍風浮，瞬視草露漙。圖川不媿輞，序谷寧先盤。門豈俗駕拒，室無哀箏彈。按行松菊間，澹然有餘歡。蓮巢衆香聚，浮天百憂寛。秋光斂洲渚，暮翠籠峰巒。我來挾良朋，道故盟未寒。鍊顔仰孤標，耐久同蒼官。終當役薪水，刀圭卻衰殘。吴郡志。

李茂之補。

茂之，邵武人，忠定公綱之子，自稱蕭然羈客。

侍家君詣洞霄宫，道出天竺山紀興

九里松陰路，三天竺國山。日蒸巖霧紫，花點石苔斑。谿盡寺方到，雲深僧獨還。吟行隨杖履，蹤迹出人間。天竺寺志。

## 劉韞補。

韞，字仲固，韐之弟，以門蔭入仕。

建寧府志云：仲固歷倅三州，典二郡，歸隱于崇安縣南。所居有家山堂、拙致堂、昉齋、仙人方丈、龜峰樓、月波臺、積芳園、藥圃、春谷、香界、晚蔬、秋香徑、曲池軒、前村、秀野，朱晦翁爲作十五詠以紀其勝。

### 場南寺

曉起陰霾喜絶收，急忙扶酒爲春留。落花千點野亭寂，啼鳥一聲春事幽。施食臺高禽易啄，長明燈暗鼠潛偷。山僧摘茗吹茶竈，留客殷勤學趙州。建寧府志。

## 劉子翬

子翬，字彦沖，號病翁，崇安人，韐季子。以蔭補承務郎，通判興化軍，尋以宿疾辭歸，與胡憲、劉勉之講學。學者稱爲屏山先生。朱子受遺命往遊其門。有屏山集。

案吳孟舉云：詩與曾茶山、韓子蒼、呂居仁相往還，故所詣殊高。

## 吳傳朋游絲書歌

圓清無瑕二三月，時見遊絲轉空闊。誰人寫此一段奇，著紙春風吹不脱。紛紜糾結疑非書，安得龍蛇如許臞。神蹤正喜縈不斷，老眼只愁看若無。定知苗裔出飛白，古人妙處君潛得。勿輕漠漠一縷浮，力遒可掛千鈞石。眷予弟兄情不忘，軸之遠寄悠然堂。謝公遺髯凜若活，衛后落鬟搖人光。翻思長安夜飛蓋，醉哦聲落南山外。亂離契闊四十秋，筆意與人俱老大。政成著脚明河津，外家風流今絶倫。文章固自有機杼，戲事豈足勞心神。

容齋三筆云：吳傳朋游絲書，賦詩者以百數。劉彦冲古風一篇尤爲馳騁痛快，且卒章含譏諷，正中傳朋之癖。

## 遊朱勔園

晨暉麗丹極，翼翼侔帝居。向來堂上人，零落煙海隅。聯翩際時會，振迹皆刑餘。閨帷尚帝主，皁隸乘軒車。流威被東南，生殺在指呼。樓船載花石，里巷無袴襦。至今江左地，風雲亦嗟吁。叨榮已過量，受禍如償逋。荒涼戟門路，尚想冠蓋趨。客船維岸柳，鄰人罾池魚。徘徊極幽觀，曲折迷歸途。夜月扃綺户，春風散羅裾。繁華能幾時，喪亂實感予。曹鄶予何譏，此曹真人奴。

## 和李巽伯春懷

山寒古寺清，斷續春朝雨。遙憐遠客情，寂寞誰晤語。平生氣軒昂，失意今易與。有酒即佳晨，無兵皆樂土。微吟對節物，林靜幽花吐。悠悠念鄉邑，耿耿悲豺虎。知有濟時才，從横在談麈。功名恐未遲，老翮期更舉。

## 諭俗十二首

故園喪亂餘，歸來復何有。鄰人雖喜在，憂悴成老叟。爲言寇來時，白刃穿田畝。驚忙不知路，夜踏人屍走。屋廬成飛煙，囊橐無暇取。匹夫快恩讐，王法誰爲守。艱難歷冬夏，遷徙徧林藪。深虞邏寇知，兒啼扼其口。樹皮爲衣裳，樹根作糧糗。還家生理盡，黑瘦面如狗。語翁翁勿悲，禍福較長久。東家紅巾郎，長大好身首。荒荒死戰場，頭白骨先朽。

西村人漸歸，撑拄燒殘屋。東村但蒿萊，死者無人哭。昔茲號富穰，被禍尤殘酷。二三里中豪，喪亂身爲僇。遺骸悵莫掩，飢鳶啄其腹。豈無平生時，意氣凌鄉曲。錐刀剟微利，舞智欺惸獨。錦囊收地券，奕葉相傳續。只今鄰叟耕，歲歲輸官穀。爾曹何顓愚，人生固多欲。

何州無戰爭，閩粵禍未銷。或言殺子因，厲氣由此招。蠻陬地瘠狹，世業患不饒。生女奩分貲，生男野分苗。往往衣冠門，繼嗣無雙髫。前知飲啄定，妄以人力僥。三綱既自絕，餘澤豈更遙。王化久淘漉，刑章亦昭昭。那無舐犢慈，恩勤愧鴟鴞。冤報且勿論，茲義古所標。

愚氓擾潢池，鷙難亦常態。簪紳有包藏，事異吁可怪。豺聲久伺亂，鯨戮終何悔。游言張兇焰，巧諜移機會。初如卵殼微，跳踐悉糜碎。養成羽翮雄，飛掣韝繩外。剪鉏淹歲月，螯毒彌疆界。向來詰端由，罪白不容蓋。南冠囚載路，東市誅其最。隆寬俗與新，僥倖汝勿再。

野人厭羹藜，家有庖丁刀。徒誇批導手，肯念耕稼勞。隱然肉山雄，畏彼尺箠操。春泥卧寒野，夜月犁東臯。辛勤力已盡，觳觫禍豈逃。誰無惻隱心，鮮能勝貪饕。蓋帷猶示恩，况異犬馬曹。

扇馬嚴内仗，貂璫侍宸闈。哀哉里閭間，刁閹逮雞豚。放麑識忠藎，毋卵著格言。矧利肥甘軀，絶其孳息源。難銷愛欲心，物物天性存。逆情氣必戾，順化生乃蕃。誰開口腹謀，無乃傷仁恩。

粵人多悍驕，風聲亦惟舊。兒童僅勝衣，挾筆相格鬭。藝精氣益横，質化心忘陋。家饒喜稱俠，世亂甘爲寇。豈伊天性然，習俗所成就。吾聞互鄉童，翱翔聖賢囿。隱豹弄爛斑，攻駒發馳驟。佩觿爾何知，義方得無謬。

村南井欲乾，曉汲盈瓢濁。飲濁不足言，奈此田畝涸。咿啞龍骨響，煥爛陽烏虐。良農無他營，辛苦事東作。春苗何葱芊，秋刈何稀薄。我雖食有餘，念彼心不樂。乞靈走群祀，晚電明霍霍。屯膏竟未施，天意自難度。

震雷霹枯松，頑龍失其據。浮雲三日雨，盈畝復地注。商羊舞未休，旱魃消何遽。稍寬人心切，仰荷天恩布。稻畦裹連顛，挼穗給朝飫。菜畦擢新萌，蕩滌死群蠹。歲儉民怨咨，時豐家悦豫。青青寒秀色，亦復貪雨露。

茲鄉山水佳，昔乃爲盗窟。吾廬已煨燼，荒草牆兀兀。牆東大梨樹，惟此爲舊物。火燒枝葉盡，老本更奇崛。衆鳥罷高棲，空庭失清樾。鄰兒利薪爨，往往肆戕伐。豈知昂霄勢，長養自毫末。寒堤孤碓在，廢圃鳴泉出。衡茅且經營，霜霰莫倉猝。

未須葺吾廬，且復修吾倉。求安當卜居，求飽當聚糧。營生力有限，先此計頗長。去年稻盈畦，避寇不得將。新芽雨後白，卧穗霜中黄。鰥惸有皆飢色，寇釁餘稻粱。解衣易升斗，糠粃隨風揚。休嗟昔艱難，喜兹歲豐穰。鄰翁爲人耕，貯粟不盈箱。溪頭廪與囷，纍纍已相望。懸牆掛德音，盡弛今年租。旄倪發懽謠，助達和氣舒。皇恩施甚厚，疲瘵望少蘇。吁嗟吏舞文，詔紙墨未渝。借貸盡白著，勾稽窮宿逋。掊克儻歸公，民貧猶樂輸。量權徵倍耗，夤緣竊其餘。寧逢盜剽攘，厭聞吏追呼。盜姦久必戢，吏姦無由鉏。雷霆不言威，肉食忍自誣。故態勿狃習，窮閻勿侵漁。勿謂天聽高，勿謂黔首愚。

## 觀二劉題壁

溫其題詩新歷寺，落筆風雨驚長林。眼高一世常欲駡，想見掀髯坐巖陰。致中題詩新興寺，壞壁歲久苺苔侵。山僧好事亦可喜，解誦鳥啼春意深。我來經覽渾如昨，玉友金昆念離索。投林倦翼不同棲，況復分飛在寥廓。故山終勝他山好，新交不如舊交樂。何况把酒問鷗盟，卧聽松風同一壑。

## 汴京紀事

空嗟覆鼎誤前朝，骨朽人間駡未消。夜月池臺王傅宅，春風楊柳相公橋。
篤耨清香步障遮，並桃冠子玉簪斜。一時風物堪魂斷，機女猶挑韻字紗。
萬炬銀花錦繡圍，景龍門外輭紅飛。凄涼但有雲頭月，曾照當時步輦歸。
橋上遊人度鏡光，五花殿裏奏笙簧。日曛未放龍舟泊，中使傳宣趣鄆王。
盤石曾聞受國封，承恩不與倖臣同。時危運作高城礮，猶解捐軀立戰功。
梁園歌舞足風流，美酒如刀解斷愁。憶得少年多樂事，夜深燈火上樊樓。
倉黄禁陌夜飛戈，南去人稀北去多。自古胡沙埋皓齒，不堪重唱蓬上聲。萊歌。
輦轂繁華事可傷，師師垂老過湖湘。縷衣檀板無顔色，一曲當年動帝王。

瀛奎律髓云：不減唐人。

## 開善寺

寒聲蕭蕭霜葉秋，石路磽确穿林幽。雲横遠岫若平斷，風約小溪如倒流。偶經名藍亦終日，喜有勝士同兹遊。移牀果茗咄嗟辦，杖屨欲歸仍更留。

## 悠然堂在崇安潭溪。

吾廬猶未完，作意創此堂。悠然見南山，高風邈相望。賓至聊共娛，無賓自徜徉。

## 宴坐巖

青青槭樹林，下蔭蒼蘚石。幽人宴坐時，懷抱忘其適。不見暮樵歸，寒山雨中碧。以上屏山集。

## 劉子羽補。

子羽，字彦修，崇安人。以蔭除修撰，後知鎮江。不附和議，忤秦檜，予祠罷歸。卒贈太傅，謚「忠定」。

## 鐘模石

誰鑄三鐘孌乳形，不須筍簴自能鳴。仙君欲奏賓雲曲，只感清霜便發聲。建寧府志。

# 鄭　裕補。

裕，紹興間莆田人。

## 一經堂詩宋進士方萬留意經術，朱文公扁其堂曰「一經」。在興化郡治東廂。

莆之甲姓，實維大方。紫囊錦帳，閥閱膏粱。有子盈之，乃其最良。心志乎道，視之如忘。博究六藝，并包五常。東家尼父，北窗羲皇。日相討論，兼收並藏。五經在笥，一經名堂。謙以自牧，雖晦而光。實浮于名，雖抑而揚。伊昔孟氏，排墨與楊。斯文羽翼，吾道棟梁。豈特詩書，獨稱其長。諸儒之説，于孟何傷。吾子命名，既擇而詳。通而貫之，輝涵汪茫。剖破藩籬，無門無旁。默契韶濩，能宫能商。正蒙折滯，起廢鍼肓。以一知萬，名實孔彰。人知同好，絺句繪章。玄酒太羹，子獨先嘗。經術之門，驥騁康莊。典謨之文，鳳鳴朝陽。學報天子，業纘星郎。以經名家，非子誰當。興化府志。

# 楊邦弼補。

邦弼，字良佐，浦城人，億四世孫。至震澤師王蘋，因家焉。紹興十二年舉進士第三，時行都初建太學，以邦弼爲博士。踰年通判信州，遷大理卿，以起居舍人使金。還，擢起居郎、中書舍人，卒。

## 挽王信伯先生

伊洛親聞道，淵微賴發揚。東吳賢望重，西觀舊書藏。吾黨將安放，斯文豈遂亡。堂堂寧復見，門士慟新岡。梁木俄摧壞，吁嗟喪大賢。典型看肖子，道學付誰傳。一代風流盡，千秋物論先。師言猶在耳，身敢墜周旋。震澤鎮志。

## 王　悦補。

悦，字習之，莆田人。紹興十二年進士。累官吏部郎，知衢州。

## 句

雞犬數聲雲一塢，春陽桃李渺成蹊。觚稜脱脱風塵表，峭壁垂垂日月低。大帽山。莆田縣志。

## 李　則補。

則，字康成，龍溪人。紹興十二年特奏名進士。賀州桂嶺主簿，轉通直郎致仕。

## 臨漳臺

亭枕臨漳一水陰，半空雲霧鎖寒林。山從天寶來鸞遠，基闢開元歷代深。輿地紀勝。

### 陳　賓補。

賓，字賓王，福安人。紹興十二年進士。累官從政郎、武平令。

## 醒心亭在楓亭驛。

亭以醒心名，心與亭何與。物各有感通，此理貴深喻。峴山峙豐碑，見者皆墮淚。推類盡其餘，庶表名亭義。我昨發莆陽，春光正明媚。肩輿撼頓間，思慮雜勞勩。行行復行行，至此若沾醉。振衣躡斯亭，四顧足清致。芳樹播繁陰，晴山薦空翠。時有幽禽來，且無俗駕至。物我方兩忘，情景亦相會。天君始泰然，萬景絶纖翳。後樂與先憂，虚靈良不昧。揭扁端在茲，夫豈無所試。尚期知我者，他時來作記。仙遊縣志。

## 葉　茲補。

茲，字光烈，永春州人。紹興十二年進士。仕至南恩守，秩滿歸，築室東偏，匾曰燕堂，日與賓友觴詠其中。

### 燕堂詩初名燕堂，後改曰長春。

世情日淺道情深，悔不林泉早脱簪。一世簡編貽後葉，百年香火奉先心。詩緣好句須親録，酒到醲時輒倩斟。於此更無關意事，時携諸幼步花陰。永春州志。

## 留　正補。

正，字仲至，泉州永春人，居惠州。紹興十二年進士。孝宗朝拜右丞相，光宗即位，進左丞相。寧宗朝終少保、觀文殿大學士，封魏國公。卒贈太師。謚「忠宣」。

中興編年云：慶元僞學之禁凡五十九人。宰執四人：趙汝愚、留正、王藺、周必大。待制以上十三人：朱熹、徐誼、彭龜年、陳傅良、薛叔似、章穎、鄭湜、樓鑰、林大中、黄由、黄黼、何異、孫逢吉。餘官三十一人：劉光祖、吕祖儉、葉適、楊方、項安世、李𡌴、沈有開、曾三聘、游仲鴻、吴獵、李祥、楊簡、趙汝談、汝讜、陳峴、范仲黼、汪逵、孫元卿、袁燮、陳武、田澹、黄度、張體仁、蔡幼學、黄灝、周南、吴柔勝、王厚之、孟浩、趙鞏、白炎震。武臣三人：皇甫斌、范仲任、張志遠。士人八人：楊宏中、周端朝、張道、林仲麟、蔣傅、徐範、蔡元定、呂祖泰。

朝野類要云：初入仕，必具鄉貫三代名銜，謂之腳色。崇觀〔一〕間當書云不係元祐黨籍，紹興間即云不係童、蔡、朱、王等親屬，慶元間加不是僞學，方與銓除。

### 羅浮天漢橋

霏霏細雨濕芝田，短短桃花照水妍。可惜洞門關不盡，彩虹天外著飛泉。惠州府志。

## 劉　珙補。

珙，字共父，子羽之子。紹興十二年進士。孝宗朝累官同知樞密院事、知建康府、江東安撫使、行宮留守，進觀文殿學士。卒謚「忠肅」。

### 帥潭日勸駕詩

十載湘江守，重來白髮垂。初無下車教，再賦食苹詩。天闊搏鵬翼，春融長桂枝。功名儻來事，大節要堅持。詩人玉屑。

## 送元晦

翩翩雙黄鶴，結巢相因依。一爲天風便，矯翮西北飛。歲華及晼晚，霜露侵征衣。此行亦良苦，千里以爲期。堂上玄髪親，榮禄當及兹。人生會有役，不復情凄洏。徘徊都門道，欲語行且遲。念子抱孤桐，窈窕弦古詞。清商奮逸響，激烈有餘悲。不辭彈者勞，正恐知音稀。知音何足貴，我顧不可追。翰墨大全。

## 陳知柔補。

知柔，字體仁，號休齋，永春人。紹興十二年進士。知循州，徙賀州。

## 萬年寺

古寺來投宿，雲巖第幾層。有詩堪供佛，無事且依僧。小閣泉喧枕，修廊雨暗燈。好風看未足，幽夢幾回登。天台山志。

## 九日宴蓮花峰

多病登臺今古情，菊花搖動午涼生。山前木落石巖出，海上潮來秋渚平。野興已隨芳草遠，歸鞭更傍落霞明。媿無十丈開花句，獨卧禪房心自清。南安縣志。

## 次海上長亭村

行到山窮處，微茫島嶼青。百年多逆旅，萬事一長亭。風雨晚潮急，魚蝦曉市腥。平生誦佳句，今見海冥冥。

## 題洪景伯通判清閟堂

別乘清名滿世間，却來堂下植檀欒。已無俗物敗人意，且與此君同歲寒。夜月平庭金影碎，秋風一枕玉聲殘。雁行吏退鈴齋靜，想見巍冠獨倚闌。以上天台別編。

## 鄭耕老

耕老，字轂叔，莆田人。紹興十五年進士。授懷安主簿，改明州教授，擢國子監簿。

蘭陔詩話云：公經術湛深，所著有易洪範語孟中庸解。築書堂于木蘭陂上，講學其中，一時名士多從之游。

## 木蘭溪書堂

鄭子藏書處，柴門碧樹灣。開懷溪一曲，養拙屋三間。月色斜侵竹，鳥聲迴隔山。輞川多勝趣，何似此潺湲。興化府志。

## 葉儀鳳

儀鳳，字子儀，侯官人。紹興十五年進士。歷漳州軍教授。著有左氏連珠八卷。

### 邵武

溪上千峰碧玉環，瞰溪臺榭紫雲間。鳥啼花落非人世，似石金鰲在上山。城南城北草如茵，綠水青山眼界新。更問樵溪何處是，滿城桃李萬家春。輿地紀勝。

## 鄭丙 補。

丙，長樂人。紹興十五年進士。新城縣主簿。

## 碧玉軒

長安回首遠如天，解榻祇園百病痊。身世本來如寄爾，佛僧同住更悠然。簞簹千個不受暑，巖桂一枝或自妍。長與高人伴幽獨，粥魚齋鼓度流年。新城志。

## 林　仰補。

仰，字少瞻，侯官人。紹興十五年進士。終朝奉郎。

## 桃源洞

深樹冥冥一徑風，溪流應與十洲通。仙家日日無人識，只愛桃花三月紅。天台山志。

## 楊汝南補。

汝南，字彦侯，龍溪人。紹興十五年進士。初調贛州教，以薦知古田縣。

夜宿龍頭

江流如箭路如梯，夜泊龍頭煙靄迷。兩角孤雲天一握，曉光不覺玉繩低。漳州府志。

## 黄徹補。

徹，字常明，莆田人。紹興十五年進士。官辰州。有碧溪詩話。

句

但遣一枝居巧婦，不殊大廈供嘉賓。

碧溪詩話云：予題友人居云云，蓋用爾雅注：鷦鷯俗呼巧婦，炙轂子雀一名嘉賓。

圓冠思得多于鯽，刻木惟宜少似彪。

碧溪詩話云：北夢瑣言載「江陵在唐世號衣冠藪澤，琵琶多如飯甑，措大多如鯽魚」。退之酬崔少府伊陽詩云：「下言人吏稀，惟足彪與虦。」余官辰溪時，士人皆可喜而不多得，近城人虎雜居，戲爲對云。

## 朱子補。

諱熹，字元晦，一字仲晦，世爲徽州婺源人，父韋齋先生松，宦遊建陽之考亭，遂家焉。紹興十八年，中王佐榜進士。寧宗朝歷官寶文閣待制，僞學禁起，落職奉祠。卒累贈寶謨閣直學士，謚曰「文」。理宗朝贈太師，追封徽國公，從祀孔子廟庭。曾結草堂于建陽蘆峰之雲谷，扁以晦菴，亦號雲谷老人。既又創竹林精舍，更號滄洲病叟。最後因筮遇遯之同人，更名遯翁。有文集。

### 寄劉珙、胡憲一絶

先生去上芸香閣，胡。閣老新峨獬豸冠。劉除御史。留取幽人卧空谷，一川風雨要人看。翠屏筆談。

### 次陸子靜韻朱子集作鵝湖寺和陸子壽。

德義風流夙所欽，别離三載更關心。偶扶藜杖過寒谷，又枉籃輿度遠岑。舊學商量加邃密，新知培養轉深沈。只愁説到無言處，不信人間有古今。

庶齋老學叢談云：晦菴、象山二先生，不惟以書往復辨論無極，鵝湖倡和尤見旨趣。象山詩云：「墟墓生哀宗廟欽，斯人千古最靈心。涓流積至滄溟水，拳石崇成太華岑。簡易工夫終久大，支離事業竟浮沈。欲知自下升高處，真僞先須辨古今。」晦菴次韻云云。

## 挽沈菊山

愛菊平生不愛錢，此君原是菊花仙。正當地下修文日，恰值人間落帽天。生與唐詩同一脈，死隨陶令葬千年。如今忍向西郊哭，東野無兒更可憐。

杭州府志云：沈菊山，袁州宜春人，由進士知錢唐。嘗植菊數百本以自樂，晚節益堅，適以九月九日歿，朱文公挽之云云。

## 月波臺

潺湲流水注回塘，中作平臺受晚涼。四面不通車馬迹，一樽聊飲菱荷香。韓公無復吟花島，楚客何妨賦藥房。少待須臾更清徹，月華零露洗匡牀。

衢州府志云：月波臺在開化縣金錢山，北宋山長江天然建。朱子過訪，作此遺之。

## 讀道書作

四山起秋雲，白日照長道。西風何蕭蕭，極目但煙草。不學飛仙術，日日成醜老。空瞻王子喬，吹笙碧天杪。

## 月夜述懷

皓月出林表，照此秋牀單。幽人起晤歎，桂香發窗間。高梧滴露鳴，散髪天風寒。抗志絶塵氛，何不棲空山。

## 寄題咸清精舍清暉堂

山川佳麗地，結宇娱朝昏。朝昏有奇變，超忽難具論。千嵐蔽夕陰，百嶂明晨暾。穹林擢遙景，回澗盪秋氛。覽極惝未周，窮深遂忘喧。欲將身世遺，况託玄虚門。境空乘化往，理妙觸目存。珍重忘言子，高唱絶塵紛。

## 述　懷

夙尚本林壑，灌園無寸資。始懷經濟策，復愧軒裳姿。效官刀筆間，朱墨手所持。謂言殫蹇劣，詎敢論居卑。任小才亦短，抱念一無施。幸蒙大夫賢，加惠寬箠笞。撫己實已優，於道豈所期。終當反初服，高揖與世辭。

## 九　日

故國音書阻一方，天涯此日思茫茫。風煙歲晚添離恨，湖海尊前即大荒。薄宦驅人向愁悴，舊游唯我最顛狂。細思萬石亭前事，辜負黄花滿帽香。

## 同僚小集梵天寺，坐間雨作，已復開霽，步至東橋玩月，賦詩二首

傑閣翔林杪，披襟此日閒。層雲生薄晚，涼雨遍空山。地迥衣裳冷，天高澄霽還。出門迷所適，月色滿林關。

空山看雨罷，微步喜新涼。月出澄餘景，川明發素光。星河方耿耿，雲樹轉蒼蒼。晤語逢清夜，茲懷殊未央。

## 觀書有感二首

半畝方塘一鑑開，天光雲影共徘徊。問渠那得清如許，爲有源頭活水來。

昨夜江邊春水生，蒙衝巨艦一毛輕。向來枉費推移力，此日中流自在行。

## 入瑞巖道間得四絶句，呈彦集、充父二兄

清溪流過碧山頭，空水澄鮮一色秋。隔斷紅塵三十里，白雲黄葉共悠悠。

風高木落晚秋時，日暮千林黄葉稀。秖有蒼蒼谷中樹，歲寒心事不相違。

## 偶題三首

門外青山翠紫堆，幅巾終日面崔嵬。只看雲斷成飛雨，不道雲從底處來。

擘開蒼峽吼奔雷，萬斛飛泉湧出來。斷梗枯槎無泊處，一川寒碧自縈回。

步隨流水覓溪源，行到源頭卻惘然。始悟真源行不到，倚筇隨處弄潺湲。

## 曲池軒

去年種竹長新篁，今歲穿渠過野塘。自喜軒窗無俗韻，亦知草木有真香。林間急雨生秋思，水面微風度晚涼。卻厭端居苦無事，凭欄閒理釣絲長。

## 齋居感興二十首

余讀陳子昂感遇詩，愛其詞旨幽邃，音節豪宕，非當世詞人所及，如丹砂空青，金膏水碧，雖近乏世用，而實物外難得自然之奇寶。欲效其體作十數篇，顧以思致平凡，筆力萎弱，竟不能就。然亦恨其不精於理，而自託於仙佛之間以爲高也。齋居無事，偶書所見，得二十篇。雖不能探索微眇，追迹前言，然皆切於日用之實，故言亦近而易知。既以自警，且以貽諸同志云。

昆崙大無外，旁薄下深廣。陰陽無停機，寒暑互來往。皇犧古神聖，妙契一俯仰。不待窺馬圖，人文已宣朗。渾然一理貫，昭晰非象罔。珍重無極翁，爲我重指掌。

吾翁陰陽化，升降八紘中。前瞻既無始，後際那有終。至理諒斯存，萬世與今同。誰言混沌死，幻語驚盲聾。

人心妙不測，出入乘氣機。凝冰亦焦火，淵淪復天飛。至人秉元化，動靜體無違。珠藏澤自媚，玉韞山含暉。神光燭九垓，玄思徹萬微。塵編今寥落，歎息將安歸。

靜觀靈臺妙，萬化從此出。云胡自蕪穢，反受衆形役。厚味紛朵頤，妍姿坐傾國。崩奔不自悟，馳騖靡終畢。君看穆天子，萬里窮轍迹。不有祈招詩，徐方御宸極。

涇舟膠楚澤，周綱已陵夷。況復王風降，故宮黍離離。至聖作春秋，哀傷實在茲。祥麟一以踣，反袂空漣洏。漂淪又百年，僭侯荷爵珪。王章久已喪，何復嗟嘆爲。馬公述孔業，託始有餘悲。拳拳信忠厚，無乃迷先幾。

東京失其御，刑臣弄天綱。西園植姦穢，五族沈忠良。青青千里草，乘時起陸梁。當塗轉凶悖，炎精遂無光。桓桓左將軍，仗鉞西南疆。伏龍一奮躍，鳳雛亦飛翔。祀漢配彼天，出師驚四方。天章竟莫回，王圖不偏昌。晉史自帝魏，後賢盍更張。世無魯連子，千載徒悲傷。

晉陽啓唐祚，王明紹巢封。垂統已如此，繼體宜昏風。麀聚瀆天倫，牝晨司禍凶。乾綱一以墜，天樞遂崇崇。淫毒穢宸極，虐焰燔蒼穹。向非狄張徒，誰辨取日功。云何歐陽子，秉筆迷至公。唐經亂周紀，凡例孰此容。侃侃范太史，受説伊川翁。春秋二三策，萬古開群蒙。

朱光徧炎宇，微陰眇重淵。寒威閉九野，陽德昭窮泉。文明昧謹獨，昏迷有開先。幾微諒難忽，善端本綿綿。掩身事齋戒，及此防未然。閉關息商旅，絶彼柔道牽。

微月墮西嶺，爛然衆星光。明河斜未落，斗柄低復昂。感此南北極，樞軸遙相當。太一有常居，仰瞻獨煌煌。中天照四國，三辰環侍旁。人心要如此，寂感無邊方。

放勛始欽明，南面亦恭已。大哉精一傳，萬世立人紀。猗歟歎日躋，穆穆歌敬止。戒獒光武烈，待旦起周禮。恭惟千載心，秋月照寒水。魯叟何常師，删述存聖軌。吾聞庖犧氏，爰初辟乾坤。乾行配天德，坤布協地文。仰觀玄渾周，一息萬里奔。俯察方儀静，隤然千古存。悟彼立象意，契此入德門。勤行當不息，敬守思彌敦。大易圖象隱，詩書簡編訛。禮樂矧交喪，春秋魚魯多。瑶琴空寶匣，絃絶將如何。興言理餘韻，龍門有遺歌。程子晚居龍門之南。顔生躬四勿，曾子日三省。中庸首謹獨，衣錦思尚絅。偉哉鄒孟氏，雄辨極馳騁。操存一言要，爲爾挈裘領。丹青著明法，今古垂煥炳。何事千載餘，無人踐斯境。元亨播群品，利貞固靈根。非誠諒無有，五性實斯存。世人逞私見，鑿智道彌昏。豈若林居子，幽探萬化原。飄飄學仙侣，遺世在雲山。盗啓元命祕，竊當生死關。金鼎蟠龍虎，三年養神丹。刀圭一入口，白日生羽翰。我欲往從之，脱屣諒非難。但恐逆大道，偷生詎能安。西方論緣業，卑卑喻群愚。流傳世代久，梯接凌空虚。顧盼指心性，名言超有無。捷徑一以開，靡然世爭趨。號空不踐實，躓彼榛棘途。誰哉繼三聖，爲我焚其書。聖人司教化，黌序育群材。因心有明訓，善端得深培。天叙既昭陳，人文亦褰開。云何百代下，學絶教養乖。群居競葩藻，爭先冠倫魁。淳風反淪喪，擾擾胡爲哉。

童蒙貴養正，孫弟乃其方。鷄鳴咸盥櫛，問訊謹暄涼。奉水勤播灑，擁篲周室堂。進趨極虔恭，退息常端莊。劬書劇嗜炙，見惡逾探湯。庸言戒鱻誕，時行必安詳。聖途雖云遠，發軔且勿忙。十五志於學，及時起高翔。

哀哉牛山木，斤斧日相尋。豈無萌蘖在，牛羊復來侵。躬惟皇上帝，降此仁義心。物欲互攻奪，孤根孰能任。反躬艮其背，肅容正冠襟。保養方自此，何年秀穹林。

玄天幽且默，仲尼欲無言。動植各生遂，德容自清溫。彼哉夸毗子，呫囁徒啾喧。但逞言辭好，豈知神監昏。曰余昧前訓，坐此枝葉繁。發憤永刊落，奇功收一原。

## 次韻擇之金步喜見大江有作

江頭四望遠峰稠，江水中間自在流。並岸東行三百里，水源窮處即吾州。此江發源分水嶺，故前詩有「楚水閩山喜接連」之句。

## 鉛山立春六言二首

雪擁山腰洞口，春迴楚尾吳頭。欲問閩天何處，明朝嶺水南流。

行盡風林雪徑，依然水館山村。卻是春風有脚，今朝先到柴門。

崇壽客舍夜聞子規，得三絶句，寫呈平父兄，煩爲轉寄彥集兄及兩縣間諸親友

空山初夜子規鳴，靜對琴書百慮清。喚得形神兩超越，不知底是斷腸聲。
空山中夜子規啼，病怯餘寒覓故衣。不爲明時堪眷戀，久知歧路不如歸。
空山後夜子規號，斗轉星移月尚高。夢裏不知歸未得，已驅黃犢度寒皋。

陶公醉石歸去來館在歸宗西五里。

予生千載後，尚友千載前。每尋高士傳，獨歎淵明賢。及此逢醉石，謂言公所眠。況復巖壑古，縹緲藏風煙。仰看喬木陰，俯聽橫飛泉。景物自清絶，優游可忘年。結廬倚蒼峭，舉觴酹潺湲。臨風一長嘯，亂以歸來篇。

行視武夷精舍作

神仙九折溪，沿泝此中半。水深波浪闊，浮綠春渙渙。武夷溪凡九曲，多急流亂石。此第五曲水，特深闊平緩，綠漪可愛。上有蒼石屏，百仞聳雄觀。嶄巖露垠塄，突兀倚霄漢。此峰夷上削下，拔地峭立，如方屋帽，按舊圖名大隱屏。淺麓下縈迴，深林久叢灌。胡然閟千載，逮此開一旦。峰下小山重

複，中有平地數十丈，喬木長藤，茂林修竹，交相蔽隱，舊無人迹。乾道己丑，予舟過而樂之，及今始能卜築，以酬曩志。

我乘新村船，輟棹青草岸。榛莽喜誅鉏，面勢窮考按。居然一環堵，妙處豈輪奐。左右矗奇峰，躊躇極佳玩。方經始時，予以病不能來，至是送別山西，始自新村買舟以來。視所縛屋三間，制度殊草草，然背負大隱屏，面直溪南大山，左有魏王上昇峰，右有鍾模三教等石，極爲雄勝。是時芳節闌，紅綠紛有爛。好鳥時一鳴，王孫遠相喚。山多獼猴。暫遊意已愜，獨往身猶絆。珍重舍瑟人，重來足幽伴。已約初夏與同志皆往遊集。

## 淳熙甲辰仲春精舍閒居，戲作武夷櫂歌十首，呈諸同遊，相與一笑

武夷山上有仙靈，山下寒流曲曲清。欲識箇中奇絶處，櫂歌閒聽兩三聲。

一曲溪邊上釣船，幔亭峰影蘸晴川。虹橋一斷無消息，萬壑千巖鎖翠煙。

二曲亭亭玉女峰，插花臨水爲誰容。道人不復荒臺夢，興入前山翠幾重。

三曲君看駕壑船，不知停櫂幾何年。桑田海水今如許，泡沫風燈敢自憐。

四曲東西兩石巖，巖花垂露碧㲯毿。金雞叫罷無人見，月滿空山水滿潭。

五曲高山雲氣深，長時煙雨暗平林。林間有客無人識，欸乃聲中萬古心。

六曲蒼屏遶碧灣，茅茨終日掩柴關。客來倚櫂巖花落，猿鳥不驚春意閒。

七曲移船上碧灘，隱屏仙掌更回看。人言此處無佳景，只有石堂空翠寒。後二句，一本作

「卻憐昨夜峰頭雨，添得飛泉幾道寒」。

八曲風煙勢欲開，鼓樓巖下水縈洄。莫言此處無佳景，自是遊人不上來。

九曲將窮眼豁然，桑麻雨露見平川。漁郎更覓桃源路，除是人間別有天。

## 寄江文卿劉叔通

我窮初不爲能詩，笑殺吹竽濫得癡。莫向人前浪分雪，世間真僞有誰知。僕不能詩，往歲爲澹菴胡公以此論薦，平生僥倖，多類此云。

【校勘記】

〔一〕「覲」，原作「光」，據臺灣商務印書館景印文淵閣四庫全書本朝野類要卷三改。他本亦有作「宣」者。